RENATE AHRENS

# DETECTIVES
# AT WORK

RENATE AHRENS

# DETECTIVES AT WORK

**3** deutsch-englische
Kinderkrimis

Mit Illustrationen von
Sabine Völkers

NIKOL
VERLAG

Originaltitel:
*Vergiftete Muffins*
*Rettet die Geparde!*
*In den Krallen der Katze*
von Renate Ahrens

Genehmigte Lizenzausgabe für
Nikol Verlagsgesellschaft mbH & Co. KG,
Hamburg, 2014

Titelabbildung: Mechthild Weiling-Bäcker, Münster
Illustrationen: Sabine Völkers
Covergestaltung: Timon Schlichenmaier, Hamburg
Satz Plantin PostScript (InDesign)
bei KCS GmbH, Buchholz bei Hamburg
Druck: CPI Moravia Books s.r.o.
Printed in the Czech Republic
ISBN: 978-3-86820-222-9

**www.nikol-verlag.de**

# RETTET
## DIE GEPARDE!

# HIER STIMMT IRGENDWAS NICHT!

Niklas blickte aus dem Fenster und wünschte, er wäre jetzt dort unten am Meer. Das Wasser in Camps Bay glitzerte in der Sonne, der Himmel war strahlend blau, und in der Ferne kreuzte ein Segelboot.

Stattdessen musste er hier am Esstisch sitzen und einen englischen Lückentext ausfüllen! Mit Philipp, diesem merkwürdigen Studenten, den Mama und Papa als Hauslehrer angestellt hatten, und Lea, seiner kleinen Schwester, die immer alles sofort kapierte.

«Fertig!», rief Lea und warf den Kopf nach hinten. Ihr blonder Pferdeschwanz wippte.

«That's great!», sagte Philipp. «Let's have a look.»

Oh, nee!, dachte Niklas. Wären sie doch bloß in Hamburg geblieben! Dort hatte er seine Freunde und seinen Detektivclub. Den hatten sie gerade erst gegründet, als Papa Lea und ihm verkündete, dass sie für drei Monate nach Kapstadt gehen würden. Er hatte den Auftrag, hier einen Fernsehfilm zu drehen, und Mama schrieb Reportagen über Südafrika für irgendwelche deutschen Zeitschriften. Warum hatten die beiden nicht normale Berufe wie andere Eltern auch? Berufe, bei denen man nicht ständig durch die Gegend ziehen musste.

«Niklas, stop dreaming!»

«Was?»

Philipp sah ihn stirnrunzelnd an. «Du sollst aufhören zu träumen.»

«Ich hab keine Lust zu dieser blöden Übung.»

«Nur noch zehn Minuten. Dann ist Schluss für heute.»

«Okay ...», seufzte Niklas und fuhr sich mit beiden Händen durch seine dunklen Locken. «Aber ich kann einfach kein Englisch.»

«We'll do the exercise together. You'll see it's quite easy.»

Während Philipp sich neben Niklas setzte und ihm bei der Übung half, drehte Lea an ihrem Pferdeschwanz und überlegte, ob sie nachher bei Johnny und Julie vorbeigehen sollten. Sie war so froh gewesen, als Papa ihnen erzählt hatte, dass die Kinder seines Kameramanns etwas Deutsch könnten, weil ihre Mutter aus Stuttgart stammte.

Davor hatte Lea am meisten Angst gehabt, als sie vor zwei Wochen in Camps Bay, einem Vorort von Kapstadt, angekommen waren: dass sie keine Freunde finden würde, weil sie kaum Englisch konnte. Aber jetzt hatte sie schon ein paar Sätze gelernt: My name is Lea. I'm from Hamburg and I'm eight years old. I love ballet and books and computers.

Philipps Englisch war viel besser als das von Mama und Papa. Wahrscheinlich lag es daran, dass er ein Jahr in Amerika studiert hatte.

Leider sah er ziemlich spießig aus mit seiner altmodischen Brille und der Bügelfaltenhose. Ein Wunder, dass er beim Unterricht keine Krawatte trug wie an dem Tag, als er sich bei Mama und Papa um den Job beworben hatte. Niklas und sie hatten sich damals fast schlapp gelacht. Aber eigentlich war Philipp gar nicht so schlimm. Nur Niklas fand ihn immer noch unmöglich, doch der maulte sowieso nur rum. Er wollte unbedingt zu seinen Detektiv-Freunden nach Hamburg zurück.

Dabei war's hier wirklich schön. Lea liebte das Haus, von dem aus man vorn aufs Meer und hinten auf den Tafelberg schauen konnte. Sie hatten einen großen Garten und sogar einen Pool! Und Johnny und Julie wohnten nur drei Häuser weiter.

«That's it!», hörte sie Philipp in dem Moment sagen. «Siehst du, Niklas, du kannst es doch.»

«Dürfen wir jetzt gehen?», rief er ungeduldig.

«Just one more minute. Tell me ... Where do you come from?»

«Germany.»

«How old are you?»

«Ten.»

«What's your favourite hobby?»

«... Riding my mountain bike.»

«And what else do you like doing?»

«I like ... taking pictures with my camera.»

«Okay.»

«And I like playing football.»

«What's the other word for football?»

«Soccer.»

«Then off you go!»

Das ließ Niklas sich nicht zweimal sagen. Er sprang auf und rannte aus dem Zimmer. Endlich hatten sie frei!

Im Flur kam ihm Mama entgegen und wollte wissen, ob er schön gelernt hätte.

Niklas ratterte seine englischen Sätze runter und lief weiter nach draußen in den Garten. Immerzu lag sie ihm damit in den Ohren, dass er mehr lernen sollte, weil er im letzten Zeugnis wieder nur Dreien und Vieren gehabt hatte. Aber das war bei Papa auch schon so gewesen, und aus dem war trotzdem was geworden.

Niklas zog seine Shorts aus, streifte sein T-Shirt über den Kopf und stellte sich unter die Gartendusche. Der Pool war das einzig Gute an diesem Ort.

Kaum war er ins Wasser gesprungen, als Lea angelaufen kam und auch schwimmen wollte. Konnte sie ihn denn nie allein lassen? Während sie mit hochgerecktem Kopf hin und her schwamm, tauchte Niklas ein paarmal nach einem alten Gummiring, den er neulich im Garten gefunden hatte. Wenn er tauchte, musste er nicht mit ihr reden. Aber Lea konnte man nicht so schnell entkommen.

«Gehen wir gleich zu Johnny und Julie rüber?», fragte sie, als er völlig außer Puste am Beckenrand auftauchte.

«Mal sehen.»

«Bitte! Die beiden haben gestern schon gefragt, wo du bleibst.»

«Und was findest du an denen so toll? Dass Johnny einen Computer hat?»

«Du gehst mir mit deiner schlechten Laune echt auf die Nerven», rief Lea und kletterte aus dem Becken.

«Warum spielst du nicht allein mit deinen neuen Freunden? Dann hab ich wenigstens meine Ruhe.»

«Julie hat gesagt, dass du auch mal auf ihrem Mountainbike fahren darfst.»

«Aha …»

Lea sah genau, wie Niklas zögerte. Er vermisste sein Hamburger Rad, denn das, was Papa hier für ihn geliehen hatte, war lange nicht so gut.

«Sie hat ein Super-Mountainbike.»

«Ich denke drüber nach.»

Eine halbe Stunde später standen sie gemeinsam bei Johnny und Julie vorm Gartentor. Überall blühte es, und Niklas entdeckte sogar einen Zitronenbaum.

«Das ist Blacky», sagte Lea und streichelte eine kleine schwarze Katze, die um ihre Beine strich. «Sie ist sechs Monate alt.»

«Du kennst dich ja schon gut aus», murmelte Niklas.

«Die Gäste geben ihr immer irgendwelche Leckerbissen.»

«Was für Gäste?»

«Wusstest du nicht, dass die Mutter von Johnny und Julie ein *Bed & Breakfast* hat?»

«Ein *was*?»

«Eine Gästepension mit drei Zimmern. *Bed & Breakfast* heißt Bett und Frühstück. Sie haben oft Gäste aus Deutschland.»

Lea drückte auf die Klingel.

Als sie eine Stimme aus der Gegensprechanlage hörte, reckte sie sich und rief: «It's Lea and Niklas!»

Da sprang das Tor auf, und kurz darauf kamen ihnen Johnny und Julie entgegengelaufen. Sie hatten beide kurze, hellblonde Haare und waren braun gebrannt.

Lea hatte ihm erzählt, dass Johnny neun war und Julie elf, aber sie war so groß, dass man sie glatt für zwölf halten konnte.

«Hi!», rief Johnny und strahlte.

«Hi!», sagte Julie mit einem Seitenblick auf Niklas.

«Hallo ...»

«Come here, Blacky.» Julie bückte sich und nahm die Katze auf den Arm.

«Die ist so süß!», rief Lea.

«Yes, she's gorgeous», murmelte Julie und strich mit

ihrer Nase über Blackys Rücken. Sofort fing Blacky an zu schnurren.

Einen Moment lang schwiegen sie alle vier.

«Lea told me that you like mountain bikes», sagte Julie schließlich.

Niklas nickte.

«Would you like to try mine?»

«Das hab ich nicht verstanden.»

«Willst du … meins mal probieren?»

«Okay …»

«I'll show you where it is.»

«Can't you do that later?», fragte Johnny. «I thought we wanted to go and get some ice cream.»

«Hast du was von Eis gesagt?», rief Lea mit leuchtenden Augen.

«Yes, the one in the supermarket is the best.»

«Was ist mit dem Supermarkt?», fragte Niklas.

«Dort … schmeckt das Eis am besten.»

«Und da wollen wir jetzt hin?»

«Ja!», rief Lea.

«Aber wir haben kein Geld mit.»

«We'll get it for you», sagte Johnny und zeigte auf sein Portemonnaie.

«Thanks …»

«You can take my bike … wenn wir wiederkommen», schlug Julie vor.

Und so zogen sie zu viert los. Lea und Johnny liefen

voran, und Niklas hörte, wie sie sich in einem deutsch-englischen Mischmasch über Computerspiele unter-hielten. Lea hatte es gut, dass es ihr so leichtfiel, ein-fach auf Englisch loszureden.

«You're not too happy here, are you?», fragte Julie nach einer Weile.

«Was hast du gesagt?»

«Du bist nicht so ... glücklich hier, oder?»

Niklas schüttelte den Kopf. «Ich vermisse meine Freunde in Hamburg.»

«Sure ... das würde mir auch so gehen.»

«Warst du schon mal in Deutschland?»

«Ja, wir fahren ... jedes Jahr nach Stuttgart. That's where my grandparents live.»

Grandparents waren Großeltern, das wusste Niklas. «In Stuttgart war ich noch nie.»

«I love it. They have trams and even underground trains.»

«Sind das U-Bahnen?»

«Ja.»

«Die gibt's in Hamburg auch. Und was sind ‹trams›?»

«... Straßenbahnen.»

«Die haben wir nicht.»

Sie waren unten an der Küstenstraße angekommen, wo Lea und Johnny auf sie warteten.

«Sind die nicht toll?», rief Lea und zeigte auf die vielen Palmen, die den Strand säumten.

Das sagte Lea immer, wenn sie hier vorbeikamen, und heute gab Niklas ihr zum ersten Mal recht. Diese riesigen Palmen waren wirklich wunderschön.

Sie betraten den Supermarkt, der so voll war, dass sie nur mit Mühe zur Eistruhe gelangen konnten.

Niklas wählte ein Eis aus, und als Julie ihn fragte, ob Lea und er noch irgendwas anderes wollten, fiel ihm plötzlich ein, dass es hier vielleicht seine geliebten Lakritzstangen gab.

«Geht schon mal vor an die Kasse, ich komme gleich nach.»

Es dauerte ein paar Minuten, bis er das Regal mit den Süßigkeiten gefunden hatte. Während er die Reihen nach Lakritz absuchte, hörte er, dass auf der anderen Seite des Regals Deutsch gesprochen wurde.

Niklas spitzte die Ohren.

Ein Mann redete leise auf eine Frau ein.

«Hast du dir das auch richtig überlegt?», wollte sie wissen.

«Ja, natürlich.»

«Es ist ein sehr schwieriger Transport.»

«Aber die Sache ist absolut sicher.»

«Und wenn mit den Tieren was passiert?»

«Was soll da schon passieren? Denk an die Kohle! Wo kannst du in so kurzer Zeit so viel Geld verdienen?»

Niklas' Hände wurden feucht. Hier stimmte doch irgendwas nicht.

Als er um die Ecke bog, um zu sehen, wer zu den Stimmen gehörte, waren die beiden schon im Gedränge verschwunden.

Da fiel ihm seine Kamera ein. Die hatte er zum Glück immer dabei – schließlich war er ein Detektiv, oder nicht? Und diese Unterhaltung hatte doch wirklich verdächtig geklungen. Ruck, zuck machte er ein paar Fotos von den Leuten, die sich hier zwischen den Regalen durchschoben. Vielleicht würden ihm die Bilder weiterhelfen.

«Wo bleibst du denn?», rief Lea da quer durch den Laden. «Das Eis schmilzt!»

Niklas knipste noch ein paarmal in das Gewühl, dann bahnte er sich einen Weg zur Kasse.

«Did you find what you were looking for?», fragte Julie.

«No, I ...»

Lea runzelte die Stirn. «Was ist?»

«Nichts», antwortete Niklas.

Aber sein Herz klopfte noch immer.

# HURRY UP!
# HURRY UP!

HURRY UP!

Als sie wieder zu Hause waren, verschwand Niklas sofort in sein Zimmer. Er warf sich auf sein Bett und schaute sich die Fotos in seiner Digitalkamera an. Lauter unbekannte Menschen mit dunkelbrauner, hellbrauner oder heller Haut. Weil der Mann und die Frau Deutsch gesprochen hatten, vermutete er, dass sie hellhäutig waren, aber nicht mal das war sicher.

Er vergrößerte einzelne Ausschnitte und entdeckte auf einem der Bilder den grinsenden Johnny mit einem Eis in der Hand. Auf einem anderen Bild sah er ein junges Paar, das sich küsste. Aber das waren nicht die beiden, die er suchte, denn die Stimme des Mannes hatte nicht so jung geklungen. Zwei andere Männer waren schon zu alt, und drei Frauen mit ihren kleinen Kindern kamen auch nicht in Frage. Ein Bild zeigte einen Mann mit einer blauen Baseballkappe. Doch der schien allein unterwegs zu sein. Dahinter stand ein Mann mit dunklen Stoppelhaaren und einem silbernen Ohrring, der sich mit einer Frau unterhielt, die einen langen blonden Zopf und genauso einen Ohrring hatte. Sie waren vielleicht dreißig oder vierzig. Das könnte hinkommen. Und auf dem letzten Bild sah er einen Mann mit welligen braunen Haaren, in denen eine Sonnenbrille steckte. Er trug ein gelbes Polohemd. Der hatte auch das richtige Alter.

Niklas schaltete die Kamera aus und überlegte, was er unternehmen sollte. Wenn doch bloß seine Hamburger Freunde vom Detektivclub hier wären! Dann würden sie jetzt gemeinsam einen Plan entwickeln und vielleicht ihren ersten richtigen Fall lösen.

Lea wollte er nicht erzählen, was er gehört hatte. Sie brächte es fertig, alle möglichen Deutschen in Camps Bay zu befragen, ob sie irgendeinen Transport planen würden. Und dann würden die Typen womöglich noch gewarnt.

Als sie beim Abendbrot saßen, klingelte es, und Mr. Saunders, der Vater von Julie und Johnny, kam herein. Niklas zuckte zusammen, als er sah, dass er ein gelbes Polohemd trug. Und braune, wellige Haare hatte er auch. Nur die Sonnenbrille fehlte, aber die Sonne war schon untergegangen.

«Hi, everybody», rief Mr. Saunders. «Sorry to disturb you.»

«Don't worry», antwortete Papa. «Please sit down.»

«Thanks, but I won't be able to stay. Could I just have a quick word with you?»

«Yes, of course you can.»

Papa stand auf und ging mit ihm ins Nebenzimmer. War es möglich, dass Mr. Saunders in irgendwelche dunklen Geschäfte verwickelt war? Aber sprach er überhaupt Deutsch?

«Ist irgendwas mit dir?», fragte Mama. «Du bist so still.»

Niklas schüttelte den Kopf.

«Vorhin, als wir aus dem Supermarkt kamen, warst du auch schon so komisch», meinte Lea.

«Es ist nichts!», antwortete Niklas genervt.

In der Nacht träumte er, dass er in einem düsteren Hinterhof eingesperrt war und Kartons voller Lakritzstangen auf einen LKW laden musste. Hinter ihm stand Mr. Saunders und schrie: «Hurry up! Hurry up!» Niklas lief der Schweiß von der Stirn; die Kartons waren so schwer, und er konnte kaum noch seine Arme heben. «Es ist ein sehr schwieriger Transport», hörte er da eine Frau sagen. Und auf einmal wusste er, dass in den Kartons nicht nur Lakritzstangen waren …

Niklas schreckte hoch. Um ihn herum war alles dunkel. Er tastete nach dem Lichtschalter seiner Nachttischlampe, konnte ihn aber nicht finden. Als er aufstehen wollte, erschrak er. Der Boden unter seinen Füßen fühlte sich pelzig an. Wo war er? Plötzlich erinnerte er sich: Sie waren in Kapstadt, und sein Zimmer hatte keinen Holzfußboden wie zu Hause, sondern einen Teppichboden. Und jetzt fand er auch die Lampe, die an der Wand hinter ihm angebracht war.

Er war ganz nass geschwitzt von dem Albtraum, den er gehabt hatte. Sollte er Mama und Papa nicht doch morgen früh von den beiden Deutschen aus dem Supermarkt erzählen?

Ein Geräusch an der Tür ließ ihn zusammenzucken.

«Niklas?»

«Ja?»

Papa kam herein und setzte sich auf sein Bett. «Ich hab gesehen, dass bei dir Licht an war. Hast du schlecht geträumt?»

«Hm ...»

«Du hast es nicht so leicht im Moment, oder?»

«Nee.»

«Pass auf, bald wirst du mit dem Englischen schon viel besser zurechtkommen.»

«Glaub ich nicht.»

«Philipp hat mir gesagt, es sei nicht so, dass du es nicht könntest. Du traust dich einfach nicht.»

«Ich kann nicht so drauflosreden wie Lea. Außerdem hat sie ein Wahnsinnsgedächtnis. Die schnappt irgendwas auf und behält es sofort.»

Papa nickte und strich ihm über die Stirn. «Aber Lea ist die Ausnahme. Den meisten Menschen geht es so wie dir. Was meinst du, wie hilflos ich war, als ich mit vierzehn zu meinem Brieffreund nach England geschickt wurde! Ich hab in meinem ganzen Leben nicht so wenig geredet wie in diesen drei Wochen.»

«Aber warum kommen wir dann hierher? Ich wäre viel lieber in Hamburg geblieben.»

«Ach, Niklas», seufzte Papa. «Ich wollte nicht schon wieder monatelang von euch getrennt sein. Und als Mama dann diese guten Aufträge für Reportagen bekam, da dachten wir –»

«Wenn wir mit Johnny und Julie zusammen sind, komm ich mir richtig blöd vor. Die müssen sich doch auch wundern, wieso meine kleine Schwester besser Englisch kann als ich.»

«Zum Glück können die beiden ja ganz gut Deutsch.»

«Trotzdem.»

«Ich hab gehört, ihr wart gestern alle zusammen im Supermarkt.»

«Hm ...»

«Lea und du, ihr denkt an das, was wir verabredet haben, oder?»

Niklas nickte. Sie durften bis zur Küstenstraße runtergehen, aber nicht allein an den Strand. Und sie mussten in Camps Bay bleiben.

«Der Vater von Julie und Johnny hat mir nochmal gesagt, dass er seinen Kindern auch nicht erlauben würde, Camps Bay zu verlassen. Kapstadt ist gefährlicher als Hamburg.»

«Hm ...» Wieder dachte Niklas an die Stimmen im Supermarkt. Aber das waren Deutsche gewesen, keine Südafrikaner. «Kann Mr. Saunders eigentlich Deutsch?»

«Nein, wieso?»

«Och, ich dachte nur ... weil Johnnys und Julies Mutter Deutsche ist.»

«Er hat mir gesagt, dass er kein Sprachtalent hat.»

«Noch so einer wie ich», murmelte Niklas.

«Quatsch! Du wirst bald Englisch lernen. Und nun schlaf schön weiter. Ich werde morgen den ganzen Tag unterwegs sein, weil ich die Dreharbeiten vorbereiten muss. Da sehen wir uns erst abends.»

«Okay. Du, Papa ...»

«Ja?»

«Im Supermarkt hab ich ...»

«Was?»

«Keine Lakritzstangen gefunden.»

«Die werden wir schon irgendwo anders bekommen», sagte Papa und gab ihm einen Kuss.

Nachdem er gegangen war, rollte Niklas sich von einer Seite auf die andere. Er war erleichtert, dass Mr. Saunders als Verdächtiger wegfiel, aber jetzt hatte er gar keine Spur mehr. Wo sollte er mit seiner Suche anfangen?

# ALLE KÖNNTEN ES SEIN

**W**as war bloß mit Niklas los?, fragte sich Lea. Sie hatte ihn schon zweimal geweckt, und er schlief immer noch tief und fest.

«Aufstehen!», rief sie und zog ihm die Decke weg.

«Nein!», jammerte er. «Ich bin noch so müde.»

«Wieso?»

«Weil ich in der Nacht so lange wach war.»

«Und warum warst du wach?»

«Hör auf zu fragen! Ich will schlafen.»

«Kommt nicht in Frage!», rief da Mama aus dem Flur. «Das Frühstück ist fertig.»

«Geh weg, Lea», murmelte Niklas und griff nach seiner Decke.

Lea verließ schmollend sein Zimmer. Zu Hause hatten sie auch manchmal Streit, aber seitdem sie in Kapstadt waren, fand sie Niklas unausstehlich.

Auf dem Weg zur Küche hörte sie, wie Mama richtig böse mit ihm wurde. Um Punkt neun würde der Unterricht anfangen, und er solle sich gefälligst beeilen. Wenn er glaubte, dass er sich einen solchen Schlendrian leisten könnte, nur weil sie einen Hauslehrer hätten, dann hätte er sich getäuscht.

Es wurde ein sehr ungemütliches Frühstück. Niklas rührte lustlos in seinem Müsli herum, während Mama ihren Kaffee im Stehen trank und eine Einkaufsliste für Helen, ihre Haushälterin, schrieb. Papa war, wie immer, schon um halb acht aus dem Haus gegangen.

«Good morning!»

Das war Helens Stimme! Lea sprang auf und lief in den Flur.

Helen lächelte, als sie sie sah. «How are you today?»

«Fine, thank you. And you?»

«I'm just fine, too. It's a lovely morning, isn't it?»

Lea nickte. Die Sonne schien, und von ihrem Fenster aus hatte sie gesehen, dass das Meer spiegelglatt war.

«How is your baby?»

Helen lächelte wieder. «She's very well.»

Lea hatte Helens Baby vor ein paar Tagen zum ersten Mal gesehen. Es war fünf Monate alt und noch sehr klein und dünn. Sie hatte es ausnahmsweise mal mitgebracht, weil es krank war. Sonst kümmerte sich die Oma darum. Helen hatte ihr erzählt, dass die Oma auf acht Enkelkinder aufpasste, damit ihre drei Töchter arbeiten konnten.

Und hier passte Helen auf Niklas und sie auf, wenn

Mama und Papa weg waren. Lea fand das seltsam. Helen vermisste bestimmt ihr Baby.

Während Mama Helen begrüßte und mit ihr besprach, was sie heute kochen sollte, schlüpfte Niklas aus der Küche.

«Nicht vergessen: um Punkt neun!», rief Mama hinter ihm her.

Niklas brummelte irgendwas, was Lea nicht verstehen konnte, dann verschwand er ins Badezimmer.

Sie lief in den Garten, um nachzusehen, ob an dem

Busch, den sie so liebte, neue Blüten aufgegangen waren. Ja, es gab vier, fünf … nein sechs dicke rote Blüten, die nach Honig dufteten.

«Hallo, Lea!»

Sie drehte sich um. «Hallo, Philipp!»

Er war gerade aus dem Gartenhaus gekommen, in dem er eine eigene Wohnung hatte. Seine Bügelfaltenhose sah schon ziemlich zerknittert aus. Lea grinste. Niklas würde wieder über ihn lästern.

Heute vergingen die Schulstunden noch langsamer als sonst. Niklas dachte an seine Fotos. Vielleicht war doch irgendwas Wichtiges darauf zu erkennen!

«Niklas?»

«Ja?»

«Kannst du bitte die nächste Aufgabe vorrechnen?»

«Ich weiß nicht, wo wir sind …»

«Mensch, schläfst du immer noch, oder was?», rief Lea.

«Ach, ihr könnt mich mal!», schrie Niklas und sprang auf. Er knallte das Mathebuch auf den Boden und rannte aus dem Zimmer.

Wenn er jetzt Mama begegnen würde, konnte er es auch nicht ändern. Aber vielleicht hatte er mal Glück, und sie war schon weg, um wieder irgendwelche Leute zu interviewen.

«What happened?»

Vor ihm stand Helen und schaute ihn erschrocken an.

«I ... I have to get out!», antwortete er und lief nach draußen auf die Straße.

Dann fing er an zu rennen. Wahrscheinlich würde Helen jetzt mit Philipp reden, und gleich würden sie alle hinter ihm herkommen.

Doch als er sich nach einer Weile umsah, stellte er erleichtert fest, dass niemand ihm folgte.

Trotzdem rannte er weiter, bis er unten die Küstenstraße erreicht hatte.

Allmählich beruhigte er sich wieder. Er musste mit Papa reden und ihn fragen, ob Lea und er nicht getrennt Unterricht haben konnten. Mit ihr zusammen hielt er es einfach nicht aus.

Während er noch überlegte, ob er nicht doch mal kurz an den Strand gehen sollte, sah er einen Mann mit dunklen Stoppelhaaren und einem silbernen Ohrring auf sich zukommen. Ob das der Typ aus dem Supermarkt war?

Er holte seine Kamera aus der Tasche und tat so, als ob er die Palmen fotografieren würde. Gleich würde er etwas nach links herumschwenken, und schon hätte er ihn drauf.

Doch in dem Moment liefen zwei kichernde junge Frauen durchs Bild. So was Blödes!

«Get your dirty hands off me!», hörte er den Mann

da schreien und sah gerade noch, wie er einen kleinen schwarzen Jungen verscheuchte, der ihn angebettelt hatte.

Kein Deutscher, also ist er's nicht, dachte Niklas enttäuscht.

Als Nächstes entdeckte er auf der anderen Straßenseite einen Mann mit einer blauen Baseballkappe, der sich eine Zigarette ansteckte. Und gleich darauf noch einen, der aus einer Pizzeria kam und in einen weißen Opel Astra stieg. Und einen dritten, der mit einem kleinen Kind auf dem Arm in eine Eisdiele ging.

Blaue Baseballkappen schienen im Augenblick modern zu sein. So würde er nicht weiterkommen.

Seufzend machte Niklas sich auf den Nachhause-weg. In der Hitze bergauf zu laufen war ziemlich an-strengend. «Frühling» nannte sich das hier. Ein Frühling im Oktober. Wie heiß würde es erst im Sommer sein?

Niemand war mittags um zwölf zu Fuß auf der Stra-ße unterwegs. Die Luft flimmerte, und an einer Stelle war der Asphalt so weich, dass er mit seinem Turn-schuh einsank.

Zu Hause hätte er sich am liebsten in den Garten geschlichen und in die Hängematte gelegt, aber dann beschloss er doch zu klingeln, weil es sonst nur Ärger geben würde.

Es war Helen, die ihm die Tür aufmachte.

«Everything all right again?», fragte sie und lächelte.

Er nickte.

«Would you like something to drink?»

«Yes ... please ...»

Sie mixte ihm eine Weintraubenschorle mit Eiswür-feln, die köstlich schmeckte.

«Thank you.»

Er ging in sein Zimmer, warf sich auf sein Bett und schaute sich nochmal die Fotos aus dem Supermarkt an. Vielleicht würde er irgendwas entdecken, was ihm bisher nicht aufgefallen war.

Der Mann mit der blauen Baseballkappe hatte kur-ze dunkle Haare und war ziemlich blass. Der Mann mit dem gelben Polohemd und der Sonnenbrille in den Haaren hatte einen braunen Schnauzbart. Und dann war da noch ein Mann mit einem kleinen grauen Zopf. Er redete auf jemanden ein, der nicht mit aufs Bild gekommen war. Niklas richtete sich auf. War das vielleicht der Typ, den er suchte?

«Niklas?», hörte er Philipp da rufen.

Schnell ließ er die Kamera in seiner Hosentasche verschwinden. «Ja ...»

Philipp kam herein und setzte sich zu ihm aufs Bett. Eine Weile sprachen sie kein Wort, bis Niklas schließlich anfing zu erklären, wieso er den Unterricht mit Lea zusammen so unerträglich fand.

«Ich weiß», sagte Philipp. «Und ich werde nachher mit deinen Eltern sprechen. Wir müssen einen anderen Weg finden.»

Was für eine scheußliche Hose er anhat, dachte Niklas. Aber irgendwie ist er doch nett.

«Machen wir noch zu zweit eine Stunde Englisch?»

«Okay ...»

Als Niklas ins Esszimmer kam, sah er durch die Terrassentür, wie Lea im Garten spielte. Sollte er ihr nachher von der Sache erzählen? Sie hatte manchmal ganz gute Ideen.

«Are you ready?», fragte Philipp.

«Yes», antwortete Niklas.

# WHO'S THAT?

Lea liebte Helens Essen. Heute gab es gegrillte Würstchen, süße Kartoffeln, die «sweet potatoes» hießen, und ein Gemüsemus, das knallorange aussah und so lecker war, dass Lea sich gleich nochmal nahm.

«You love my butternut, don't you?», sagte Helen und lächelte.

«Butternuss ...», übersetzte Lea. «Schmeckt wirklich 'n bisschen nach Nuss.»

«Das ist eine Art Kürbis», erklärte Philipp.

«Butternut», murmelte Niklas. «Gibt's das in Hamburg auch?»

«Ja, Helen hat mir erzählt, dass es nach Deutschland exportiert wird, aber du bekommst es nicht unbedingt in jedem Supermarkt.»

Lea sah, wie Niklas zusammenzuckte. Was war bloß mit ihm los? Nachts lag er wach, beim Unterricht flippte er auf einmal aus und rannte weg, und jetzt erschrak er bei dem Wort «Supermarkt». Das war doch nicht normal.

«Now ... who would like some pineapple?», fragte

Helen und stellte eine Schale mit Ananas auf den Tisch.

«Hmmm!», rief Lea und griff als Erste nach dem Löffel.

Während sie ihren Nachtisch aßen, erkundigte sich Philipp, was sie nachmittags vorhätten. Lea erzählte, dass sie eine SMS von Johnny bekommen hätte. Sie würde um vier zum Schwimmen rübergehen.

«Und du?», wandte Philipp sich an Niklas.

«Ich geh vielleicht mit», antwortete er.

Lea strahlte. «Dann kannst du heute Julies Mountainbike ausprobieren. Das hast du gestern ganz vergessen.»

«Stimmt.»

Um kurz vor vier zogen sie los. Lea hatte ihre Badetasche dabei, Niklas genügte ein Handtuch, in das er seine Badehose eingerollt hatte.

Irgendwo im Haus spielte jemand Klavier.

«Das ist Johnny», sagte Lea. «Der hat erst seit zwei Jahren Unterricht und spielt schon so gut.»

«I'll be down in a second!», hörten sie Julie von oben rufen.

Zehn Minuten später saß Niklas auf Julies Mountainbike und fuhr die Straße entlang. Was für ein Gefühl, endlich wieder auf einem Rad zu sitzen, das eine vernünftige Gangschaltung hatte! Am liebsten wäre er eine längere Strecke geradelt, aber er hatte ein bisschen Angst wegen des Linksverkehrs; deshalb fuhr er nur ein paarmal die Straße auf und ab.

Plötzlich kam ihm ein weißer Opel Astra entgegen. Niklas bremste und beugte sich vor, um zu sehen, ob am Steuer ein Mann mit einer blauen Baseballkappe saß. Leider blendete ihn die Sonne so sehr, dass er nichts erkennen konnte.

Doch dann stellte er fest, dass der Wagen ausgerechnet vor dem Gartentor von Johnnys und Julies Haus zum Stehen kam. Gleich darauf öffnete sich das Tor, und der Wagen fuhr weiter auf einen der Gästeparkplätze.

Niklas hielt die Luft an. Jetzt wurde die Fahrertür geöffnet, und da stieg tatsächlich ein Mann mit einer blauen Baseballkappe aus! Kurze dunkle Haare, groß, schlank und etwa vierzig Jahre alt. Das passte genau! Er streckte sich, holte einen Rucksack aus seinem Kofferraum und verschwand im Haus.

Vom Pool war Leas und Johnnys Kreischen zu hören. Niklas beschloss, dass er das Rad jetzt zurückgeben würde. Vielleicht konnte Julie ihm etwas über diesen Gast erzählen.

Er lugte durch die Hecke. «Hi … I'm back!»

«Did you enjoy it?», fragte Julie, als sie ihm das Tor aufmachte.

«Yes, it was great! Du hast ein Super-Mountainbike!»

«Thanks. Do you want to have a swim now?»

Niklas nickte. «But ... Ich wollte dich auch was fragen.»

«Okay.»

In dem Augenblick kam eine Frau auf sie zu, die genauso blonde Haare hatte wie Julie und Johnny.

«Du bist bestimmt Niklas, oder?»

«Ja.»

«Wie schön, dass ihr jetzt unsere Nachbarn seid. Da kann ich endlich mal wieder mehr Deutsch sprechen.»

«My father just knows a few words in German», erklärte Julie.

«Ja, leider», seufzte ihre Mutter. «So, und nun wünsche ich euch viel Spaß beim Schwimmen!»

«Danke», antwortete Niklas.

«What did you want to ask me?», fragte Julie, nachdem ihre Mutter ins Haus gegangen war.

«Der Mann, der den Wagen da fährt ...» Er zeigte auf den weißen Opel Astra. «Who's that?»

«That's one of our guests», antwortete Julie leise. «He's really strange.»

«Was heißt das?»

«... Merkwürdig. He keeps telling us all kinds of stories!»

«Who's that?», rief Johnny und tauchte mit der nassen Lea im Schlepptau vor ihnen auf.

«Herr Breitenbacher.»

Niklas stutzte. «Ist er Deutscher?»

«Yes, he is.»

«Wohnt der schon lange hier?»

Julie schaute ihn verblüfft an. «I don't know ... He might have been here for a week.»

«He says that he's a biologist», sagte Johnny, «but we don't believe him.»

«Was glaubt ihr ihm nicht?», fragte Niklas.

«Dass er Biologe ist», übersetzte Julie. «Er behauptet, dass er das Leben der Pinguine in Simonstown erforschen würde, aber ... er hat gar keine Ausrüstung.»

«Pinguine in Südafrika?», rief Lea und fing an zu kichern. «So was Verrücktes!»

«No, we do have penguins», sagte Johnny. «There are hundreds of them down in Simonstown.»

«Und wie kommt das? Hier ist es doch viel zu warm!»

«An Land schon – but not in the water.»

Jetzt verstanden Niklas und Lea gar nichts mehr.

«There is an icy cold current in the Atlantic Ocean.»

«Moment mal», rief Niklas. «Was ist das, was eiskalt ist?»

«Eine ... Strömung», erklärte Julie. «It comes from the Antarctic and is full of fish for the penguins to feed on.»

«Von der Antarktis?»

«Ja. Deshalb ist der Atlantische Ozean so kalt.»

«Oh!», staunte Lea.

«Perhaps we'll go to Simonstown one day», schlug Johnny vor. «The penguins are very funny.»

«And quite tame», fügte Julie hinzu.

«Was heißt das?», fragte Lea.

«I don't know … they are not afraid of people.»

«Vielleicht zahm?», meinte Niklas.

«Ja, genau!»

Während Lea, Julie und Johnny sich weiter über Pinguine unterhielten, überlegte Niklas, ob Herr Breitenbacher etwa vorhatte, Pinguine nach Deutschland zu transportieren. Aber wie sollte das funktionieren?

«Let's ask Herrn Breitenbacher some more about it», meinte Julie. «That would be a real test.»

«Yes», rief Johnny. «We can do it now. I'm sure he's in his room, sitting at his laptop.»

«Nein, lieber nicht», sagte Niklas und senkte die Stimme. «Ich muss euch was erzählen.»

«Was?», fragte Lea.

«Nun warte doch!»

Er sah sich im Garten um. «Können wir irgendwo hingehen, wo uns niemand hört?»

«Yes, into the shed at the end of the garden», antwortete Julie und zeigte auf einen kleinen Schuppen.

Auf dem Weg dorthin sprang Lea vor Aufregung auf und ab. «Niklas weiß was! Niklas weiß was!»

«Hör sofort auf!», fauchte Niklas sie an. «Sonst sag ich euch gar nichts.»

Die Schuppentür knarrte, als Johnny sie aufzog. Viel Platz war hier nicht zwischen dem Rasenmäher, der Schubkarre und all den anderen Gartengeräten. Aber sie schafften es trotzdem, sich hineinzuzwängen.

«Now tell us», sagte Julie gespannt.

Da fing Niklas an zu erzählen. Dass er einer Unterhaltung gelauscht hatte, bei der es offenbar um einen verbotenen Tiertransport gegangen war. Und er zeigte ihnen auch seine Fotos aus dem Supermarkt. Der Mann mit der blauen Baseballkappe war eindeutig Herr Breitenbacher. Leas Augen wurden immer größer, und auch Johnny und Julie starrten ihn fassungslos an.

Doch Niklas war plötzlich unsicher. «Das ist noch kein Beweis dafür, dass er derjenige war, der sich mit der Frau über den Tiertransport unterhalten hat.»

«No, you would have to hear his voice», meinte Johnny.

«There he is», flüsterte Julie und zeigte aus dem kleinen Schuppenfenster in den Garten.

Dort stand Herr Breitenbacher am Pool und unterhielt sich mit Mrs. Saunders.

Vorsichtig öffnete Julie das Fenster. Niklas konnte genau verstehen, was Mrs. Saunders sagte. Es ging um das Klima in Kapstadt, das so viel angenehmer sei als das in Stuttgart. Hoffentlich würde Herr Breitenbacher bald auch mal was sagen.

«Ja, Sie haben es gut! Kapstadt ist ein wahres Paradies. Ich wünschte, ich könnte in Südafrika leben.»

Niklas' Herz klopfte. Das war seine Stimme!

«What do you think?», flüsterte Julie.

«Das ist er!»

«We have to keep an eye on him», sagte Johnny und machte das Fenster wieder zu.

«Was?», fragte Lea.

«Wir ... müssen ihn beobachten.»

«Und wie sollen wir das machen?», wollte Niklas wissen.

«When he's not sitting at his laptop, he drives around in his car», sagte Johnny.

«Aber wir können ja schlecht mit dem Mountainbike hinter ihm herfahren.»

«Ich weiß was!», rief Lea. «Wir fragen Philipp! Der hat einen Führerschein. Und Mama hat neulich zu ihm gesagt, dass er ihren Wagen ausleihen darf, wenn sie ihn nicht braucht.»

«Und du meinst –»

«Wir erzählen ihm natürlich nichts von unserem Verdacht.»

«Sondern?», fragte Niklas.

«Erfinden irgendwas, warum wir mit ihm durch die Gegend fahren wollen.»

«That sounds great!», riefen Johnny und Julie.

«Ja», sagte Niklas. «Aber wir müssen uns gegenseitig versprechen, dass niemand was davon erfährt!»

«Versprochen!», rief Lea.

Und dann legten sie alle vier ihre Hände aufeinander.

In diesem Augenblick sah Niklas durchs Fenster, wie Herr Breitenbacher zum Schuppen hinüberblickte und die Stirn runzelte.

«Pssst!!!», flüsterte er erschrocken. «Breitenbacher guckt schon. Hoffentlich hat er uns nicht gehört.»

Lea platzte fast, als sie nach Hause kamen. Wie sollte sie es schaffen, Mama und Papa und Helen und Philipp nichts zu verraten?

«Did you have a nice swim?», fragte Helen und nahm ihnen die nassen Badesachen ab.

«Yes», antwortete Lea und holte tief Luft.

Niklas warf ihr sofort einen strengen Blick zu. Nein, sie würde nichts sagen, gar nichts.

Um sich abzulenken, lief sie in die Küche, wo es köstlich duftete.

«What's that?», fragte sie und schnupperte.

Helens Augen funkelten. «That's my melktart. Would you like a piece?»

«Yes, please.»

«Me too», murmelte Niklas.

Helen zog ein Backblech aus dem Ofen und stellte es auf dem Herd ab.

«Sieht aus wie … Blätterteig mit Pudding», meinte Niklas.

«‹Melk› is Afrikaans and means milk», erklärte Helen.

«Ah … eine Milchtorte!», rief Lea.

«Can you speak Afrikaans?», fragte Niklas, während Helen ihnen zwei Stück Kuchen abschnitt.

Sie nickte. «It's my mother tongue.»

«Tongue?»

Helen zeigte auf ihre Zunge.

«Ihre Mutterzunge», rief Lea und fing an zu kichern.

«Muttersprache heißt das», sagte Niklas.

Der Kuchen schmeckte so lecker, dass sie gleich noch ein zweites Stück aßen.

«Do you have any homework to do?», fragte Helen, als sie fertig waren.

«Yes!», rief Lea. «Aber das dauert nur zehn Minuten.»

«Bei dir vielleicht», sagte Niklas und trollte sich in sein Zimmer.

Er fing an mit Mathe, dann machte er Englisch. Hier sollte er zehn Verben in einen Text einsetzen, aber er kannte nur fünf davon. Bei den anderen musste er raten.

Irgendwann hörte er Mamas Wagen die Einfahrt heraufkommen.

Er lief zum Fenster und sah, wie Philipp aus seinem Gartenhaus kam und auf Mama zuging, die ihn erschrocken anschaute. Philipp redete auf sie ein und deutete mit dem Kopf kurz nach oben, zu seinem Fenster. Niklas duckte sich schnell, weil er nicht wollte, dass die beiden ihn bemerkten. Er hatte sich fast gedacht, dass sie über ihn redeten. Dabei wäre es ihm viel lieber gewesen, wenn Philipp mit Papa oder mit beiden gesprochen hätte. Mama würde wieder nur mit ihm schimpfen.

«Niklas?»

Da war sie schon. Jetzt sah sie eher traurig aus.

«Es tut mir leid, dass ich heute Morgen so unfreundlich zu dir war.»

Sie nahm ihn in die Arme und drückte ihn. Und plötzlich musste Niklas weinen.

«Papa hat mich vorhin angerufen und gesagt, dass du in der Nacht einen Albtraum hattest.»

«Hm ...»

«Und Philipp hat mir erzählt, wie unglücklich du bist, weil du mit Lea zusammen Unterricht hast.»

«Ja ... sie kapiert alles viel schneller als ich.»

«Ich hab ihm vorgeschlagen, dass er euch eine Zeit lang getrennt unterrichtet. Und er war sofort damit einverstanden.»

«Okay.»

«Das wird dir bestimmt gefallen.»

«Wie kommt das denn, dass Lea so gut ist und ich nicht?»

«Ich weiß es auch nicht. Sie ist ein echter Überflieger. So was gibt's ganz selten. Papa und ich waren das auf jeden Fall nie.»

Eine Weile schwiegen sie beide. Dann fing Mama wieder an zu reden, und es klang, als ob sie mehr mit sich selbst als mit ihm sprach. «Ich hätte deine Leistungen nicht ständig mit Leas vergleichen dürfen. Das war nicht fair.»

«Nee.»

«Aber Eltern machen eben auch Fehler.»

Er nickte und wischte sich seine Tränen ab.

«Gibt's sonst noch was, was dich bedrückt? Du warst gestern Abend so still.»

Fast hätte Niklas ihr von Herrn Breitenbacher erzählt, aber er durfte das Versprechen nicht brechen, das Julie, Johnny, Lea und er sich gegeben hatten. So schüttelte er nur den Kopf, ohne sie dabei anzusehen.

Sie gab ihm einen Kuss auf die Stirn und stand auf. «Am Sonntag werden Papa und ich freihaben. Dann wollen wir zusammen einen Ausflug machen.»

«Wohin?»

«Vielleicht zum Kap der Guten Hoffnung.»

An der Tür drehte sie sich nochmal um. «Alles wieder in Ordnung?»

«Ja.»

Mama hatte sich noch nie bei ihm entschuldigt, dachte Niklas, als er wieder an seine Englischaufgabe ging. Es tat ihm gut, das merkte er.

# IST ER DAS?

Lea wunderte sich zwar etwas, als Mama und Papa ihr abends erklärten, dass Niklas und sie von jetzt an getrennt unterrichtet würden, aber sie machte keine große Sache daraus. Das rechnete Niklas ihr hoch an.

Am nächsten Morgen probierten sie es gleich aus: Lea saß im Wohnzimmer und er im Esszimmer. Philipp ging alle zwanzig Minuten zwischen den Räumen hin und her, prüfte, wie sie ihre Aufgaben gelöst hatten, und gab ihnen neue.

Einmal blieb er etwas länger bei Niklas, und Lea konnte kurz nachsehen, ob Johnny ihr wieder eine SMS geschickt hatte. Leider nicht, stellte sie enttäuscht fest.

Bevor er morgens zur Schule gegangen war, hatte er ihr geschrieben, dass er durchs Schlüsselloch gesehen hätte, wie Herr Breitenbacher in seinem Zimmer am Laptop saß. Hoffentlich würde er bis nachmittags dort bleiben und nicht vorher wegfahren.

Noch hatten sie Philipp nicht gefragt, ob er nachher

eine kleine Tour mit ihnen machen würde. Alles hing davon ab, wann Mama mit ihrem Wagen wiederkommen würde.

In der Mittagspause rief sie an, um zu sagen, sie sei gegen drei zurück. Dann würde es wahrscheinlich halb vier, aber das würde auch noch reichen.

«So ein Mist!», rief Niklas. Er stand in der Küche am Fenster und blickte auf die Straße. «Da fährt der weiße Opel Astra.»

«What's the matter?», fragte Helen.

Er drehte sich zu ihr um. «Oh … nothing.»

Doch er sah, dass sie ihm nicht glaubte.

Als Mama um zwanzig vor vier zurückkam, schickte Lea schnell eine SMS an Johnny: *Breitenbacher back?*

Eine Minute später kam seine Antwort: *No!!!*

«Ich finde, wir fragen Philipp trotzdem, ob er mit uns ein bisschen durch die Gegend fährt», meinte Lea. «Vielleicht entdecken wir ja irgendwo den weißen Opel Astra von Herrn Breitenbacher.»

«Okay», sagte Niklas. «Willst du ihn fragen?»

«Nein, mach du mal. Ich verrate sonst noch was.»

Auf dem Weg zum Gartenhaus überlegte Niklas, wie er es anstellen sollte, Philipp zu fragen, ohne dass er etwas von ihrem Plan merkte.

Er klopfte an die Tür, und als niemand ihn hereinrief, klopfte er noch einmal. Keine Antwort. War Philipp überhaupt zu Hause?

«Hallo, Niklas!»

Er drehte sich um und traute seinen Augen nicht. Vor ihm stand Philipp in einem Surfanzug und mit einem Surfbrett unterm Arm.

«Hallo, Philipp.»

«Ich war gerade unten am Strand surfen.»

«Wusste ich gar nicht, dass du das kannst.»

«Surfen ist meine große Leidenschaft. Ich bin nur bisher nicht dazu gekommen.»

«Das würde ich auch gern lernen.»

«Dann schieben wir mal 'ne Stunde Surfunterricht ein.»

«Super!» Niklas zögerte. «Äh … Lea und ich und Julie und Johnny, wir wollten dich fragen, ob du Lust hast, mit uns eine kleine Fahrt zu machen.»

«Oh … Du meinst, mit dem Auto deiner Mutter?» Er nickte.

«Warum eigentlich nicht? Sie hat es mir schon ein paarmal angeboten. Ist sie denn wieder da?»

«Ja.»

«Und wo wollt ihr hin?»

Darüber hatte Niklas bisher noch nicht nachgedacht. Aber plötzlich hatte er eine Idee. «Nach Simonstown. Dort gibt es Pinguine.» Und dort würden sie vielleicht auch Herrn Breitenbacher begegnen.

«Ja, ich habe was über die Pinguine gelesen, aber Simonstown ist ziemlich weit weg.»

Niklas' Herz sank. Wenn es weit weg war, würde Mama es nicht erlauben.

«Ich zieh mich schnell um, und dann fragen wir deine Mutter», schlug Philipp vor.

Mama saß auf der Terrasse an ihrem Laptop und arbeitete an einer Reportage. Als Philipp ihr von dem Plan erzählte, nach Simonstown zur Pinguinkolonie zu fahren, schüttelte sie sofort den Kopf.

«Das ist nichts für eine kleine Spritztour. Allein für eine Strecke braucht man bestimmt eine Stunde. Warum fahrt ihr nicht nach Hout Bay? Dort soll's im Hafen Seehunde geben.»

«Okay.»

Philipp zog los, um seinen Führerschein zu suchen, und Niklas und Lea sagten Julie und Johnny Bescheid.

«That's great!», rief Johnny.

«You never know», sagte Julie. «Perhaps we'll even see Breitenbacher's car.»

Eine Viertelstunde später saßen sie in Mamas Auto. Lea liebte die Fahrt an der Küste entlang. Heute hatte das Meer kleine Schaumkronen, und es gab richtige Wellen. An manchen Stellen spritzte das Wasser bis auf die Straße. Links ragten rote Felsen auf, und wenn Lea sich klein machte und von unten aus dem Autofenster schaute, sah sie gerade noch die Gipfel der steilen, dunklen Berge.

Als sie in Hout Bay ankamen, verpassten sie die Abzweigung zum Hafen, und plötzlich fuhren sie an lauter kaputten Schuppen aus Wellblech und Plastik vorbei. Überall waren Menschen in abgerissener Kleidung unterwegs, manche hatten Wasserkanister auf dem Kopf, sogar die Kinder trugen solche Kanister. Und zwischen all den Menschen und dem vielen Müll liefen Hunde herum, dünne, graue Hunde.

«Was ist das denn?», rief Lea erschrocken.

«Eine Township», antwortete Philipp. «Hier leben schwarze und farbige Südafrikaner, die nicht genug Geld haben, um in richtigen Häusern zu wohnen.»

«Wohnen Helen und ihr Baby auch in so einem Schuppen?»

«Wahrscheinlich ja.»

«It's really bad», murmelte Julie.

«Mom says that they will soon get proper houses», sagte Johnny.

«Hoffentlich», meinte Niklas. «Das ist ja ein richtiger Slum.»

«Und wieso sind die Menschen so arm?», fragte Lea.

«Südafrika war viele Jahre lang ein Land, in dem keine Gerechtigkeit herrschte», erklärte Philipp, nachdem er gedreht hatte und in Richtung Hafen fuhr. «Die Menschen mit dunkler Hautfarbe wurden von den Weißen unterdrückt und ausgebeutet.»

«Und warum?», wollte Niklas wissen.

«Weil sie meinten, dass sie was Besseres seien.»

«So was Gemeines!», rief Lea.

Sie waren alle ziemlich still, als sie am Hafen parkten und Lea und Johnny losliefen, um Eis zu holen.

Auf dem Pier gingen sie an den Fischkuttern entlang und hielten nach Seehunden Ausschau, aber sie konnten keinen einzigen entdecken.

Nur Dutzende von Möwen kreisten um ihre Köpfe, und als Lea ihnen ein kleines Stück von ihrer Eiswaffel hinwarf, landete eine fast auf ihrer Schulter.

«The seals are usually here when the fishing boats come back», sagte Julie, «because they get some leftovers.»

«Was?», rief Lea. «Die Seehunde sind hier, wenn die Fischkutter zurückkommen –»

«– weil sie dann die Fischabfälle kriegen», ergänzte Niklas.

«Sehr gut», sagte Philipp und lächelte. «Du verstehst schon viel mehr.»

Niklas strahlte.

«Do you want to go to the beach?», fragte Johnny.

«Yes!», rief Lea. «I love beaches.»

Der Strand begann gleich hinter dem Hafen. Er war nicht sehr breit, aber sie fanden ein paar schöne Muscheln, die aussahen wie spitze Hüte. Und Niklas entdeckte den grünen Panzer eines Seeigels.

«Ich glaube, wir müssen jetzt zurück», sagte Philipp und blickte auf die Uhr. «Es ist gleich sechs.»

«Schade», murmelte Lea. «Kannst du nicht Mama und Papa anrufen und fragen, ob wir noch bleiben können?»

Philipp schüttelte den Kopf. «Ich habe euern Eltern versprochen, dass wir um halb sieben wieder da sind.»

Während sie zum Auto zurückliefen, dachte Niklas an die kaputten Schuppen und den vielen Müll und die Menschen mit den Wasserkanistern auf dem Kopf. Mama und Papa hatten ihnen erzählt, dass viele Schwarze in Südafrika noch sehr arm seien, aber er hatte nicht gewusst, dass es so schlimm war.

Kurz hinter Hout Bay bog aus einer Seitenstraße ein weißer Opel Astra ein. Niklas hielt die Luft an und gab Johnny einen Knuff in die Seite. «Ist er das?», flüsterte er.

Johnny beugte sich vor und versuchte, das Nummernschild zu erkennen. Dann nickte er.

«Was ist los?», fragte Lea.

«That's the car of one of our guests», antwortete Johnny und zeigte auf den Opel.

Niklas sah, wie Lea stutzte und vor Aufregung die Hand vor den Mund schlug.

«Na, was habt ihr entdeckt?», fragte Philipp.

«Och … nichts», murmelte Niklas.

Bevor Philipp weiterfragen konnte, fing Julie ein Gespräch über Amerika an. Da wolle sie auch irgend-wann mal hin, sagte sie. Und es gelang ihr tatsächlich, Philipp abzulenken.

Der weiße Opel Astra fuhr bis Camps Bay vor ihnen her, dann bog er in dieselbe Straße ab wie sie und hielt bei Julie und Johnny vorm Haus. Es war also wirklich Herr Breitenbacher!

Niklas sah durch die Rückscheibe, dass er aus sei-nem Auto stieg und ihnen nachschaute. Er musste bemerkt haben, dass sie die ganze Zeit hinter ihm her-gefahren waren.

«Kommt ihr nochmal mit in unseren Garten?», fragte er, als Philipp geparkt hatte.

Johnny und Julie nickten und folgten ihnen in die hinterste Ecke des Gartens.

«Wir müssen aufpassen», flüsterte Niklas. «Breiten-bacher ist misstrauisch geworden.»

Julie nickte. «I had hoped he wouldn't notice who was in the car behind him.»

«Habt ihr 'ne Ahnung, wo er war?», fragte Lea.

«No», antwortete Johnny.

«He certainly didn't come from the penguins in Simonstown», sagte Julie.

Niklas überlegte. «Würden wir's schaffen, mit den Mountainbikes zu der Stelle zu fahren, wo er rausgekommen ist?»

«Well, that must be at least twelve or fifteen kilometres. And part of the road is quite hilly ...»

«Heißt das hügelig?»

Julie nickte.

«Sollen wir's trotzdem versuchen?»

«Yes, let's try it.»

«Wann?»

«Tomorrow I'll finish school early. So we could leave from here at two o'clock.»

«Okay ... also morgen um zwei.»

# Are you sure?

Niklas und Lea hatten sich alles ganz genau überlegt: Nach dem Mittagessen würden sie Helen und Philipp erzählen, dass sie nachmittags bei Johnny und Julie spielen wollten. Niklas würde sein Leihrad mitnehmen, und wenn sie ihn fragen sollten, was er damit vorhätte, würde er sagen, Julie wolle ihm heute ihre Lieblingsstrecke zeigen.

«Niemand wird rauskriegen, dass ihr nach Hout Bay geradelt seid», sagte Lea zuversichtlich.

«Hauptsache, du verplapperst dich nicht», murmelte Niklas, dem plötzlich doch etwas mulmig war. Er wusste, dass Mama und Papa sehr sauer sein würden, wenn sie herausfänden, dass er nicht in Camps Bay geblieben war. Ein gebrochenes Versprechen war schlimmer als eine Sechs in Mathe.

Außerdem war er sich nicht so sicher, ob er mit diesem Rad die Hügel schaffen würde.

Sie hatten Glück: Helen und Philipp stellten ihnen keine einzige Frage, und Mama und Papa waren sowieso nicht da.

Der weiße Opel Astra stand vorm Haus, als sie um kurz vor zwei zu Johnny und Julie kamen.

«Breitenbacher came back ten minutes ago», flüsterte Johnny.

«Hoffentlich bleibt er heute Nachmittag hier», flüsterte Niklas zurück. «Ich würde ihm nicht so gern in Hout Bay begegnen.»

«Neither would I», sagte Julie.

«Wenn ihr ihn seht, müsst ihr euch sofort verstecken», sagte Lea.

«Nicht so laut!», flüsterte Niklas.

«I've got some water, a couple of sandwiches and some muesli-bars», sagte Julie und zeigte auf ihren Rucksack.

«Oh, und ich hab noch nicht mal Wasser dabei», rief Niklas erschrocken.

«Don't worry. I'll have enough for both of us.»

«Mein Rad ist leider auch nicht so toll. Es hat nur drei Gänge.»

«We'll take it in turns», verkündete Julie.

«Was heißt das?»

«Wir wechseln uns ab. You can start with mine.»

«Echt?»

Sie nickte.

«Danke.»

Niklas nahm Julies Mountainbike, während sie auf sein Leihrad stieg.

«Good luck!», sagte Johnny.

«Und schickt uns zwischendurch mal 'ne SMS», rief Lea. «Damit wir wissen, wie's bei euch aussieht.»

«Wird gemacht», antwortete Niklas.

«I'll go first, okay?», fragte Julie.

Er nickte.

«And if there's a problem, just shout. The main thing is that you mustn't forget to keep left!»

«Links fahren … ich weiß.»

«Off we go.»

Julie war eine geübte Radlerin, das sah er sofort. Und mit seinem Rad schien sie kaum Probleme zu haben. Er musste sich anstrengen, wenn er nicht abgehängt werden wollte.

In wenigen Minuten hatten sie die Küstenstraße erreicht. Sie war breiter, als Niklas sie in Erinnerung hatte, und es gab sogar einen Seitenstreifen. Hier konnte man gut radeln, und um diese Zeit war auch nicht viel Verkehr.

«Was hast du deinen Eltern gesagt?», fragte Niklas, als sie nach ein paar Kilometern die Räder wechselten.

«My father is working all day and my mother has gone to do the shopping. I told our housekeeper that I was meeting a friend.»

«Housekeeper? Was ist das?»

«Eine Haushälterin.»

«Okay.»

Und weiter ging's. Niklas merkte sofort, dass er mit seinem Rad lange nicht so gut vorankam. Außerdem wurde es allmählich immer steiler, und die Sonne brannte in seinem Nacken.

«Do you want to push the bike?», rief Julie ihm über die Schulter zu.

«Was?»

«Willst du ... schieben?»

«No!», rief Niklas zurück. Ihm lief schon der Schweiß von der Stirn, aber was Julie schaffte, das schaffte er auch.

Als sie an eine Biegung mit einem Picknickplatz kamen, hielt Julie an. «I think we need a break.»

«Yes», keuchte Niklas und ließ sich auf die Holzbank sinken. «Gestern kam mir die Strecke so kurz vor.»

«I know. It's really quite far.»

Sie tranken Julies Wasser und aßen jeder eine Müslischnitte.

Als es weiterging, durfte er wieder Julies Mountainbike nehmen. Und jetzt sah er, dass sie auf den Steigungen mit seinem Rad genauso zu kämpfen hatte wie er vorher.

Doch dann fuhren sie plötzlich bergab. Eine Riesenabfahrt, zum Glück fast ohne Kurven. Hier musste Niklas aufpassen, dass er nicht zu schnell wurde. Aber der Fahrtwind kühlte ihn schön ab.

«We'll soon get to the turn-off», rief Julie ihm irgendwann zu.

«Turn-off» hieß wahrscheinlich Abzweigung, dachte Niklas.

Und dann sah er auch schon, wie sie den linken Arm ausstreckte. Er bremste und hätte es trotzdem beinahe nicht geschafft, rechtzeitig zum Stehen zu kommen.

«Hey, look at that!» Julie zeigte auf ein Schild, das am Straßenrand angebracht war: *Cheetah Centre, 2 km*. Daneben deutete ein Pfeil nach links.

«Was ist das?»

«Eine ... Aufzuchtstation für Cheetahs. Die ist seit ein paar Jahren hier. I completely forgot about it.»

«Und was sind Cheetahs?»

«A cheetah is a big cat with yellow fur and black spots.»

«Ein Leopard?»

«No, it's not a leopard. Cheetahs sind kleiner und viel dünner. They have very long legs and quite a small head.»

Niklas zuckte mit den Achseln. Diese Tiere kannte er nicht.

«I think they are the fastest land mammals.»

«Und was ist ein ‹mammal›?»

«Ein ... Säugetier.»

«Das schnellste Säugetier an Land? Ah ... jetzt weiß ich's: ein Gepard!»

«That's it!»

«Aber das sind doch wilde Tiere. Kann man die denn züchten?»

«I don't know.»

«Glaubst du, Breitenbacher will Geparde irgendwohin transportieren?»

«I'm sure it would be very difficult.»

«Das hat die Frau, mit der er im Supermarkt gesprochen hat, auch gesagt: ‹Es ist ein sehr schwieriger Transport.›»

«Let's have a look.»

«Okay.»

Die letzten beiden Kilometer schafften sie in null Komma nichts. Sie bogen noch um eine Kurve, und da sahen sie schon das *Cheetah Centre* vor sich. Es bestand aus mehreren reetgedeckten Gebäuden und einigen Gehegen mit hohen Zäunen. Vorne links entdeckte Niklas auch einen größeren Käfig.

Auf dem Parkplatz standen viele Autos, aber ein weißer Opel Astra war nicht darunter, stellte Niklas erleichtert fest.

«I think we should go in», schlug Julie vor.

Sie ketteten ihre Räder am Zaun an und gingen zur Eintrittskasse. Niklas war froh, dass er daran gedacht hatte, Geld mitzunehmen.

Der Mann an der Kasse erklärte ihnen etwas, was er nicht verstand, doch Julie fing gleich an, für ihn zu übersetzen: Sie dürften nicht allein durch die Aufzuchtstation laufen, sondern müssten warten, bis andere Besucher kämen. Dann würde eine Tierpflegerin die Gruppe durch das Gelände führen.

«Ich schicke Lea eine SMS. Vielleicht können Johnny und sie im Internet irgendwas über die Zucht von Geparden herausfinden.»

«Yes, that's a great idea. And it gives them something to do. Johnny was quite disappointed that he couldn't come with us.»

«Sag das Letzte nochmal auf Deutsch.»

«Johnny war ziemlich ... enttäuscht, dass er nicht mitkommen konnte.»

«Ja, Lea auch.»

Niklas musste nicht lange auf eine Antwort warten. *Wir legen sofort los!*, schrieb Lea. *Wann kommt ihr zurück? Mama war eben hier!*

«Ach, so ein Mist!»

«What's the matter?»

«Meine Mutter war eben bei euch zu Hause!»

«Oh, no! Did they tell her where we are?»

«Hoffentlich nicht.»

«Do you want to go back?»

«Nein ...» Er stellte sein Handy aus. «Jetzt wollen wir die Geparde sehen.»

Inzwischen warteten mindestens zehn Leute auf eine Führung. Ein paar Deutsche waren auch darunter.

«I think it's going to start», murmelte Julie und zeigte auf zwei Frauen in khakifarbenen Hosen und Blusen, die auf sie zukamen.

Die ältere von beiden war eine Farbige. Niklas fand, dass sie Helen etwas ähnlich sah. Jetzt fing sie an zu reden, aber leider verstand er kein Wort von dem, was sie sagte.

«Her assistant Kirsten is going to translate … für die deutschen Touristen», flüsterte Julie ihm zu.

«Da hab ich ja Glück.»

Sie gingen hinter den Frauen her auf ein Gehege zu, in dem vorne rechts in der Ecke ein großer Gepard saß und sich putzte.

Niklas spürte, wie sein Herz klopfte, als das Tier den Kopf drehte und ihn mit seinen orangegelben Augen direkt anschaute. Zwei schwarze Linien liefen von den Augen zu den Mundwinkeln und sahen aus wie Tränenstreifen. Er war wunderschön, dieser Gepard, mit seinem gepunkteten Fell und dem langen Schwanz.

Die Tierpflegerin steckte ihre Hand durch den Zaun und kraulte ihn an der Kehle. Sofort fing er laut an zu schnurren. «This is Victor», sagte sie. «He's ten years old and won't return to the wild any more.»

Kirsten räusperte sich und übersetzte, dass Victor zehn Jahre alt sei und nicht mehr in die Wildnis zurückkehren würde.

Niklas stutzte. Irgendwas an dieser Stimme kam ihm bekannt vor.

«What's the matter?», fragte Julie.

«Erzähl ich dir gleich.»

Eine Deutsche, die im *Cheetah Centre* als Assistentin arbeitete … War es möglich, dass Kirsten die Frau aus dem Supermarkt war, mit der sich Breitenbacher unterhalten hatte? Er schloss die Augen und lauschte. Ja, das war ihre Stimme!

Trotz der Hitze lief ihm ein kalter Schauer über den Rücken. Wollten die beiden etwa gemeinsame Sache machen und Geparde nach Deutschland schmuggeln? Würde Kirsten ihm die Käfige aufschließen und dafür hinterher einen Teil des Geldes bekommen?

«Niklas?»

Die Gruppe war schon weitergegangen, und Julie winkte ihm, ihr zu folgen.

Als Nächstes kamen sie zu einem Gehege mit drei jungen Geparden, die knapp ein Jahr alt waren. Sie bekamen gerade ihr Futter. Niklas erschrak, als er sah, wie sie sich auf das rohe Fleisch stürzten und einzelne Brocken herausrissen.

«Cheetahs do not pose a threat to human life», verkündete die Tierpflegerin.

«Geparde stellen keine Bedrohung für den Menschen dar», übersetzte Kirsten.

«I'm not so sure», flüsterte Julie.

«Ich auch nicht», flüsterte Niklas zurück. «Guck dir diese Kirsten mal genau an.»

«Tell me, what is it?»

«Später.»

«And now we will show you our newest arrivals!», rief die Tierpflegerin und führte sie zu einem Gehege, in dem eine Gepardin mit ihren fünf Jungen spielte.

«Die sind ja süß!», rief Niklas und zückte seine Kamera.

«Yes, they're gorgeous», sagte Julie. «And not bigger than our Blacky.»

Auch die anderen Besucher zeigten begeistert auf diese kleinen Geparde mit ihren silbrigen Haaren auf dem Rücken und zwischen den Ohren. Sie kletterten übereinanderher und schienen viel Spaß dabei zu haben. Ab und zu fuhr die Mutter mit ihrer rosa Zunge über ihre Köpfe.

«They are eight weeks old. Normally cheetahs only give birth to two or three young, but Siera surprised us with five healthy cubs.»

Fünf gesunde Junge waren ungewöhnlich; so viel hatte Niklas verstanden.

Ein Mann wollte wissen, warum die Jungen diese silbrigen Haare hätten, die bei den ausgewachsenen Geparden fehlen würden. Das hatte Niklas sich auch schon gefragt, und diesmal musste er auf die Übersetzung warten.

«Die Haare dienen der Tarnung; sie haben sie nur in den ersten drei Monaten ihres Lebens. So sind sie im hohen Gras der Savanne besser geschützt vor ihren Hauptfeinden: den Löwen, Leoparden und Hyänen. Junge Geparde sind leider sehr gefährdet. 95 Prozent sterben vor dem Ende ihres ersten Lebensjahres.»

«Oh, nein!», riefen ein paar aus der Gruppe.

Auch Niklas fand die Vorstellung furchtbar, dass in der Wildnis nur so wenige junge Geparde überlebten.

Zehn Minuten später war die Führung beendet, und sie gingen zu ihren Rädern zurück.

«Now, tell me!», sagte Julie ungeduldig.

«Kirsten ist die Frau aus dem Supermarkt, mit der Breitenbacher sich unterhalten hat! Ich habe sie an ihrer Stimme erkannt.»

Julie starrte ihn entgeistert an. «Are you sure?»

«Absolut sicher!!!»

«Do you think they want to steal the cubs and smuggle them to Germany?»

«Ja, vielleicht ist das der schwierige Transport, von dem sie gesprochen hat.»

«But how can we prove it?», fragte Julie.

«Prove ... Was heißt das?»

«Beweisen.»

«Keine Ahnung!», antwortete Niklas. «Aber wir dürfen nicht warten, bis es zu spät ist.»

In dem Augenblick klingelte Julies Handy.

«Hello? ... Oh, hi, Mrs. Thiessen.» Sie verzog das Gesicht, und Niklas wusste sofort Bescheid.

«We've gone for a little bike ride ... Yes, everything is fine. I'll hand him over to you.»

Muss das sein?, dachte Niklas, als Julie ihm ihr Handy reichte.

«Wo bist du???», schrie Mama.

«Julie und ich haben eine kleine Radtour gemacht ... Wir kommen jetzt nach Hause.»

«Wo du bist, will ich wissen!!!» Ihre Stimme überschlug sich fast.

«Äh, nicht so weit von Hout Bay entfernt.»

«Niklas, das darf nicht wahr sein!!! Du hast Papa und mir fest versprochen, Camps Bay nicht zu verlassen! Und dann hast du auch noch dein Handy ausgestellt!»

«Tut mir leid. Wir wollten nur mal die Räder etwas testen. Und es lief so gut …»

«Kapstadt ist nicht Hamburg! In Südafrika gelten andere Regeln, und es gibt Gefahren, die du überhaupt nicht einschätzen kannst!»

«Aber auf der Straße war nicht viel Verkehr … viel weniger als in Hamburg!»

«Ihr rührt euch nicht vom Fleck!!! Ich fahre sofort los und hole euch ab!»

«Und was machen wir mit den Rädern?»

Doch da hatte sie schon aufgelegt.

«So was Blödes! Warum musste sie ausgerechnet heute so früh nach Hause kommen!»

«Is she going to pick us up?»

«Ja, dabei hat sie gar keinen Fahrradgepäckträger.»

«Let's cycle to the main street. Your mother mustn't know that we were in the *Cheetah centre*.»

«Stimmt. Wenn sie das rauskriegt, können wir gleich einpacken.»

In dem Moment sah er, wie Julie entsetzt die Augen aufriss.

«Was ist los?», fragte er.

«Duck behind the van!», zischte sie ihm zu.

Sie versteckten sich hinter einem kleinen Lieferwagen und beobachteten, wie Breitenbacher aus seinem weißen Opel Astra stieg.

«Ob er uns gesehen hat?», flüsterte Niklas.

«He might have done, unless the sun was blinding him.»

Sie warteten, bis er im *Cheetah Centre* verschwunden war, dann radelten sie, so schnell sie konnten, zur Hauptstraße zurück.

Als sie kurz darauf mit dem ersten steilen Hügel kämpften, sahen sie einen grünen Range Rover auf sich zukommen.

«That's my father!», rief Julie erschrocken.

Mit quietschenden Reifen kam der Wagen zum Stehen. Sofort sprangen die Türen auf, und Mama und Mr. Saunders kamen ihnen entgegengelaufen.

«Niklas, wenn du wüsstest, welche Ängste ich ausgestanden habe», rief Mama und schloss ihn in die Arme.

«We'll talk later!», sagte Mr. Saunders zu Julie und griff nach ihrem Rad.

Egal, was jetzt passiert, dachte Niklas, als er in den Range Rover stieg. Wir haben was rausgefunden, womit niemand gerechnet hat. Am wenigsten Herr Breitenbacher!

# So ein Tier kommt doch niemals durch den Zoll!

Als Papa nach Hause kam, brüllte er Niklas an, ob er eigentlich noch recht bei Verstand sei. Einfach mit Julie nach Hout Bay zu radeln, um die Räder zu testen! Sie hätten doch neulich nachts gerade über ihre Verabredung gesprochen, dass er Camps Bay nicht verlassen dürfe.

Lea hörte, wie Niklas anfing zu weinen, und versprach, es nicht wieder zu tun.

«Du wirst eine Woche lang nirgendwo hingehen, nicht mal zu Johnny und Julie!»

«Nein!», schluchzte Niklas. «Bitte nicht … Dann gib mir lieber kein Taschengeld!»

«Oh!», rief Papa erstaunt. «Darauf würdest du doch sonst nie verzichten!»

«Ich weiß. Nur wenn ich nicht zu Julie und Johnny rüberkönnte … das wäre richtig schlimm!»

«Okay. Zwei Wochen lang kein Taschengeld. Aber ich warne dich: Wenn du so was nochmal machst, gibt es Hausarrest, und ich bringe das Rad zurück.»

«Ist gut.»

Da ist er gerade nochmal davongekommen, dachte Lea.

Kurz darauf fiel die Tür von Niklas' Zimmer ins Schloss. Sie klopfte bei ihm an, und als sie keine Antwort bekam, drückte sie vorsichtig die Klinke herunter.

«Ich will nicht mit dir reden! Geh weg!», rief Niklas. Er lag auf seinem Bett und hatte sich die Decke über den Kopf gezogen.

Aber Lea ließ sich nicht so schnell verscheuchen. Sie machte die Tür hinter sich zu und setzte sich auf den Boden. «Wir haben euch nicht verraten.»

«Sondern?»

«Als Mama zu uns rüberkam, hab ich ihr nur erzählt, dass ihr die Räder ausprobieren würdet und bald wieder da wärt. Sie hat gesagt, sie würde eine halbe Stunde warten.»

«Und warum ist sie dann so ausgeflippt?»

«Weil sie dich nicht erreichen konnte. Wieso hast du dein Handy ausgestellt?»

«Wir waren gerade bei den Geparden angekommen. Und da wollte ich nicht, dass sie mich anruft.»

«Du hättest doch so tun können, als ob du ganz woanders bist.»

Niklas rollte sich auf den Rücken und seufzte. «Ist ja auch egal … Es hat sich auf jeden Fall gelohnt. Wir haben was Spannendes erfahren!»

«Echt? Was denn?»

Da begann Niklas zu erzählen, und Leas Augen wurden immer größer. «Fünf junge Geparde? Glaubst du, sie wollen sie nach Deutschland schmuggeln?»

«Bestimmt.»

«Johnny und ich haben ein bisschen im Internet geforscht. Geparde sterben immer mehr aus, weil die Farmer sie erschießen, um ihr Vieh zu schützen.»

«Oh nein!»

«Deshalb gibt's jetzt solche Aufzuchtstationen. Aber es ist nicht so einfach, Geparde in der Gefangenschaft zu züchten und sie dann in die Wildnis zu entlassen.»

«Warum nicht?»

«Weil ihre Mütter ihnen nicht beibringen können, wie sie ihre Beute erlegen. Dazu brauchen sie viel mehr Platz. Und wenn die Kleinen das nicht lernen, können sie in der Wildnis nicht überleben.»

«Wir brauchen Informationen über Tierschmuggel», sagte Niklas. «Und das so schnell wie möglich.»

Nach dem Abendessen schickte Lea eine SMS an Johnny, um ihn zu fragen, ob sie noch für eine Stunde vorbeikommen könne. Sie müssten unbedingt weiter im Internet forschen.

Fünf Minuten später klingelte ihr Handy.

«Hi, Johnny here. It would be great if you could come over to us.»

«Super!»

«But don't be surprised ... my parents are in a really foul mood.»

«Meine auch.»

«Julie isn't allowed to go out for a week.»

«Oh nein!»

«Anyway, she says it's worth it because of what they found out.»

«Okay ... und wir finden jetzt noch mehr spannende Sachen raus.»

«Exactly.»

«Bis gleich.»

Fast wäre das Ganze daran gescheitert, dass Mama und Papa ihr nicht erlauben wollten, zu Johnny rüberzugehen.

«Es ist Viertel nach sieben», sagte Mama vorwurfsvoll.

«Na und?», rief Lea. «Soll ich etwa jetzt schon ins Bett?»

«Nein, aber warum müsst ihr unbedingt heute Abend im Internet forschen?»

«Versteh ich auch nicht», murmelte Papa.

«Johnny und ich haben ein tolles Projekt, und wir reden auch ganz viel Englisch miteinander. Das wollt ihr doch immer, oder?»

«Na gut», seufzte Mama.

Johnny hatte schon angefangen, im Internet bei

Google *smuggled animals* einzugeben. Es war schlimm, was da alles geschmuggelt wurde: Schildkröten, Schlangen, Papageien. Sie wurden in Koffern und Kisten versteckt, und viele von ihnen wurden krank auf dem Transport oder starben, bevor sie ihr Ziel erreichten. Manche erstickten, andere verhungerten oder verdursteten. Lea wurde fast schlecht, als sie das las.

«Aber wie kriegen die Schmuggler einen Löwen oder einen Gepard nach Deutschland?», rief sie. «So ein Tier kommt doch am Flughafen niemals durch den Zoll. Außerdem kann man es nicht in eine Kiste sperren.»

«We'll find out», antwortete Johnny und gab *black market animals* ein.

«Was ist ein ‹black market›?»

«Ein ... Schwarzmarkt.»

Nach und nach fanden sie heraus, dass Tierschmuggel international ein blühendes Geschäft ist. Lea war entsetzt, als sie las, dass sogar Zoos in Deutschland geschmuggelte Tiere kaufen.

«Look at this!», rief Johnny. «There are rich people who keep a lion in a cage in their garden.»

«Was heißt ‹cage›?»

«Käfig.»

«Was??? Es gibt reiche Leute, die in ihrem Garten einen Löwen im Käfig halten? Das ist doch Tierquälerei!»

«I know. It's really awful. I almost don't want to tell Julie. She will be so shocked! Did you know that she wants to become a vet?»

«Was ist das?»

«... Tierärztin. She loves animals!»

«Ich auch! Und deshalb müssen wir verhindern, dass den Geparden was passiert», sagte Lea. «Wir wissen immer noch nicht, wie die Tierschmuggler an die Tiere kommen. Gib doch mal *Tierschutz* ein. Vielleicht hilft uns das weiter.»

«Okay ... Perhaps *Tierschutz in Afrika.*»

Das war eine Fundgrube! Allmählich fingen sie an zu begreifen, wie mit lebenden wilden Tieren gehandelt wurde. Weltweit war dieser Handel nur mit Zertifikaten der internationalen Tierschutzbehörde CITES erlaubt. Jedes Land durfte eine bestimmte Anzahl von Tieren ausführen, die legal an Zoos oder Zirkusse verkauft wurden.

Aber es gab Länder, in denen die CITES-Vertretungen viel mehr Zertifikate ausstellten. Und das ließen sich die Beamten sehr gut bezahlen.

«That means we have to find the countries –»

«– in denen sie sich nicht an die Gesetze halten.»

«Look at that!», rief Johnny in dem Moment und zeigte auf den Bildschirm. *Uganda wird zum Paradies für Tierschmuggler* stand da.

«Hey, das ist genau das, was wir gesucht haben.»

Lea las, so schnell sie konnte: Man hatte nachgewiesen, dass wilde Tiere von anderen afrikanischen Ländern nach Uganda geschmuggelt wurden. Dort behauptete man, dass sie ugandisch seien, auch wenn es viele davon in Uganda gar nicht gab. Sie bekamen ein Zertifikat und konnten dann legal überall hin exportiert werden.

«Just imagine», sagte Johnny. «Some rich idiot who wants a cheetah for his garden can collect it himself at Hamburg airport!»

«Den Anfang hab ich nicht kapiert.»

«Jeder reiche Idiot, der einen Gepard für seinen Garten haben will –»

«– kann ihn selbst am Hamburger Flughafen abholen!»

«That's so cruel!»

««Cruel›?»

«Grausam.»

Lea nickte. «Was schätzt du, wie viel so ein Tier wert ist?»

«I don't know.»

Sie mussten noch ein paarmal googeln, und dann wussten sie auch das: Bis zu 15 000 Euro wurden für einen kleinen Gepard gezahlt.

«Times five: that makes 75 000 Euro!», rief Johnny. «A hell of a lot of money!»

«Ich wette, Breitenbacher hat genau so was vor», murmelte Lea. Und dabei wurde ihr ganz schwindelig.

# WHAT CAN WE DO?

Warum mussten sie ausgerechnet jetzt Unterricht haben?, dachte Niklas am nächsten Morgen, während er versuchte, die Englischaufgabe zu lösen, die Philipp ihm gestellt hatte: *Situations and Responses.* Es gab viel wichtigere Dinge zu tun.

*I like apple pie.* Was passte dazu als Antwort? *I'm awfully sorry about it.* Nein. *Yes, please.* Auch nicht. *So do I.* Ja, das könnte richtig sein.

«How is it going?», fragte Philipp und schaute ihm über die Schulter. «Yes, that's correct. You're getting better and better.»

«Ehrlich?»

«Ja! Als ich neulich auf unserer Fahrt gemerkt habe, wie gut du Julie und Johnny verstehen kannst, war ich wirklich überrascht.»

«Mit denen ist es auch einfach, weil sie langsam sprechen, und wenn ich's nicht kapiere, sagen sie's auf Deutsch.»

«Trotzdem ist das schon ein großer Fortschritt.»

Ob Philipp gemerkt hatte, wie aufgeregt sie gewesen waren, als sie den Wagen von Herrn Breitenbacher entdeckt hatten?

«Where did Julie and you cycle yesterday?»

«Was? Äh, sorry ... to Hout Bay.»

«And what did you do there?»

«We ... we looked around ...»

Philipp schaute ihn grinsend an. Er glaubte ihm nicht.

«Did you see the white Opel Astra again?»

Niklas zuckte zusammen. «No.»

«But I saw it.»

«Wo?»

«In English, please.»

«Where ... did you see it?»

«In Camps Bay. It was parked in front of a computer store.»

«Aha!» In Niklas' Kopf begann es zu rasen. Natürlich, der Laptop!

«What's the matter?»

«Nichts, äh, nothing.» Philipp hatte ihn auf eine Superidee gebracht.

Jetzt grinste er wieder. Sollte er denken, was er wollte: Niklas konnte ihm nichts von seinem Verdacht erzählen.

«I'm still so shocked about what you found out!», sagte Julie, als sie sich nachmittags alle vier im Schuppen trafen, um zu überlegen, wie sie Breitenbacher auf die Spur kommen konnten. «Animal smugglers are real bastards! We have to stop Breitenbacher!»

«But what can we do?», fragte Johnny.

«Wir sollten uns seinen Laptop mal vornehmen», antwortete Niklas.

«Aber der steht in seinem Zimmer!», rief Lea.

«My mother has keys to all the guest-rooms», sagte Julie. «But we aren't allowed to go in.»

«Why didn't I think of that before!», rief Johnny plötzlich und schlug sich mit der flachen Hand an die Stirn. «Soon after Breitenbacher arrived we talked about computers.»

«Kannst du das nochmal auf Deutsch sagen?», unterbrach Niklas ihn.

«Kurz nachdem Breitenbacher angekommen ist ... habe ich mich mit ihm ... über Computer unterhalten.»

«Johnny always does that if a guest arrives with a laptop», warf Julie ein.

«Und was hat er gesagt?», rief Lea aufgeregt.

«Not very much. I kept asking the questions. What kind of provider he uses, if it's difficult to check his e-mails when travelling ...

«Was heißt das?», fragte Niklas.

«Ob es schwierig ist ... seine E-Mails abzurufen, wenn er unterwegs ist.»

«Und?»

«No, it isn't! And do you know what? He showed me how he does it.»

«I don't believe it!», rief Julie.

«Er hat dir gezeigt, wie er seine E-Mails abruft?», fragte Lea ungläubig.

«Yes! His provider is AOL. So he just goes onto the AOL-website, clicks on AOL eMail, puts in his address –»

«Hast du die auch gesehen?»

«Yes, it's *fbbacher@aol.com,* because his name is Frank Breitenbacher.»

«Wahnsinn, dass du das behalten hast!», rief Niklas.

«Of course he didn't tell me his password», fuhr Johnny fort. «But I remember seeing seven black dots on the screen. So the password must have seven letters.»

«Ein Passwort mit sieben Buchstaben …» Niklas runzelte die Stirn. «Wie sollen wir darauf kommen? Es gibt Tausende von Wörtern, die sieben Buchstaben haben.»

«What about *cheetah*?», fragte Julie.

«I don't think it'll be as easy as that», murmelte Johnny.

«Das glaub ich auch nicht», sagte Lea. «Mit dem Wort *Geparde* ist es genau dasselbe. So leicht wird er's uns nicht machen.»

«Wir müssen es ausprobieren», meinte Niklas.

Julie überlegte. «Tomorrow is Saturday and there's no school ...»

«Ja, endlich!», rief Niklas. «Vielleicht fährt Breitenbacher irgendwann morgens weg, und dann können wir uns in sein Zimmer schleichen.»

«We would have to get hold of the key without my mother noticing it.»

«Das schafft ihr schon», sagte Lea zuversichtlich.

Johnny nickte. «The main thing is that Breitenbacher doesn't take his laptop with him.»

«Bestimmt nicht.»

«Ich finde, wir sollten uns bis morgen eine Liste mit Wörtern machen, die sieben Buchstaben haben», schlug Niklas vor.

«Okay», sagte Julie. «German and English ones.»

«Die geben wir dann nacheinander ein. Vielleicht haben wir Glück.»

In dem Moment klopfte jemand an die Schuppentür. Die vier schauten sich erschrocken an.

«What's going on in there?», rief eine weibliche Stimme.

«Our Mom», flüsterte Johnny und holte tief Luft. «I hope she didn't eavesdrop.»

«Was heißt das?», flüsterte Lea.

«Lauschen», murmelte Julie und schloss die Tür auf.

Dort stand Mrs. Saunders und schüttelte verwundert den Kopf. «Was macht ihr denn bei diesem schönen Wetter hier im Schuppen?»

«We had to talk about something», antwortete Johnny.

«Nicht dass ihr wieder plant, die Gäste nass zu spritzen! Wie im letzten Sommer!»

«No!», riefen Johnny und Julie.

«Und warum könnt ihr nicht im Garten miteinander reden?»

«Top secret», antwortete Johnny und schlüpfte an ihr vorbei nach draußen.

Julie versuchte, ihm zu folgen, doch ihre Mutter hielt sie am Arm fest. «Hör mal, macht bloß nicht wieder so einen Blödsinn wie gestern.»

«Stop pulling my arm!»

«Papa ist immer noch stocksauer. Er hatte gerade vor ein paar Tagen zu Leas und Niklas' Vater gesagt, dass ihr beide Camps Bay auch nicht verlassen dürft, weil es zu gefährlich ist. Und dann verleitest du Niklas zu einer solchen Fahrradtour.»

«Nein, hat sie nicht!», rief Niklas. «Das war mein Vorschlag. Ich wollte so gern mal länger auf Julies Rad fahren.»

«Trotzdem ... Sie hätte es besser wissen müssen.»

«Let me go!», rief Julie genervt und schüttelte die Hand ihrer Mutter ab.

«Warum schwimmt ihr nicht ein bisschen? Es ist so heiß!»

«Haven't you noticed that there's someone in the pool?», fragte Julie.

Lea drehte sich um. Tatsächlich, da schwamm Herr Breitenbacher! Hoffentlich ahnte er nichts von dem, was sie im Schuppen beredet hatten.

Sie beschlossen, mit Blacky zu spielen. Und als Herr Breitenbacher endlich aus dem Pool gestiegen war und sich ausgiebig geduscht hatte, schwammen und tauchten sie, bis sie alle erschöpft waren.

«We have to think up something for tomorrow morning», sagte Julie, als sie sich am Beckenrand ausruhten.

«How do you mean?», fragte Johnny.

«Mom is watching us, because she knows we're up to something.»

«Was hast du gesagt?», fragte Niklas.

«Meine Mutter beobachtet uns … weil sie weiß, dass wir irgendwas planen.»

Johnny ließ seine Blicke schweifen und hielt dann plötzlich inne. «I have an idea.»

«Erzähl!», rief Lea.

«Pssst! Nicht so laut», flüsterte Niklas.

«Mom would freak out if Blacky suddenly disappeared.»

«‹Freak out›? Was ist das?»

«Ausflippen.»

«Und ‹disappear›? Heißt das verschwinden?», fragte Lea.

Johnny nickte.

«We have to hide her somewhere», sagte Julie, und als sie Niklas' und Leas fragende Blicke sah, übersetzte sie auch gleich für sie: «Wir müssen Blacky irgendwo verstecken.»

«Okay», überlegte Niklas. «Und während eure Mutter nach ihr sucht, gehen wir in Breitenbachers Zimmer.»

«We shouldn't all go in», meinte Johnny. «Perhaps only Lea and me. And you two could help Mom to look for Blacky.»

«Okay», antwortete Julie. «That's a pretty good plan.»

«Jetzt brauchen wir nur noch ein geeignetes Versteck», murmelte Lea und schaute zu Blacky hinüber, die auf der Terrasse in der Sonne lag und sich putzte.

«Ist Blacky schon mal weggelaufen?», fragte Niklas. Johnny schüttelte den Kopf.

«Perhaps we can take her over to your house», schlug Julie vor. «Dann können wir später sagen, dass ... sie bei euch war, weil sie sich schon mit euch angefreundet hat.»

«Aber würde sie bei uns bleiben?», fragte Lea.

«If there's something nice to eat for her ...», antwortete Johnny.

«Kein Problem.»

In dem Moment wurde im ersten Stock ein Fenster geöffnet, und Herr Breitenbacher schaute heraus.

«Na, amüsiert ihr euch schön?», rief er ihnen zu.

«Ja», rief Lea zurück.

Und dann prusteten sie alle los vor Lachen. Herr Breitenbacher würde sich nicht mehr lange amüsieren. Dafür würden sie schon sorgen.

«I'm sure he didn't see us in the *Cheetah Centre*», flüsterte Julie Niklas zu. «Otherwise he wouldn't talk like that.»

«Ja», murmelte Niklas. Da hatten sie nochmal Glück gehabt.

# ICH HAB'S!

Lea war schon um fünf Uhr wach. Das passierte ihr sonst nie, aber heute rasten die Gedanken in ihrem Kopf. Ob sie es schaffen würden, Breitenbachers E-Mails zu lesen? Sie war so aufgeregt, wenn sie daran dachte, dass Johnny und sie nachher in sein Zimmer schleichen und seinen Laptop anstellen würden. Aber dafür musste Breitenbacher erst mal wegfahren. Und dann mussten sie jemanden bestimmen, der aufpasste und Johnny und sie warnte, falls er plötzlich wieder zurückkam. Und hoffentlich klappte der Trick mit Blacky. Vielleicht würde sie nur schnell die Leckerbissen auffressen, die Niklas und sie ihr hinstellten, und danach gleich wieder verschwinden.

Lea stand auf, um sich einen Zettel und einen Stift zu holen und noch ein paar Wörter mit sieben Buchstaben aufzuschreiben. Was könnte sich Breitenbacher für ein Wort ausgesucht haben? Es musste eins sein, auf das nicht jeder sofort kam. Wörter wie *Fenster* oder *Eingang* oder *oeffnen* waren viel zu einfach.

Wie wär's mit einem Autonamen? Lea ging alle Namen durch, die sie kannte. *Renault* war eins, das passen würde. Oder *Peugeot.*

Natürlich war es auch möglich, dass er irgendeinen Namen gewählt hatte. Wie hießen denn Leute, die so alt waren wie Breitenbacher? Mama zum Beispiel hieß *Susanne,* und Papa hatte einen Freund, der *Andreas* hieß. Aber vielleicht hatte Breitenbacher auch Kinder, die so alt waren wie sie. Gab es in ihrer Klasse Namen mit sieben Buchstaben? Komisch, die meisten waren kürzer: *Lena, Kira, Hanna, Max, Tim, Jan.* Oder länger: *Alexander, Sebastian, Annalena, Juliette.* Aber dann fand sie doch drei: *Rebecca, Natalie* und *Patrick.*

Lea merkte, wie sie anfing, wieder müde zu werden. Es war zu schwierig. Sie würden sicher nie das richtige Wort finden.

«Aufstehen! Es ist schon neun!», hörte sie eine Stimme rufen, und dann rüttelte jemand an ihrer Schulter.

Mühsam öffnete Lea die Augen. Vor ihr stand Niklas mit seinem Handy in der Hand.

«Hast du vergessen, was wir heute vorhaben?», flüsterte er.

«Nein», antwortete sie und sprang aus dem Bett. «Ich war vorhin eine Ewigkeit wach und habe über Wörter mit sieben Buchstaben nachgedacht.»

«Und?»

«Ich glaub, dass keins davon passen wird.»

«Wir müssen es probieren!»

«Und wenn Breitenbacher gar nicht wegfährt?»

«Der ist schon weg! Julie hat mir gerade eine SMS geschickt. Entweder ist er ganz früh gefahren oder gar nicht nach Hause gekommen.»

«Oh, dann müssen wir uns beeilen!», rief Lea und zog sich in Windeseile an.

«Ja, eben! Julie wird gleich versuchen, Blacky bei uns vorbeizubringen.»

«Und ihre Mutter?»

«Die ist mit Frühstückmachen beschäftigt.»

«Hast du schon geguckt, ob wir für Blacky was zu fressen haben?»

«Im Kühlschrank sind Krabben ...»

«Die mag sie bestimmt.»

«Aber wir müssen aufpassen, dass Helen nichts davon mitkriegt.»

«Das wird schwierig.»

«Mama und Papa sind wir auf jeden Fall bald los. Die wollen einen Großeinkauf machen.»

«Super.»

«Und Philipp will mit Mamas Auto an irgendeinen großen Strand fahren zum Surfen.»

«Okay ... bleibt nur Helen.»

«Vielleicht mag sie Katzen.»

«Ja ... trotzdem würde sie ihnen niemals teure Krabben zu fressen geben.»

«Dann stellen wir ihr etwas Sahne hin.»

«Und wann soll ich zu Johnny rübergehen?»

«Um halb zehn. Julie und ich haben abgemacht, dass ich draußen Wache schiebe, während sie mit ihrer Mutter nach Blacky sucht.»

«Und was machen wir, wenn Herr Breitenbacher gar kein Verbrecher ist?», fragte Lea und band sich ihre Haare zu einem Pferdeschwanz zusammen.

«Wie kommst du denn jetzt darauf?»

«Ich weiß nicht ...»

«Wir haben doch alle das Gefühl, dass hier was nicht stimmt.»

«Ja ... ich dachte nur gerade, dass es ziemlich peinlich wäre, wenn Johnny und ich in Breitenbachers Zimmer entdeckt würden und ...»

«Und was?»

«... er beweisen kann, dass er wirklich über Pinguine und Geparde forscht.»

Niklas starrte sie an, als hätte er plötzlich ein Gespenst gesehen. «He! Vielleicht ist das das Passwort!»

«Geparde? Das ist zu einfach. Haben wir doch gestern schon gesagt!»

«Nein! Pinguin!»

«Oh!» Lea zählte nach. «Sieben Buchstaben. Ja! Warum nicht? Niklas, das wäre super!»

In dem Augenblick rief Mama von unten, dass das Frühstück fertig sei.

«Denk dran, du musst in einer Viertelstunde los.»

Lea nickte. «Versuch, mit Blacky zu spielen. Vielleicht findest du ein Wollknäuel. Katzen mögen so was.»

«Wo soll ich das denn herkriegen?»

«Frag Helen.»

Mama und Papa wunderten sich, als Lea ihr Müsli hinunterschlang und verkündete, sie sei um halb zehn mit Johnny verabredet.

«Wollt ihr etwa bei diesem schönen Wetter wieder vorm Computer sitzen?», fragte Papa.

«Nur ein bisschen.»

«Was ist das überhaupt für ein Projekt?»

Lea sah, wie Niklas leicht den Kopf einzog.

«Tiere in Afrika», antwortete sie, ohne die Miene zu verziehen. «Sehr spannend, kann ich euch sagen.»

«Na gut», meinte Mama. «Aber du musst uns versprechen, dass ihr auch draußen spielt.»

«Klar, machen wir.»

Lea war höchstens fünf Minuten weg, als es an der Haustür klingelte.

«Das ist für mich!», rief Niklas und rannte los.

Er riss die Tür auf, und da stand Julie, völlig außer Puste.

«Have you seen Blacky?»

«Nein.»

«Oh, it's too bad! She ran away when I tried to pick her up.»

Niklas runzelte die Stirn. Spielte Julie jetzt nur ihre Rolle besonders gut, oder war Blacky wirklich verschwunden?

«She's really gone, Niklas!»

«Oh, nein! Meinst du, ich kann sie anlocken, wenn ich etwas Sahne rausstelle?»

«You can try, but if she got a fright, she might be hiding somewhere.»

«Okay, ich versuch's.»

«And I'll go back to make sure my Mom doesn't go into Breitenbacher's room.»

«Hello, Julie», rief Papa in dem Moment und kam auf sie zu.

Niklas zuckte zusammen. Hoffentlich hatte er nichts mitbekommen.

«You look very pale. What happened?»

«Our cat ran away.»

«Oh, dear! Is it the small black one?»

Julie nickte. «I'm really worried. She has never done this before.»

«We'll look out for her.»

«Thanks.»

Merkwürdig, dachte Niklas, nachdem Julie wieder gegangen war. Blacky musste gespürt haben, dass sie was mit ihr vorhatten.

«His friend's cat ran away», erklärte Papa, als sie zu Helen in die Küche kamen.

«Oh, poor thing!», rief sie erschrocken.

«So if you see a small black cat around, that's probably her.»

«Okay.»

Helen holte Sahne aus dem Kühlschrank und goss etwas in eine flache Schale.

«Perhaps this will bring her back», sagte sie und stellte die Schale draußen vor die Küchentür.

«Thanks», murmelte Niklas.

Es dauerte nicht lange, und er hörte, wie Helen ein paarmal in die Hände klatschte. Als er aus dem Fenster schaute, entdeckte er eine orange getigerte Katze, die gierig die Sahne aufschlürfte und Helen gar nicht beachtete. Von Blacky war nichts zu sehen.

Hoffentlich würde alles gutgehen. Er konnte jetzt nicht losziehen, um nach Blacky zu suchen, sondern musste hier am Fenster sitzen bleiben und die Straße im Blick behalten. Nichts wäre schlimmer, als wenn er Breitenbachers Rückkehr verpassen würde.

Lea saß bei Johnny am Schreibtisch und wartete darauf, dass er mit dem Schlüssel zu Breitenbachers Zimmer zurückkam.

Sie blätterte in seinem Tierlexikon und schrieb noch ein paar englische Tiernamen auf, für den Fall, dass *Pinguin* doch nicht das richtige Passwort war. *Leopard, lioness, giraffe, gazelle* und *buffalo*.

«Blacky, where are you?», hörte sie Julie draußen rufen. «My little Blacky.»

Sie klang ziemlich verzweifelt. Lea hätte nicht gedacht, dass sie ihre Rolle so gut spielen würde.

«Is she really gone?», fragte Julies Mutter.

«Yes, she is! I don't know how it could have happened.»

Lea grinste bei der Vorstellung, dass Blacky jetzt wahrscheinlich bei ihr zu Hause auf der Terrasse saß und mit Niklas spielte. Vielleicht hatte er es sogar geschafft, ihr ein paar Krabben zu fressen zu geben.

«She'll come back! Don't worry!»

Oh, nein! Hoffentlich kam Julies Mutter nicht ins Haus zurück.

In dem Augenblick ging die Tür auf, und Johnny schlüpfte herein.

«I've got the key to Breitenbacher's room», flüsterte er. «But we have to hurry! My mother doesn't believe that Blacky is gone. And do you know what's really strange? She *is* gone! Julie is quite upset.»

«Echt?»

Lea hatte nur so viel verstanden, dass Blacky tatsächlich verschwunden war. Wie konnte das bloß passieren?

So leise wie möglich schlichen sie über den Flur in den Anbau, in dem die Gästezimmer lagen. Was sollten sie tun, wenn ihnen jetzt jemand begegnete?

Johnny blieb vor der Tür mit der Nummer drei stehen und schob den Schlüssel ins Schloss.

«We have to take care not to disturb anything in his room», flüsterte er.

Lea nickte. Ihr Herz klopfte so stark, dass es beinahe wehtat.

In Breitenbachers Zimmer sah es chaotisch aus. Überall lagen Kleidungsstücke herum, und sein Bett war auch noch nicht gemacht. Aber nun wussten sie wenigstens, dass er hier übernachtet hatte und sehr früh aufgestanden war.

«Schließ am besten die Tür wieder ab», flüsterte Lea, «damit uns keiner überraschen kann.»

Johnny nickte. Seine Hand zitterte, als er den Schlüssel im Schloss umdrehte.

Dann sahen sie sich nach Breitenbachers Laptop um.

«I can't see it», flüsterte Johnny. «He must have taken it with him.»

«So ein Mist!», fluchte Lea und öffnete den Kleiderschrank. Doch auch dort war kein Laptop.

Johnny lief ins Bad, während Lea sich hinkniete und unter dem Bett nachschaute.

Als sie sich wieder aufrichtete, entdeckte sie etwas Silbriges, das unter der Bettdecke hervorlugte.

«Guck mal!», rief sie und zog einen flachen Apple-Macintosh-Laptop hervor.

Johnny kam aus dem Bad herbeigelaufen und strahlte. «Super!»

Es dauerte nicht lange, und er hatte das Internet-Kabel angeschlossen und die Verbindung zu AOL hergestellt. Unter AOL-E-Mail gab er Breitenbachers Adresse ein: *fbbacher@aol.com*

«Now we only need the right password.»

Sie begannen mit *Pinguin*, und als das nicht passte, probierten sie alle anderen Wörter aus, die Lea sich aufgeschrieben hatte. Danach gingen sie Johnnys Liste durch. Doch sie hatten kein Glück.

«This won't work», sagte Johnny enttäuscht. «We have to find some other way.»

«Warte mal … Was heißt Pinguin auf Englisch?»

«Penguin.»

«Wie schreibt sich das?»

«P E N G U I N.»

«Sieben Buchstaben. Das käme auch hin.»

Lea hielt die Luft an, als Johnny das Wort *Penguin* eingab. Und tatsächlich! Es klappte!

«Hey! This is great!», rief Johnny.

«Nicht so laut!», flüsterte Lea.

Auf dem Bildschirm erschien ein neues Fenster. Mailbox. Sie haben 0 neue eMails.

«Guck mal unter *Gelesene eMail.*»

Doch weder dort noch unter *Verschickte eMail* fanden sich irgendwelche Mails.

«Ah, look!», sagte Johnny und zeigte auf das Feld daneben. «I think we have to go into: *in AOL gespeichert.*»

Und so war es. Unter der Überschrift *Verschickte Mails* wurden sie fündig. Hier waren Hunderte von E-Mails gespeichert. Allein gestern hatte Breitenbacher sieben Mails verschickt:

| Datum | E-Mail-Adresse | Thema |
|---|---|---|
| 20.10.06 | fbbacher | Käfige |
| 20.10.06 | fbbacher | Transporter |
| 20.10.06 | fbbacher | Futter |
| 20.10.06 | fbbacher | Warenlieferung |
| 20.10.06 | fbbacher | Pilotenlizenz ? ? ? |
| 20.10.06 | fbbacher | flight departure |
| 20.10.06 | fbbacher | Uhrzeit |

«Now, let's see!», sagte Johnny und klickte die Mail zum Thema *Käfige* an.

Lea platzte fast vor Spannung, während sie darauf warteten, dass sich die Mail öffnete.

```
Thema :Käfige
Datum :Fr, 20. Okt. 2006 12 :40
Von :fbbacher
An :k.meyerfeld@web.de

Hallo Kirsten,
ich wollte mich nur nochmal vergewissern, ob du
die Käfige beiseitegestellt hast. Sind unsere fünf
Kätzchen wohlauf ?
Gruß, Frank
```

«Das ist der Beweis, dass sie die fünf jungen Geparde rausschmuggeln wollen», rief Lea.

«Yes, Kirsten is the name of the assistant at the *Cheetah Centre*! Julie told me.»

«Ja, die Frau, die Niklas an ihrer Stimme erkannt hat.»

In der nächsten Mail ging es um einen Transporter, den Breitenbacher für heute gemietet hatte. Als Abholzeit war 6 Uhr morgens vereinbart worden.

«Oh nein!», rief Lea. «Vielleicht sind wir genau einen Tag zu spät.»

«I'll see what the mail under *Warenlieferung* says», sagte Johnny und drückte auf die Taste.

```
Thema :Warenlieferung
Datum :Fr, 20. Okt. 2006 16 :21
Von :fbbacher
An :mmuellermann@gmx.de

Sehr geehrter Herr Müllermann,

ich kann Ihnen die freudige Mitteilung machen, dass
die Lieferung der Ware sehr bald erfolgen wird.
Sie ist in hervorragendem Zustand. Ich wäre Ihnen
dankbar, wenn Sie mir die vereinbarte Summe in bar
bei unserem Treffen in Hamburg überreichen könnten.

Mit besten Grüßen
Frank Breitenbacher
```

«Müllermann heißt also der Typ, dem er die Geparde verkaufen will.»

«Yes, at least one of the cheetahs. And of course Breitenbacher wants cash from him.»

«Wir müssen verhindern, dass er die Geparde aus dem Land schmuggelt!»

«But in order to do that we need to prove that he's into something illegal.»

«Und wie sollen wir das machen?»

«I don't know.»

«Wenn wir bloß wüssten, wo er hingefahren ist!»

«I wonder what *flight departure* will tell us?», murmelte Johnny und klickte die Mail dazu an.

Thema :flight departure
Datum :Fr, 20. Okt. 2006 14 :06
Von :fbbacher
An :Danny.Rhodes@web.co.za

Dear Danny,

The cargo won't cause any problems, because it's in secure containers.
Kirsten and I hope to be at Stellenbosch Airfield
by 8 a.m., so that she can leave at around 8.45 a.m.
See you then.

Best wishes
Frank

«Oh, I'm beginning to get the picture!», stöhnte Johnny. «This is really bad news!»

«Ich hab das noch nicht kapiert!», rief Lea. «Was ist ein ‹cargo›? Und was sind ‹secure containers›?»

«Es wird keine Probleme mit der Fracht geben, weil sie in sicheren … Behältern steckt.»

«Meint er damit die Geparde in den Käfigen?»

«Yes, I think so.»

«Und wo ist Stellenbosch?»

«It's an hour's drive from here. I didn't even know there was an airport at Stellenbosch. It must be a private one.»

«Ja, und auf einem privaten Flughafen gibt's bestimmt keinen Zoll.»

«Kirsten must have a pilot's licence, so that she can fly out the cheetahs.»

«Aber wohin?»

«I have no idea.»

«Ich hab's!», rief Lea plötzlich. «Wenn wir die Mails ausdrucken, haben wir den Beweis, den wir brauchen.»

«But Breitenbacher doesn't have a printer.»

«Du kannst sie doch an deine Mail-Adresse weiterleiten und in deinem Zimmer ausdrucken!»

Johnny starrte sie mit großen Augen an und grinste dann. «Lea, that's cool!»

Er hatte gerade angefangen, die Mails weiterzuleiten, als Leas Handy klingelte. Sie erschrak, als sie sah, dass es Niklas' Nummer war. «Hallo?»

«Ich habe eben einen weißen Opel Astra vorbeifahren sehen», rief Niklas aufgeregt. «Ihr müsst verschwinden.»

«Kannst du Breitenbacher nicht aufhalten? Wir brauchen noch ein paar Minuten! Außerdem ist der Laptop warm. Das wird ihm auffallen.»

«Aber wie soll ich ihn aufhalten?»

«Keine Ahnung! Denk dir was aus.»

«Lea, das ist zu gefährlich.»

«He can ask Breitenbacher if he has seen Blacky», schlug Johnny vor.

«Hast du gehört, was Johnny gesagt hat? Lauf runter und frag ihn, ob er Blacky gesehen hat. Die ist nämlich verschwunden.»

«Ich weiß, aber ...»

«Nun mach schon!»

«Okay.»

Als sie aufgelegt hatte, erklärte Johnny, dass er die ersten fünf Mails weitergeleitet hätte.

«Super!», rief Lea. «Je mehr wir schaffen, umso besser.»

Niklas war inzwischen aus seinem Zimmer gestürzt und lief, so schnell er konnte, die Treppe hinunter. Vor der Haustür wäre er beinahe mit Helen zusammengestoßen.

«Sorry!», rief er ihr zu und rannte nach draußen.

Als er bei Julie und Johnny ankam, atmete er auf. Dort parkte kein weißer Opel Astra. Breitenbacher war noch unterwegs!

Sofort rief er Lea an, um ihr Entwarnung zu geben.

«Danke! Bis gleich!»

In dem Moment spürte Niklas, wie etwas Weiches um seine Beine strich. Es war Blacky! «Da bist du ja!» Als er sich bückte, um sie zu streicheln, begann sie zu schnurren.

«Vielleicht passen wir jetzt zusammen auf», murmelte er.

Ein paar Minuten später bog Julie um die Ecke. «Oh, there you are!», rief sie erleichtert und nahm Blacky auf den Arm. «I was really worried!»

«Wo ist deine Mutter?», flüsterte Niklas.

«In the kitchen. But she told me that she'll do the guest-rooms in a minute. On Saturdays the cleaner doesn't come.»

«Dann muss ich Lea Bescheid sagen.»

«My mother is still listening to the news.»

«Was sind ‹news›?»

«Nachrichten.»

In dem Augenblick wurde das Küchenfenster geöffnet. «Kinder, kommt mal her!», rief Julies Mutter und winkte ihnen aufgeregt zu.

«Why? What's the matter?»

«Heute Morgen sind fünf junge Geparde aus dem *Cheetah Centre* in Hout Bay gestohlen worden.»

«Oh, no!»

«Die deutsche Assistentin der Tierpflegerin scheint in die Geschichte verwickelt zu sein, denn sie ist auch verschwunden.»

Niklas schluckte. Jetzt hatten sie es doch nicht mehr rechtzeitig geschafft!

# WE HAVE
# TO CALL THE POLICE!

Es fehlte nicht viel, und Niklas hätte Julies Mutter alles erzählt. Doch da klingelte bei ihr das Telefon, und sie verschwand vom Küchenfenster.

«We can't tell anybody before we have proof that Breitenbacher is involved in this», flüsterte Julie.

«What's ‹proof›?»

«Ein Beweis.»

«Ich rufe Lea an und frage, ob sie sein Passwort gefunden haben.»

«Okay.»

Lea antwortete sofort: «Wir sind gleich fertig.»

«Heißt das, dass ihr an Breitenbachers E-Mails gekommen seid?»

«Ja! Und wir haben tolle Beweise!»

«Die werden wir auch brauchen. Gerade eben kam in den Nachrichten, dass fünf junge Geparde aus dem *Cheetah Centre* in Hout Bay gestohlen worden sind», berichtete Niklas.

«Die haben Kirsten und Breitenbacher heute Morgen nach Stellenbosch gebracht.»

«Stellenbosch?», fragte Niklas atemlos. «Ist das ein Flughafen?»

«Ja. Kirsten hat eine südafrikanische Pilotenlizenz und wird die Geparde heute von Stellenbosch Airfield nach Hoedspruit fliegen.»

«Wohin?»

«Johnny sagt, das ist ganz weit weg, irgendwo im Norden Südafrikas, in der Nähe vom Kruger Nationalpark», meinte Lea.

«Ihr müsst euch beeilen! Julies Mutter will gleich die Zimmer putzen», warnte Niklas.

«Johnny sagt, es macht nichts, wenn sie uns hier findet. Wir decken schließlich ein Verbrechen auf.»

In dem Moment hörte Niklas hinter sich ein Motorengeräusch. Er drehte sich um und sah, wie ein weißer Opel Astra vorm Gartentor hielt.

«Breitenbacher ist wieder da!», rief er in sein Handy.

«Keep your voice down!», zischte Julie.

«Das Gartentor geht schon auf. Ihr müsst sofort das Zimmer räumen!»

«Okay.»

Julie versuchte Niklas hinter sich her ins Haus zu ziehen, doch er konnte sich nicht vom Fleck rühren. Ihm musste irgendwas einfallen, was er Breitenbacher fragen könnte, damit sie Zeit gewinnen würden. Er kannte Lea: Sie liebte das Risiko und würde bis zum letzten Moment in Breitenbachers Zimmer bleiben.

«Guten Morgen, ihr zwei!», rief Breitenbacher und stieg aus seinem Wagen.

«Morning», murmelte Julie.

«Hallo ...» Niklas räusperte sich. «Wie fährt sich so ein Opel Astra?»

Breitenbacher schaute ihn erstaunt an. «Nicht schlecht. Aber mit meinem Wagen zu Hause ist er natürlich nicht zu vergleichen.»

«Was fahren Sie denn da?»

«Einen Mercedes Coupé, eine CLS-Klasse.»

«Schönes Auto.»

«Ja, das kannst du wohl sagen.»

«It's quite expensive, isn't it?», fragte Julie.

Breitenbacher nickte. «Aber das Fahrgefühl ist hervorragend.»

«When I'm grown up, I'll drive a BMW.»

«Auch nicht schlecht. Und du?», wandte Breitenbach sich an Niklas.

«Einen Porsche.»

«Ja, die haben's in sich. Weißt du schon, was du mal werden willst?»

«Vielleicht Regisseur wie mein Papa. Oder Fußballer.»

«Na, dann viel Glück», sagte Breitenbacher und ging ins Haus.

Niklas wäre am liebsten hinter ihm hergelaufen und hätte ihn noch was gefragt, um ihn weiter aufzuhalten. Doch da kam eine SMS von Lea. Sie saßen in Johnnys Zimmer.

«Das ist gerade nochmal gutgegangen», flüsterte Niklas.

Als sie in Johnnys Zimmer kamen, war dieser gerade dabei, Breitenbachers E-Mails auszudrucken.

«We have to call the police», sagte er. «But first we must find out from Stellenbosch Airfield when the plane will land in Hoedspruit.»

«Have you got the phone number?», fragte Julie.

«Here it is», antwortete er und reichte ihr eine der Mails.

«Wir haben Wahnsinnssachen herausgefunden!», rief Lea, während Julie den Hörer zur Hand nahm. «Stellt euch vor, die Geparde sollen in Hoedspruit in eine größere Maschine umgeladen werden, und die wird dann zusammen mit vielen anderen Tierlieferungen nach Uganda fliegen.»

«Das ist ja so gemein!», murmelte Niklas.

«And we also know the name of one of his customers», rief Johnny. «He's called Max Müllermann –»

«– und dieser Müllermann wohnt in einer riesigen Villa in Hamburg –»

«– and in his garden he has cages with other wild animals.»

«Aber ein Gepard fehlt ihm noch.»

«The plane will land in Hoedspruit at 11:45 a.m.», sagte Julie. «Now I'll ring the police.»

«Leute, wir waren vielleicht blöd!», rief Lea da plötzlich. «Wir hätten doch Breitenbachers E-Mails auch von Johnnys Computer aus abrufen können. Wenn man den Provider, die E-Mail-Adresse und das Passwort hat, kann man jeden Computer benutzen.»

«That's true», sagte Johnny zerknirscht. «I hope Breitenbacher won't check his e-mails right now, because he might notice that a lot of his mails were sent to my e-mail-address.»

Doch in diesem Augenblick wurde die Tür aufgerissen, und Breitenbacher stürzte ins Zimmer. Lea erschrak, als sie sah, dass er eine Pistole in der Hand hatte.

«Ihr haltet euch wohl für besonders clever, was? Ab, in die Ecke!»

Breitenbacher zeigte mit seiner Waffe in die hinterste Ecke des Zimmers. Lea schluckte. Von dort würden sie weder die Tür noch das Fenster erreichen.

«Wer ein Handy hat, raus damit!»

Zögernd gaben sie ihm ihre Handys. Leas Hand zitterte. Ob Julie es noch geschafft hatte, die Polizei anzurufen?

«So, Johnny Saunders, deinen Laptop hast du zum letzten Mal gesehen.»

«No!», rief Johnny entsetzt.

«Ich habe keine Ahnung, wie ihr an mein Passwort gekommen seid», sagte Breitenbacher, während er die ausgedruckten E-Mails in seine Tasche stopfte und sich dann Johnnys Laptop unter den Arm klemmte. «Aber das spielt auch keine Rolle mehr. Ich lasse mir von so einer Kinderbande wie euch nicht mein Geschäft vermasseln.»

Er wird niemals davonkommen, dachte Lea. Sobald er weg ist, rufen wir die Polizei.

«Und dich, diesen künftigen Porschefahrer, werde ich mitnehmen!», verkündete Breitenbacher und gab Niklas mit der Pistole ein Zeichen, zur Tür zu gehen.

«Nein, das dürfen Sie nicht!», rief Lea. «Das ist mein Bruder!»

«Halt die Klappe!», schrie Breitenbacher. «Und ich warne euch: Wenn ihr die Polizei benachrichtigt, wird das böse Folgen haben.»

Stumm vor Angst musste Lea zusehen, wie die beiden das Zimmer verließen. Dann brach sie in Tränen aus.

«I did call the police», flüsterte Julie. «We have to call them again to tell them that he took Niklas with him.»

«Ich muss meinen Eltern Bescheid sagen», schluchzte Lea und wollte aus dem Zimmer laufen.

«Wait a minute», sagte Johnny. «Otherwise he'll take you with him as well.»

Wieso war sie bloß die ganze Zeit nie auf die Idee gekommen, dass Breitenbacher eine Pistole haben könnte?

# BLACKYS EINSATZ

Niklas ging langsam die Treppe hinunter. Wenn er nicht das harte Metall der Pistole zwischen seinen Schulterblättern spüren würde, hätte er geglaubt, es sei alles nur ein böser Traum. Seine Kehle war so trocken, dass er kaum noch schlucken konnte.

«Du gehst jetzt direkt zum Auto und steigst hinten ein», zischte Breitenbacher ihm zu.

Niklas nickte.

«Und kein Wort! Zu niemandem!»

Draußen war es so hell, dass Niklas die Augen zusammenkneifen musste. Vielleicht hatte er Glück und Mrs. Saunders schaute gerade aus dem Küchenfenster … Oder Mr. Saunders kam in seinem Range Rover nach Hause … Oder Mama und Papa fuhren zufällig auf der Straße vorbei …

«Verfluchtes Biest!», hörte er Breitenbacher da rufen.

Niklas wusste nicht, was geschehen war, aber er spürte plötzlich keine Pistole mehr im Rücken. Ohne zu überlegen, duckte er sich und verschwand blitzschnell im Gebüsch neben dem Gästeparkplatz.

«Komm da sofort wieder raus!», schrie Breitenbacher.

«Was geht hier vor?» Das war die Stimme von Mrs. Saunders. Niklas hielt die Luft an. «Sind Sie denn verrückt geworden, hier mit einer Pistole herumzufuchteln?»

«Gehen Sie mir aus dem Weg!» Eine Autotür wurde zugeschlagen. Und kurz darauf sprang der Opelmotor an.

«Halt!», schrie Mrs. Saunders.

Niklas' Blick fiel auf Blacky, die neben ihm aufgetaucht war und ihn mit ihren grünen Augen ansah.

«Hast du mich gerettet?», flüsterte er und streichelte ihr vorsichtig den Kopf.

Blacky schmiegte sich an ihn. Ja, Niklas war sich sicher, dass sie Breitenbacher vor die Füße gelaufen war. Und beim Stolpern hatte er einen Moment lang nicht aufgepasst.

«Jetzt ist er weg, der Schuft!», rief Mrs. Saunders, während das Motorengeräusch sich entfernte.

Da traute sich Niklas wieder aus dem Gebüsch hervor.

«Niklas!» Mrs. Saunders schaute ihn erschrocken an. «Du bist ja ganz bleich! Hat Herr Breitenbacher dich etwa bedroht?»

«Ja ...» Und dann brach die Geschichte aus ihm heraus.

«Wir müssen sofort die Polizei anrufen!», rief Mrs. Saunders.

«Niklas!», schrie da Lea und stürzte auf ihn zu.

Sie hielt ihn so fest, als wolle sie ihn nie wieder loslassen.

«We've already called the police», sagte Julie, «but that was before he threatened us with his pistol.»

«And before he took Niklas with him», fügte Johnny hinzu.

«Seid ihr denn verrückt geworden, auf eigene Faust auf Verbrecherjagd zu gehen?»

In der nächsten halben Stunde wurde ununterbrochen telefoniert. Und dann waren Mama und Papa auf einmal da. Mama schloss Niklas in die Arme und fing an zu weinen. Und Papa wollte von Lea ganz genau wissen, was passiert war.

«Warum habt ihr uns denn nichts gesagt?», fragte Mama und wischte sich die Tränen ab.

«Weil wir noch keine Beweise hatten», antwortete Lea. «Außerdem hättet ihr uns verboten, weiter nach welchen zu suchen.»

Papa nickte. «Allerdings.»

«And now everything is gone, including my laptop», stöhnte Johnny.

«I'm sure the police will catch Breitenbacher and then you'll get your laptop back», versuchte Julie ihn zu beruhigen.

«I don't know», murmelte Johnny. «Perhaps he'll just throw it into the sea ... to destroy the proof.»

«Oh nein!», rief Lea.

In der Ferne war jetzt eine Polizeisirene zu hören, und wenig später kam ein Wagen mit quietschenden Bremsen vorm Haus zum Stehen.

Zwei Beamte sprangen heraus, und nun mussten sie die Geschichte wieder von vorn erzählen.

«He's probably on his way to the airport», sagte der eine und gab die Beschreibung Breitenbachers über Funk durch. «We've been trying for ages to track down these animal smugglers», meinte der andere. «Catching Breitenbacher might be very important.»

«I rang the police about an hour ago to say that the plane with the cheetahs will land in Hoedspruit at 11:45 a.m.», sagte Julie und schaute auf die Uhr. «It's now 11:30. Do you know if the police in Hoedspruit are at the airport to pick up the animals and to arrest the pilot?»

«I'll check that straight away.»

Alle warteten gespannt, bis der Beamte sein Gespräch beendet hatte.

«Yes, everybody is ready at Hoedspruit. We are very grateful for the information. And we'll make sure that Breitenbacher doesn't leave the country.»

Nachdem die Polizeibeamten wieder abgefahren waren, setzten sie sich erschöpft in den Garten und wurden von Mrs. Saunders mit Weintraubenschorle und Melktart versorgt.

Da tauchte auf einmal Philipp in seinem Surfanzug auf. «Helen hat mir erzählt, dass ihr hier seid. Ich habe gerade was sehr Aufregendes erlebt.»

Und dann berichtete er ihnen, dass er auf dem Rückweg vom Strand an eine Polizeisperre gekommen sei. Dort sei der Fahrer von einem weißen Opel Astra festgenommen worden.

«Er sah aus wie der Mann, der hier ein Zimmer gemietet hatte.»

«That's him!», rief Johnny. «Did you see if they picked up my laptop as well?»

Philipp schaute ihn verständnislos an. «Your laptop?»

Während Julie schnell die ganze Geschichte für Philipp zusammenfasste, klingelte das Telefon. Es war die Polizei, die ihnen mitteilte, dass Breitenbacher verhaftet worden sei und man alle Beweismaterialien sichergestellt hätte.

«And what about my laptop?», fragte Johnny.

«Alles okay», antwortete seine Mutter und lächelte.

«Oh, good!», seufzte Johnny erleichtert.

Breitenbachers Festnahme wurde sogar abends im Fernsehen gezeigt.

«Sie hätten ruhig sagen können, dass wir den Tier-schmuggel aufgedeckt haben», rief Lea enttäuscht.

«Das kommt vielleicht noch», meinte Papa. «Guckt mal, da sind die fünf kleinen Geparde.»

Tatsächlich! Sie lagen zusammengerollt in ihren Käfigen und schauten ängstlich in die Kamera. Der Reporter berichtete, dass man noch viele andere Tier-lieferungen sichergestellt hätte: Löwen, Leoparden, Antilopen, Elefanten, Krokodile, Schlangen und sogar ein junges Nashorn.

«A group of children in Cape Town tracked down the head of the gang of animal smugglers», sagte der Reporter.

«He! Das sind wir!», rief Lea.

«It's a big success for the South African police who have been trying for many years to stop the illegal trade in wild animals.»

Niklas strahlte. «Super!»

«Ja», seufzte Mama. «Aber mir wird immer noch ganz mulmig, wenn ich daran denke, in was für eine Gefahr ihr euch begeben habt.»

Papa nickte. «Solche Verbrecher schrecken vor nichts zurück!»

«Es ist ja nochmal gutgegangen», murmelte Lea.

«Ja, nur stell dir vor, dieser Breitenbacher wäre nicht über Blacky gestolpert, sondern hätte Niklas mitgenommen. Das hätte ganz schlimm enden können.»

Niklas spürte, wie es ihm eiskalt den Rücken herunterlief. Er hatte eine irrsinnige Angst gehabt.

«Heute haben Mama und ich frei», verkündete Papa, als sie am nächsten Morgen beim Frühstück auf der Terrasse saßen. «Was haltet ihr davon, wenn wir einen Ausflug zum Kap der Guten Hoffnung machen?»

Niklas zögerte.

«Das soll sehr schön sein», sagte Mama. «Außerdem gibt's dort einen Naturschutzpark mit vielen Tieren: Antilopen, Strauße und sogar Zebras.»

Lea schüttelte den Kopf. «Vielleicht ein andermal.»

«Wo möchtet ihr denn hinfahren?»

«Zum *Cheetah Centre*», riefen beide wie aus einem Munde.

«Die jungen Geparde sind bestimmt noch nicht wieder da», sagte Mama.

«Glaub ich doch», entgegnete Niklas.

«Wir können ja anrufen», schlug Lea vor.

Ein paar Minuten später wussten sie, dass die Geparde schon seit gestern Abend wieder bei ihrer Mutter waren. Aber es gab einen großen Besucherandrang, weil man sie im Fernsehen gezeigt hatte. Deshalb waren heute alle Führungen ausgebucht.

«Och, wie blöd», murmelte Niklas.

«Papa, hast du gesagt, dass wir die Geparde gerettet haben?», fragte Lea.

Er schaute sie verblüfft an. «Das hab ich glatt vergessen.»

«Dann musst du nochmal anrufen.»

Diesmal klappte es. Man versprach ihnen sogar eine Extraführung.

«Können Johnny und Julie auch mitkommen?», fragte Niklas.

«Oh ja!», rief Lea.

Mama nickte. «Warum nicht?»

«Und wenn ihre Eltern Zeit haben –», sagte Papa.

«Und Philipp», rief Niklas.

«Vielleicht nehmen wir ein Picknick mit», schlug Mama vor.

«Dabei fällt mir was ein», rief Papa und lief in die Küche.

Er hatte beide Hände hinterm Rücken versteckt, als er ins Wohnzimmer zurückkam.

«Die sind für dich!», sagte er und warf Niklas eine Tüte mit Lakritzstangen zu. «Haben wir gestern im Supermarkt gefunden.»

«Danke.»

«Und was krieg ich?», rief Lea. «Gummibärchen?»

«Genau!»

«Hmmm, lecker!»

Damit hat alles angefangen, dachte Niklas, als er seine Tüte aufriss. Mit der Suche nach Lakritzstangen. Und daraus hatte sich ein richtiger Kriminalfall entwickelt. Ihr erster Fall!

So waren sie schließlich zu neunt, als sie durchs *Cheetah Centre* geführt wurden. Waren Julie und er wirklich erst vor drei Tagen hier gewesen?, fragte sich Niklas. Seitdem war so viel passiert!

Er konnte es kaum erwarten, bis sie endlich zum Gehege mit den jungen Geparden kamen. Sein Herz klopfte. Ja, da waren sie: eins, zwei, drei, vier, fünf kleine Geparde, die mit ihrer Mutter spielten. Und sie sahen zum Glück überhaupt nicht mehr ängstlich aus.

# VERGIFTETE MUFFINS

# A REAL SHOCK!

Niklas wachte auf und wischte sich über die Augen. Was war das für ein merkwürdiges Schiebefenster? Und wieso lag er nicht in seinem Hochbett?

Da fiel es ihm wieder ein: Er war in London! Und er hatte Ferien. Endlich!

Plop … plop machte es draußen. Plop … plop. Das waren die ersten Tennisspieler. Die Plätze lagen am Eingang zu einem riesigen Park. Wiesen, Hügel, Wald und Seen, so weit man gucken konnte.

Als sie vor zwei Tagen angekommen waren, war auch seine jüngere Schwester Lea ganz begeistert gewesen.

«Hier wohnen wir?», rief sie.

Papa grinste. «Ich habe gewusst, dass euch Hampstead Heath gefallen wird.»

«*Wie* heißt das?», fragte Lea.

«Hampstead ist ein Vorort von London und ‹heath› bedeutet Heide.»

«Hampstead Heide», murmelte Niklas.

«Es ist ein wilder Park, einer der schönsten Englands», sagte Mama. «Hier gibt's sogar Badeteiche, einen für Frauen, einen für Männer und einen gemischten.»

Ihre Wohnung lag im dritten Stock eines alten Hauses. Papa hatte sie für ein paar Monate gemietet, weil er einen Film in London drehte. Mama, Lea und Niklas würden die Sommerferien hier verbringen. Erst hatten Lea und er keine Lust dazu gehabt, weil sie lieber ans Meer wollten. Aber dann erzählte Papa ihnen, dass Johnny und Julie, ihre südafrikanischen Freunde, auch nach London kommen würden. Ihr Vater war Kameramann, und Papa fand die Zusammenarbeit mit ihm letztes Jahr in Kapstadt so gut, dass er ihn wieder als Kameramann engagiert hatte.

«Und was ist mit dem *Bed & Breakfast* von Mrs. Saunders?», fragte Lea. «Kann sie das einfach für sechs Wochen zumachen?»

«In Südafrika ist jetzt Winter», antwortete Papa. «Da gibt's nicht so viele Touristen in Kapstadt. Außerdem haben sich die Eltern von Johnny und Julie schon lange gewünscht, mal eine Weile in London zu leben.»

«Und wir haben noch eine tolle Nachricht für euch», sagte Mama. «Die Saunders haben die Wohnung direkt nebenan gemietet.»

«Juhu!», rief Lea.

Niklas drehte sich nochmal auf die andere Seite. Kurz nach acht. Es war still in der Wohnung. Heute war Sonnabend, da konnte auch Papa ausschlafen.

Mehr als sieben Monate waren seit ihrer Abreise aus Kapstadt vergangen. Aber bei der Ankunft von Julie und Johnny in London war es ihm so vorgekommen, als hätten sie sich vor ein paar Tagen zuletzt gesehen.

Lea und Johnny hatten sich regelmäßig gemailt. Er hatte Julie nur eine Mail zu ihrem zwölften Geburtstag geschickt und sie ihm eine zu seinem elften.

Niemals würde er vergessen, wie sie in Kapstadt den Tierschmugglern auf die Spur gekommen waren! Frank Breitenbacher hieß der Boss, und er wohnte ausgerechnet in dem *Bed & Breakfast* von Mrs. Saunders. Junge Geparde wollte er nach Deutschland schmuggeln und dafür viel Geld kassieren.

Später hatten sie in der Zeitung gelesen, dass Breitenbacher jahrelang mit internationalem Haftbefehl gesucht worden war. Jetzt hatte man ihn zu fünf Jahren Gefängnis ohne Bewährung verurteilt: wegen Tierschmuggels, unerlaubten Waffenbesitzes, Bedrohung mit einer geladenen Waffe und weil er versucht hatte, ein Kind zu entführen.

Bei dem Gedanken lief es Niklas immer noch kalt den Rücken herunter. Er war nämlich dieses Kind gewesen! Und beinahe wäre er wirklich von diesem Verbrecher entführt worden.

Lea war empört, als sie von dem Urteil erfuhr. «Was? Breitenbacher hat nur fünf Jahre gekriegt? Das muss ich Johnny schreiben!»

Noch am selben Tag kam eine Mail von Johnny zurück. *I know, it's not enough! He should have been sent to prison for at least ten years!*

Schon zwanzig nach acht, und alle schlafen noch, dachte Lea. Dabei waren sie um neun mit Johnny, Julie und ihren Eltern verabredet. Sie wollten zusammen in einem Café frühstücken, das in Papas neuem Reiseführer so gelobt worden war.

«Ein original englisches Frühstück», hatte Papa gesagt. «Bacon and eggs and toast with marmalade.»

Lea mochte keinen gebratenen Schinkenspeck und auch keine Spiegeleier und erst recht keine Orangenmarmelade! Die war so bitter. Aber Papa hatte ihr versprochen, dass es in dem Café auch etwas anderes zu essen gab. Croissants und Muffins und Joghurt und Obst. Lea lief schon das Wasser im Mund zusammen. Sie würde jetzt aufstehen und die anderen wecken.

Der Himmel war blau, die Sonne schien. Stimmte gar nicht, dass es in England immer regnete.

Let's go!», rief Johnny, als sie sich alle um kurz nach neun unten vor der Haustür trafen. «I'm starving!»

«Was heißt das?», fragte Lea.

«Ich … verhungere gleich.»

«Ich auch.»

Wie gut, dass Mrs. Saunders Deutsche war und Johnny und Julie genug Deutsch konnten, um manchmal für Niklas und sie zu übersetzen, wenn sie nicht weiterwussten. Aber meistens verstanden sie sie auch ohne Übersetzung.

«*Sue's Café* liegt in Kentish Town», verkündete Papa und schaute auf seinen Stadtplan, «in einer Seitenstraße der Highgate Road.»

«Ist das weit?», fragte Lea.

«Höchstens zwanzig Minuten.»

Die Mütter liefen vorneweg, ihnen folgten die Väter, dann Julie mit Niklas, und Johnny und Lea bildeten den Schluss. Sie waren sofort wieder bei ihrem Lieblingsthema, den Computern.

«Have you got an internet connection in your flat?», fragte Johnny.

«Ja», antwortete Lea. «Aber meine Mutter braucht in den nächsten Tagen den Internetzugang, weil sie was für irgendeine Reportage herausfinden muss.»

«You can come over to us», sagte Johnny. «I've set everything up and it's working fine.»

Papa drehte sich zu ihnen um. «Hauptsache, ihr hockt bei dem schönen Wetter nicht stundenlang vorm Computer.»

«Nei-ein!», stöhnte Lea.

«In Cape Town they couldn't get enough of it», sagte Mr. Saunders.

«If we hadn't had the internet, we wouldn't have caught the cheetah smugglers», rief Johnny.

Lea sah, wie beide Mütter auf einen Schlag stehenblieben.

«Kinder!», sagte Mama. «Mir wird immer noch schlecht, wenn ich daran denke, dass dieser Frank Breitenbacher Niklas mit einer Pistole bedroht hat.»

«Aber wir haben die jungen Geparde gerettet!», rief Niklas.

«Ihr habt euch in große Gefahr begeben!», sagte Mrs. Saunders.

«No more playing detective this time, okay?» Die Stimme von Mr. Saunders klang ziemlich ernst.

«Habt ihr gehört?», fragte Papa.

Sie nickten alle vier.

«Dann ist es ja gut.»

Und weiter ging's. Niklas dachte an Blacky, Julies kleine schwarze Katze. Sie war Breitenbacher vor die Füße gelaufen, als der ihn mit der Pistole vor sich her zu seinem Wagen geschoben hatte. Er war gestolpert, und Niklas hatte plötzlich keine Pistole mehr in seinem Rücken gespürt. Blacky hatte ihn gerettet.

«Wie geht's Blacky?», fragte er.

«She's fine», antwortete Julie. «My Grandpa is looking after her.»

«Habt ihr nochmal einen verdächtigen Gast in eurem *Bed & Breakfast* gehabt?»

«No, and I hope we never will.»

Niklas' Magen knurrte, und er war froh, als sie endlich an *Sue's Café* ankamen. Vor der Tür standen Tische mit Sonnenschirmen. Es sah fast aus wie ein Straßencafé in Kapstadt. Ruck, zuck hatten Lea und Johnny Plätze für alle besetzt.

«I think it's self-service», sagte Mr. Saunders und zeigte auf die Tabletts der anderen Gäste. «Who wants bacon and eggs?»

Alle außer Lea und Mama. Die wollte lieber Rührei.

«I would like some sausages as well!», rief Johnny.

«And some grilled tomatoes for me», sagte Julie.

«Ich komme mit rein. Mal sehen, was es sonst noch gibt», rief Lea.

«I'll come with you», sagte Johnny.

Gemeinsam folgten sie Papa und Mr. Saunders. Drinnen mussten sie sich an einer Schlange anstellen.

«Hmmm, lecker!» Lea ließ ihre Blicke über den Tresen gleiten: Orangensaft, Melone, Pampelmuse, Erdbeerjoghurt, Karamellpudding, Himbeertörtchen, Croissants, Apfelkuchen, Schokoladenmuffins und etwas, was wie dicke Rosinenbrötchen aussah.

«Wie heißen die?»

«Scones», antwortete Johnny. «They're nice.»

«Okay … Vielleicht probiere ich sie mal. Oder soll

ich lieber einen Schokoladenmuffin nehmen? Die mag ich auch so gern.»

«Why don't you take both?»

Lea überlegte hin und her. Ein Scone mit Butter und Erdbeermarmelade, einen Schokoladenmuffin und außerdem noch ein Himbeertörtchen und einen Orangensaft. Oder nein, erst mal keinen Schokoladenmuffin. Den konnte sie sich später immer noch holen.

«Look at the guy over there, near the wall, the one with the bald head and the sunglasses», flüsterte Johnny ihr zu und zeigte auf einen großen Mann mit Glatze, Sonnenbrille und einem silbernen Ohrring. «He could be a bodyguard.»

Lea nickte. «Vielleicht frühstückt hier jemand, der berühmt ist. Wenn das Café sogar schon in einem deutschen Reiseführer steht ...»

«Who's next?», rief da die Frau mit dem schwarzen Pferdeschwanz, die hinterm Tresen stand.

«I think it's us», antwortete Mr. Saunders.

Während sie warteten, machte Niklas ein paar Fotos von Julie und Mama unter dem Sonnenschirm und von Lea und Johnny in der Schlange. Sie bemerkten es aber nicht; wahrscheinlich redeten sie wieder über ihre Laptops.

Endlich war es so weit. Die vier kamen mit vollbeladenen Tabletts an den Tisch zurück.

«This looks great», sagte Julie.

Eine Weile waren sie alle mit Essen beschäftigt. Bacon and eggs schmeckten gut, fand Niklas. Außerdem gab es dreieckigen Toast mit Butter und Orangenmarmelade. Und große Becher mit Kakao. Er platzte fast, als er fertig war.

Lea schob sich den Rest ihres Himbeertörtchens in den Mund. «Ich muss mir mal die Hände waschen», sagte sie und stand auf. «Weiß jemand, wo die Toiletten sind?»

«Hinten links», antwortete Papa.

Die Schlange im Café war jetzt noch länger als vorhin. Es standen sogar Leute auf der Straße. Kein Wunder bei den leckeren Sachen, die es hier gab.

Lea wusch sich ihre klebrigen Hände und suchte nach einem Papierhandtuch, aber da hing nur ein elektrischer Händetrockner. Die mochte sie nicht.

Während sie die Hände an ihren Shorts abwischte, kam ein Mädchen mit hellblonden, lockigen Haaren aus der Toilette. Es lief schnell an ihr vorbei, ohne sie anzusehen.

Auf dem Rückweg zu den anderen zögerte Lea einen Moment. Sollte sie sich noch einen Schokoladenmuffin holen? Nein, sie war pappsatt.

«What are your plans for the next few days?», wollte Mr. Saunders wissen, als sie wieder am Tisch saß.

«Would anyone like to play tennis?», fragte Julie.

«Ja», antwortete Niklas. «Aber ich bin nicht sehr gut.»

«Neither am I.»

«You are very good», widersprach Johnny. «Much better than me.»

«Ich hab noch nie Tennis gespielt», sagte Lea. «Aber ich würd's gern lernen.»

«We could also go swimming», schlug Johnny vor. «There are these funny ponds, one for women, one for men and a mixed one.»

«Ja, stimmt!», rief Niklas. «Vielleicht gehen wir gleich morgen früh schwimmen.»

«And what are we going to do today?», fragte Johnny.

«London angucken!», rief Lea und strahlte.

Ein toller Tag, dachte Niklas, als er abends im Bett lag. Sie hatten eine Bootsfahrt auf der Themse gemacht und waren im Tower of London gewesen, einer Festung, in der früher viele berühmte Leute eingesperrt worden waren. Lea wollte unbedingt auch die Kronjuwelen sehen, aber zum Glück war die Schlange zu lang. Später hatten sie fish and chips gegessen, und er hatte gelernt, dass chips Pommes frites waren. Und Kartoffelchips hießen auf Englisch crisps.

«Your English is really good now», hatte Julie auf der Rückfahrt in der U-Bahn gesagt.

«Echt?»

«Yes, it is. Last year, when you came to Cape Town, you often couldn't understand what we were saying.»

«Ja.»

Das war schrecklich gewesen, vor allem, weil Lea immer alles sofort verstand und einfach drauflosreden konnte. Philipp, ihr Hauslehrer, hatte ihm viel geholfen. Nach ihrer Rückkehr nach Hamburg hatte er ihn richtig vermisst.

Nebenan redeten Mama und Papa. Niklas verstand nur das Wort Haushälterin. Stimmt, Mama hatte ihnen erzählt, dass sie jemanden eingestellt hätte, weil sie wegen ihrer Reportagen viel unterwegs sein würde.

Ihm fielen die Augen zu. Hoffentlich war die Haushälterin nicht so streng. Helen in Kapstadt war sehr nett gewesen, aber sie hatten auch schon welche gehabt, die sich ständig in alles einmischten.

Kinder, kommt mal schnell!!!», rief Mama am nächsten Morgen.

Niklas und Lea stürzten ins Wohnzimmer. Dort standen Mama und Papa. Beide waren ganz blass.

«Eben kam in den Nachrichten, dass mehrere Leute mit Vergiftungserscheinungen ins Krankenhaus eingeliefert wurden!», sagte Papa. «Ein Mann ist richtig schwer erkrankt! Habt ihr gestern Morgen im Café einen Schokoladenmuffin gegessen?»

Niklas schüttelte den Kopf.

«Ich wollte erst einen nehmen», antwortete Lea, «aber dann war ich zu satt.»

«Keiner von uns hatte einen Muffin», sagte Niklas.

Mama sank aufs Sofa. «Was für ein Glück. Ich habe mich so erschrocken.»

«Was ist denn mit den Muffins?», fragte Lea.

«Es ist Rattengift darin gefunden worden.»

«*Was?*», rief Lea entsetzt.

Mama griff nach Leas Hand. «Ja. Und man weiß nicht, ob der Mann überleben wird.»

Lea schluckte. Vergiftete Muffins. Ihr wurde ganz schlecht, wenn sie daran dachte, dass sie beinahe auch einen gegessen hätte.

# DAS GESICHT
## KENNE ICH IRGENDWOHER

Johnny und Julie hatten noch keine Nachrichten gehört, als Niklas und Lea bei ihnen klingelten, um ihnen
zu erzählen, was passiert war.

«Who on earth would do something awful like that?»,
rief Julie entsetzt.

«And why?», sagte Johnny.

«Ist euch irgendwas aufgefallen, als ihr im Café in
der Schlange gewartet habt?», fragte Niklas.

«No», antwortete Johnny. «There were just a lot of
people queuing for their food.»

«Ich hab auch nichts Besonderes gesehen», meinte
Lea. «Nur das, was es zu essen gab.»

«I didn't go inside at all», sagte Julie. «And outside
everything seemed quite normal. People were eating,
chatting, waiting for tables.»

«Und ich habe 'n paar Fotos von euch gemacht»,
sagte Niklas. «Deshalb hab ich auch nicht so auf die
anderen Leute geachtet.»

«Fotos?», rief Lea. «Hab ich nichts von gemerkt.»

«Let's have a look», meinte Johnny. «Perhaps we'll

see someone smuggling poisoned muffins into the café.»

«Glaub ich nicht», murmelte Niklas und zog seine Digitalkamera aus der Hosentasche.

Gemeinsam schauten sie sich die Fotos an. Witzige Bilder von Lea und Johnny und ziemlich viele von Julie unterm Sonnenschirm. Aber keine verdächtigen Personen im Hintergrund.

«Well, at least we won't forget what Julie looks like», sagte Johnny und grinste.

Niklas wurde rot, während Julie ihren Bruder genervt ansah.

«Was machen wir jetzt?», fragte Lea, als hätte sie Johnnys Bemerkung nicht gehört.

Danke, Lea, dachte Niklas.

«Let's go to *Sue's Café*», antwortete Julie. «You never know ... We might discover something interesting.»

«Hoffentlich finden wir den Weg dahin», sagte Niklas.

«Immer die Highgate Road entlang und dann irgendwann links ab», antwortete Lea.

«And what shall we say to Mom and Dad?», fragte Johnny. «That we'll have a look at the area?»

Julie nickte.

«Dasselbe sagen wir unseren Eltern auch», meinte Lea. «Dann gibt's keine lästigen Fragen.»

Zehn Minuten später zogen sie los. Merkwürdig.

Niklas kam es so vor, als ginge er diesen Weg zum ersten Mal. Gestern hatte er sich die ganze Zeit mit Julie unterhalten. Da war ihm gar nicht aufgefallen, dass die Häuser in der Highgate Road längst nicht so schön waren wie die am Park.

«I think we have to turn left here», sagte Julie nach einer Weile. «And then the café should be on the right hand side.»

Sie hatte recht. Zwei Minuten später waren sie da.

«Guckt mal!», rief Lea und zeigte auf die Tür von *Sue's Café*.

*CLOSED* stand dort auf einem Schild. Zusätzlich war der Eingang mit Klebestreifen versiegelt.

«Die Polizei hat den Laden tatsächlich dichtgemacht», sagte Niklas.

«Well, I'm not surprised», meinte Julie. «Rat poison in chocolate muffins isn't exactly the stuff people want to eat.»

«What are you doing here?»

Niklas zuckte zusammen.

Vor ihnen stand ein Polizist mit einem hohen schwarzen Helm und blickte sie streng an.

«We ... were just looking at the café», antwortete Johnny.

«Because we had breakfast here yesterday morning», fügte Julie hinzu. «And today we heard that poisoned muffins –»

«You should go home now», unterbrach sie der Polizist. «This is no place for children.»

Lea hätte ihn gern noch gefragt, ob die Polizei schon eine Spur verfolgte. Aber wie hieß das auf Englisch?

«Could you perhaps tell us if you have any idea who committed the crime?», fragte Johnny.

«I thought I made myself clear!», antwortete der Polizist mit schneidender Stimme. «Off you go!»

Blöder Typ, dachte Niklas, als sie weitergingen.

«Der hätte ruhig 'n bisschen freundlicher sein können», murmelte Lea.

Julie nickte. «He probably thinks we're just some nosy kids.»

«I would have loved to tell him that we tracked down a dangerous animal smuggler in Cape Town», rief Johnny.

«Der hätte dir eh nicht geglaubt», sagte Lea.

«Vielleicht gucken wir uns hier etwas um», schlug Niklas vor. «Das kann uns niemand verbieten.»

«You'd better not take any photos», flüsterte Julie und deutete mit dem Kopf nach hinten. «The policeman is still watching us.»

«Ich geb uns 'n Eis aus», verkündete Lea. «Eis essen ist doch erlaubt, oder?»

Sie betraten einen schmalen Laden, in dem es Süßigkeiten, Getränke und Zeitungen gab. Lea entschied sich für ein Erdbeereis.

Während sie darauf wartete, dass die anderen sich eins aussuchten, fiel ihr Blick auf eine Schlagzeile in der Zeitung:

*GIRL (10) GOES MISSING*

Das Foto daneben zeigte ein blondes Mädchen mit blauen Augen. Es schaute ernst in die Kamera. Lea

hatte das Gefühl, dass sie das Gesicht schon mal gesehen hatte.

*Sonia B., 10 years old, left her home in North London yesterday morning and hasn't been seen since. Her mother is desperate.*

«Gibst du uns nun einen aus oder nicht?», fragte Niklas und gab Lea einen Knuff.

«Na klar», antwortete Lea. Sie wandte sich von der Zeitung ab und zog ihr Portemonnaie aus der Tasche. Wahrscheinlich hatte sie sich bloß getäuscht.

Sie beschlossen, auf der anderen Straßenseite zurückzugehen. Dann mussten sie nicht nochmal an dem Polizisten vorbei.

Die meisten Läden hatten geschlossen, weil heute Sonntag war. Aber die Cafés hatten geöffnet. Und überall war viel Betrieb. Engländer scheinen gern in Cafés zu gehen, dachte Niklas. Er hatte sich vorgestellt, sie würden immer in Kneipen sitzen.

«Did you notice anything particular?», fragte Johnny, als sie an der nächsten Straßenecke stehenblieben.

Alle schüttelten den Kopf.

«Wir brauchen mehr Informationen über *Sue's Café*», sagte Niklas.

«Genau!», rief Lea. «Wer ist diese Sue?»

In dem Augenblick klingelte Julies Handy. «That's Mom.»

«Don't tell her anything», murmelte Johnny.

«I'm not stupid! … Hello, Mom … Yes, we're fine … *What?* … Oh, poor Granny!!! … When do you have to go? … Yes, we'll be right back … See you then.»

«What happened?», fragte Johnny erschrocken.

«Granny had a heart attack last night and is in hospital.»

«Oh, no!»

«Grandpa is very confused. So Mom has decided to take the next plane to Stuttgart.»

«Really?»

«Yes. Let's go home.»

Zwei Stunden später stieg Mrs. Saunders in ihr Taxi, um zum Flughafen zu fahren.

«Seit Jahren träume ich davon, mal ein paar Wochen in London zu leben, und dann passiert so etwas!», seufzte sie. «Passt bitte gut auf euch auf.»

«Don't worry, Mom», sagte Julie. «We'll manage.»

Am liebsten wären Niklas, Lea, Johnny und Julie gleich wieder losgezogen, aber Mama, Papa und Mr. Saunders wollten erst mal mit ihnen Mittag essen und planen, wie es jetzt weiterging. Mama schlug vor, dass Sharon, die Haushälterin, die ab morgen käme, für beide Familien kochen solle. Und Sharon könne auch die Kinder im Blick behalten, wenn sie für ihre Reportagen recherchieren müsse.

«Wir brauchen keine Aufpasserin!», rief Niklas entsetzt.

«Nee, bloß nicht», stöhnte Lea.

«Aber ihr kennt euch in dieser Riesenstadt überhaupt nicht aus», sagte Papa.

Mr. Saunders nickte. «London is a dangerous place.»

«We're not babies any more!», protestierte Julie.

«Exactly!», rief Johnny.

«Also gut», sagte Papa. «Ich schlage vor, wir machen alle zusammen einen Spaziergang über die Heath. Damit ihr die Gegend etwas kennenlernt.»

So ein Mist, dachte Niklas. Heute würden sie es also nicht mehr schaffen, in Kentish Town nach Spuren zu suchen.

Widerwillig zogen die vier hinter den Erwachsenen her. Sie sahen sich das bowling green an, das cricket pitch und verschiedene Teiche, bis sie zum ladies' bathing pond kamen.

«Männer haben hier keinen Zutritt», sagte Mama und zeigte auf ein Schild. «Aber Julie, Lea und ich können ja mal einen kurzen Blick auf den Teich werfen.»

Er war umgeben von hohen Büschen und Bäumen. Das Wasser sah fast schwarz aus. Zehn oder elf Frauen schwammen darin umher. Irgendwo schnatterte eine Ente. Lea fror plötzlich. Hier würde sie nicht gern baden.

Julie verzog das Gesicht. «Doesn't look very nice, does it?»

«Nein.» Wenn Lea ehrlich war, fand sie es sogar etwas unheimlich hier.

Es gab ein Umkleidehäuschen und einen Steg, der ins Wasser führte. Darauf war ein Rettungsring angebracht.

«Two children per adult are permitted to swim here», rief eine Stimme hinter ihnen, «but no children on their own.»

Sie drehten sich um. Eine junge Frau in Shorts und Polohemd schaute zu ihnen herüber.

«I'm the lifeguard», erklärte sie.

«Thanks», antwortete Mama. «We just wanted to have a look.»

«Dass es an so 'nem Teich sogar eine Bademeisterin gibt», wunderte sich Lea.

«I can imagine that the water is quite deep», meinte Julie.

«Ja», sagte Mama. «Wenn man da in der Mitte schwimmt und plötzlich einen Wadenkrampf kriegt ...»

Lea schüttelte sich. «Kommt, wir gehen zu den anderen zurück.»

In der Nacht träumte Lea von dem schwarzen Teich. Es war kein Mensch im Wasser, und auch sonst war es ganz still. Da stand auf einmal das verschwundene blonde Mädchen auf dem Steg.

Lea schreckte hoch. Sie sah das Gesicht genau vor sich. Aber es war nicht das Foto aus der Zeitung.

Plötzlich erinnerte sie sich: am Sonnabendmorgen, auf der Toilette von *Sue's Café*! Das Mädchen mit den hellblonden, lockigen Haaren, das so schnell an ihr vorbeigelaufen war!

Lea sprang auf und lief zu Niklas' Zimmer hinüber. Bei ihm war alles dunkel. Sollte sie ihn wecken? Nein. Er konnte jetzt auch nichts unternehmen.

Langsam wurde es hell. Lea ging ans Fenster und blickte über die Heath. Vielleicht saß Sonia irgendwo da draußen unter den Büschen und fürchtete sich. Bei dem Gedanken, allein auf der Heath übernachten zu müssen, fing sie an zu zittern.

Im nächsten Moment lag sie wieder im Bett und zog sich die Decke über den Kopf. Morgen würde sie zur Polizei gehen.

# Are the two Cases
# Connected?

«Lea, aufwachen!»

Die Stimme schien von weit her zu kommen. Sie schlug die Augen auf. Vor ihr stand Niklas.

«Du musst aufstehen. Die neue Haushälterin ist schon da.»

«Ich weiß jetzt, woher ich das Mädchen kenne!», platzte Lea heraus.

Niklas schaute sie verständnislos an. «Welches Mädchen?»

«Sonia B. Sie ist seit Sonnabend verschwunden. Ich hab gestern ihr Foto in der Zeitung gesehen, als wir unser Eis gekauft haben. Und heute Nacht hab ich von ihr geträumt.»

Und dann erzählte Lea ihm von ihrer Entdeckung.

«Bist du dir sicher?»

«Ja!»

«Dann müssen wir zur Polizei.»

Lea nickte. «Aber sag Mama nichts davon. Sonst lässt sie uns nicht mehr allein nach draußen.»

«Ich bin doch nicht verrückt.»

Ein paar Minuten später gingen sie gemeinsam in die Küche. Sharon hatte rotgefärbte Haare und trug eine blaue Trainingshose. So eine Haushälterin hatten sie noch nie gehabt.

«Hello», sagte sie und lächelte.

«Hi», riefen Lea und Niklas im Chor.

«So you are Lea and Niklas, is that right?»

Sie nickten.

«And how old are you?»

«I'm nine», antwortete Lea.

«And I'm eleven», sagte Niklas.

«Would you like a banana with your muesli?», fragte Sharon und schenkte ihnen Kakao ein.

«No, thanks», antwortete Niklas.

«Yes, please!», rief Lea. «Have you heard about the poisoned muffins?»

«Yes, I have. It's a terrible story!»

«We had breakfast in *Sue's Café* on Saturday morning.»

«Really?»

«I almost had a chocolate muffin.»

«Oh, my God!», rief Sharon. «Not a good start to your holiday in London!»

Nach dem Frühstück gingen sie rüber zu Johnny und Julie. Staunend hörten sich die beiden Leas Geschichte an.

«It's amazing to dream about her», sagte Julie.

Johnny nickte. «I heard something about her on the news this morning. She still hasn't been found.»

«Mir fällt gerade was ein!» Niklas zog seine Kamera aus der Tasche. «Vielleicht ist Sonia B. auf einem der Fotos, die ich am Sonnabend gemacht habe.»

«Das wär natürlich super!», rief Lea.

Zehn Fotos hatte Niklas im Innern des Cafés gemacht. Auf dem vorletzten entdeckte Lea tatsächlich die blonde Sonia im Hintergrund.

Sie klatschte vor Begeisterung in die Hände. «Jetzt können wir der Polizei beweisen, dass Sonia wirklich in *Sue's Café* war.»

«We should go to the police straight away», sagte Johnny. «I'm sure the address of Kentish Town police station is on the internet.»

Zwei Minuten später wussten sie Bescheid: *12a Holmes Road.*

«Let's have a look at the map», antwortete Julie und zog ein Buch aus dem Regal.

«Ist das ein Stadtplan?», fragte Lea ungläubig. «Der hat ja mehrere hundert Seiten.»

«Yes, it's the *London A–Z*. It contains maps of every part of London.»

Es dauerte nicht lange, bis sie die Polizeiwache in Kentish Town gefunden hatte.

«That's not very far from *Sue's Café.*»

«Den Weg kennen wir ja!», rief Lea.

In dem Augenblick klingelte es.

«Das ist wahrscheinlich Mama», sagte Lea und rollte die Augen.

Julie stand auf und ging in den Flur. «Who's there?», hörten sie sie rufen. «Oh, hi, Mrs. Thiessen.»

Lea griff nach dem *London A–Z* und ließ ihn unterm Sofakissen verschwinden.

Da kam Mama auch schon ins Wohnzimmer.

«Ich fahre jetzt los und bin hoffentlich gegen drei wieder zurück.»

«Okay», murmelte Niklas.

«Wollt ihr nicht Tennis spielen?»

«Mal sehen.»

«Auf jeden Fall solltet ihr nicht den ganzen Vormittag drinnen rumsitzen.»

«Nein!», rief Lea.

«Und denkt dran: Um eins gibt's Mittagessen!»

Mama gab ihnen beiden einen Kuss und winkte zum Abschied.

«Well, she said it herself», sagte Johnny. «We shouldn't stay indoors all morning.»

Lea grinste. «Genau.»

Sie fanden die Polizeiwache sofort. Zwei Beamte hatten dort Dienst: ein dünner mit einem Schnauzbart und ein dicker mit einem Bürstenhaarschnitt.

Skeptisch hörten sie sich an, was Lea ihnen zu erzählen hatte. Erst als Niklas ihnen das Foto von Sonia B. zeigte, interessierten sie sich plötzlich für die Geschichte und luden das Bild auf ihren Computer.

«You've given us an important piece of information», sagte der Dünne. «The question is why Sonia was in the café on the morning when poisoned muffins were sold there. Perhaps the two cases are connected in some way.»

«Was hat er gesagt?», fragte Lea.

«Er fragt sich, warum Sonia ausgerechnet an dem Morgen im Café war, an dem dort vergiftete Muffins verkauft wurden», übersetzte Julie. «Vielleicht gibt es eine Verbindung zwischen den beiden Fällen.»

«Glaubt er etwa, dass Sonia die Muffins im Café vergiftet hat?», fragte Niklas.

«He didn't say that.»

«I'll ring Sonia's mother», sagte der Dicke. «We need her to come over as soon as possible.»

Zwanzig Minuten später kam Sonias Mutter, zusammen mit zwei kleinen Jungen und einem schreienden Baby. Niklas sah sofort, dass sie geweint hatte.

«You saw my girl on Saturday morning?», fragte sie und schaute Lea mit weit aufgerissenen Augen an.

Lea nickte.

«Was she all right?»

«I ... think so ...»

Das Baby hörte plötzlich auf zu schreien und streckte einen Arm nach Lea aus.

«The girl saw your big sister», sagte Sonias Mutter und strich dem Baby über den Kopf.

In dem Moment fingen die beiden kleinen Jungen an zu quengeln.

«Will you please stop!», stöhnte ihre Mutter. «I'm exhausted.»

«Do you have some paper and pencils?», fragte Julie die Beamten. «That might keep the boys busy for a while.»

Der Dünne nickte und gab den kleinen Jungen Papier und Bleistifte.

«Let's try and draw something, okay?», schlug Julie vor.

«Who are you?», fragte der Größere.

«I'm Julie and this is my brother Johnny.»

«Our sister ran away!»

«I know.»

Während Julie mit den Jungen malte, begann ihre Mutter wieder zu weinen.

«Life has become so difficult», schluchzte sie. «Last week I lost my job, because I was always late in the morning … I couldn't help it with four children … My husband left me six months ago … I don't know where he is … And now Sonia is gone … Perhaps she ran away to look for her father …»

Niklas verstand nur so viel, dass Sonias Mutter letzte Woche ihren Job verloren hatte und schon vorher von ihrem Mann verlassen worden war. Vielleicht war Sonia weggelaufen, um ihren Vater zu suchen.

«Does your husband sometimes go to *Sue's Café*?», fragte der Dünne.

«Was hat er gefragt?», rief Lea.

«Ob ihr Mann manchmal in *Sue's Café* geht», erklärte Johnny.

Sonias Mutter schüttelte den Kopf.

«Do you have any idea why your daughter went there on Saturday morning?»

Wieder schüttelte sie den Kopf.

«Has she ever been there before?»

«Yes, of course. She sometimes picked me up after work.»

Der Dicke und der Dünne sahen sich an. Sie waren genauso überrascht wie Johnny.

«Das hab ich nicht kapiert!», rief Niklas.

«Sonia hat ihre Mutter manchmal vom Café abgeholt», übersetzte Johnny.

«Hat sie dort gearbeitet?», fragte Lea erstaunt.

«Yes», sagte Johnny.

«You never told us that you worked in the café», sagte der Dicke vorwurfsvoll zu Sonias Mutter.

«I thought I did», antwortete sie patzig.

Mit Sonias Mutter stimmt irgendwas nicht, dachte

Niklas, als sie kurz darauf alle die Polizeiwache verließen.

Auch Julie war nachdenklich. «Strange woman.»

«Find ich auch!», rief Lea. «Warum hat sie nicht erzählt, dass sie in *Sue's Café* gearbeitet hat?»

«She certainly had a motive to poison the muffins if she was sacked last week», meinte Johnny.

Julie nickte. «And Sonia might have seen her doing it.»

Niklas blieb stehen. «Glaubt ihr, dass die Mutter ihre eigene Tochter verschwinden lassen hat?»

«Warum nicht?», sagte Lea. «Vielleicht sollten wir mal gucken, wo sie wohnen.»

«There they are!»

Johnny zeigte auf die andere Straßenseite, wo Sonias Mutter auf ihre beiden kleinen Jungen einredete. Das Baby schrie im Kinderwagen.

«Okay, let's follow them», sagte Julie.

Sie waren höchstens zehn Minuten gelaufen, da sah es um sie herum schon ganz anders aus. So viel Verkehr und so viel Müll, dachte Niklas, während er die ersten Fotos machte. Und wie klein die Häuser hier waren. Die Läden hatten schmuddelige Schaufenster. Überall gab's Graffiti. An den Straßenecken standen junge Männer und rauchten. Zwei Jugendliche rempelten sie an. Motorräder rasten an ihnen vorbei. Es roch nicht gut.

«Hier würde ich nicht gern wohnen», murmelte Lea.

«Neither would I», meinte Johnny.

«I have the feeling that a lot of these guys are unemployed», sagte Julie leise.

«Unemployed ... was heißt das?», fragte Lea.

«... arbeitslos.»

«Kann sein.»

Niklas ging ein Stück weiter. Manche dieser Typen sahen ziemlich schräg aus. Ihre Nasen, Lippen und Augenbrauen waren gepierct, und fast alle waren tätowiert.

«Why are you taking pictures of us?», fragte da plötzlich eine raue Stimme.

Niklas zuckte zusammen. Vor ihm stand ein Typ mit einer Zahnlücke und starrte ihn an.

«Sorry, I ...»

«We're not some tourist attraction.»

«Let's go», hörte er Julie hinter sich sagen.

«Spoilt brats!», schrie der Typ hinter ihnen her.

«Was hat er gesagt?», fragte Niklas.

«... verwöhnte Bälger», übersetzte Julie.

«Wo ist Sonias Mutter?», rief Lea aufgeregt. «Wir haben sie verloren!»

«No, we haven't!», beruhigte Johnny sie. «She took the next road to the right.»

Sie fingen an zu rennen, und zum Glück sahen sie

gerade noch, wie Sonias Mutter mit dem Kinderwagen im Eingang zu einem schäbigen Hochhaus verschwand.

«Oh, what a horrible block of flats», sagte Julie und zeigte auf die kaputte Haustür und die eingeschlagenen Fensterscheiben.

In dem Moment entdeckte Niklas die beiden kleinen Jungen auf dem Hinterhof.

«Guckt mal, Sonias Brüder sind draußen geblieben.»

«Let's talk to them», schlug Julie vor. «And we can also have a look around the courtyard.»

Als sie auf den Hof kamen, liefen die Jungen mit Stöcken hinter einer orange getigerten Katze her. Doch die Katze war schneller als sie und verschwand mit einem Satz hinter der Mauer.

«Hey, why are you chasing the cat?», rief Julie wütend.

«We always chase him. He's used to it!», antwortete der Kleinere.

«He's called Ginger», sagte der Größere. «And he belongs to Sonia.»

«Do you have any idea where your sister could be?», fragte Johnny.

Die beiden schüttelten den Kopf.

«Could she be hiding in one of the sheds?», fragte Julie.

«No!!!»

«Lasst uns trotzdem mal reingucken», schlug Lea vor.

«Ich weiß nicht …», murmelte Niklas.

Doch Lea hatte schon die erste Schuppentür geöffnet. «Alte Autoreifen, 'n paar kaputte Stühle –»

«What are you doing there?», schrie da plötzlich jemand hinter ihnen.

Niklas sah, wie zwei junge Männer auf sie zukamen. Einer von ihnen war der Typ mit der Zahnlücke. Sie mussten weg hier! So schnell wie möglich.

Der Typ baute sich vor Lea auf. Gleich würde er sie schlagen.

«I … I …», stotterte Lea.

«Sorry», sagte Julie und griff nach Leas Hand. «We were just about to go.»

Dann rannten sie los! Und Niklas und Johnny rannten hinter ihnen her. Er wusste nicht, ob die Männer ihnen folgten. Und er wagte nicht, sich umzudrehen.

Sie blieben erst stehen, als sie wieder auf der Hauptstraße waren. Zum Glück war ihnen keiner gefolgt.

«That was close», keuchte Julie. «They could've beaten us up.»

«Ich … ich hab solche Angst gehabt!», flüsterte Lea und fing an zu weinen.

Julie nahm sie in die Arme. Und Niklas strich ihr kurz über die Haare. Er hatte einen Kloß im Hals. Am liebsten hätte er auch geheult. Sie mussten in Zukunft besser aufpassen.

«Let's go home», sagte Johnny.

# DAS INTERVIEW

Lea hatte immer noch verweinte Augen, als sie nach Hause kamen.

«What happened?», fragte Sharon erschrocken.

«It's … nothing», murmelte Lea.

Sharon schaute sie zweifelnd an. «Are you sure?»

«She … hurt her foot when we were running across the Heath», erklärte Julie, ohne mit der Wimper zu zucken.

«Do you want me to have a look at your foot?», fragte Sharon.

«No … thanks.»

«Poor Lea.»

«There's a lovely smell coming from the kitchen», versuchte Julie sie abzulenken.

«I thought you might like some homemade bread», erklärte Sharon.

«Hmmm!»

«We'll have carrot soup with it.»

Niklas runzelte die Stirn, als sie in die Küche gingen. Möhrensuppe? Hoffentlich schmeckte die.

Sharon begann, ihnen aufzufüllen. «Your mum rang to say that she'll be back an hour later.»

«Okay …» Lea griff nach ihrem Löffel. Sie fühlte sich wieder ganz gut, und je später Mama kam, umso besser.

«It's delicious», sagte Julie.

Lea nickte. Die Suppe war wirklich lecker.

Sharon lächelte. «Thanks.»

Alle nahmen noch ein zweites Mal. Zum Nachtisch gab es Erdbeeren mit Vanilleeis. So konnte es ruhig weitergehen, dachte Niklas.

«Have you heard about the missing girl?», fragte Lea plötzlich.

«Yes, I have», seufzte Sharon. «It's such an awful story! Her poor mother! She must be so worried.»

Niklas gab Lea einen kleinen Tritt gegen das Schienbein. Sie sollte bloß nichts ausplaudern.

«Do you know her?», fragte Johnny.

«No, but I know the block of flats where she lives. Not a very nice neighbourhood, I can tell you.»

Einen Moment lang waren sie alle still.

«Perhaps the girl ran away because she couldn't bear it any longer», fuhr Sharon fort.

Lea nickte. An Sonias Stelle wäre sie auch längst weggelaufen.

Nach dem Essen gingen sie rüber zu Johnny und Julie, um zu überlegen, welche Spur sie jetzt weiterverfolgen sollten.

«I'll just see if they've caught anyone in connection with the poisoned muffins», sagte Johnny und setzte sich an seinen Laptop.

Julie schaltete den Fernseher an. «Perhaps there'll be something on the news.»

Kurz darauf klingelte Julies Handy. Es war ihre Mutter. Julie erzählte ihnen anschließend, dass es ihrer Oma etwas besser gehe.

«Dann kann deine Mutter vielleicht schon bald wiederkommen», meinte Niklas.

«No, I don't think so. My Grandpa can't take care of himself.»

Niklas' Blick fiel auf den Fernseher. Dort fingen gerade die Nachrichten an. «Mach mal etwas lauter.»

Julie drückte auf die Fernbedienung.

Leider redete der Sprecher so schnell, dass Niklas kein Wort verstand.

«Johnny, do you want to watch the news?», fragte Julie.

«Okay.»

«Hey, die Frau mit dem schwarzen Pferdeschwanz kennen wir doch!», rief Lea und zeigte auf den Fernseher. «Die stand in *Sue's Café* hinterm Tresen und hat uns bedient.»

«That's true», sagte Johnny.

*Sue Brookner, owner of Sue's Café* erschien unten auf dem Bildschirm.

«Do you have any idea who could have poisoned your muffins?», fragte der Interviewer.

Sue nickte. «I told the police about my suspicions, but so far they haven't made an arrest.»

«And why is that?»

«It's not easy to prove», antwortete Sue. «The person I have in mind has been very clever in destroying evidence.»

«What could be the motive? Why would anyone do such a nasty thing?»

«I'm sure you'll understand that I can't answer that question. I would be warning the suspect.»

«You opened your café only eighteen months ago —»

«Yes, I did and it has been a great success right from the start. Everything I serve is super fresh, we have home-made produce, wonderful coffee and my cakes have become famous throughout North London.»

«Do you think you'll be able to reopen your café once an arrest has been made?»

«I very much hope so. It's a catastrophe for me at the moment, but I'm an optimist.»

«And what are you doing in the meantime?»

Sue zeigte auf ihren Rucksack. «I'm off to go for my daily swim on the Heath. That clears the head.»

«Habt ihr das gehört?», rief Lea aufgeregt. «Ich wette, sie geht zum ladies' bathing pond.»

«Sue Brookner, thank you very much! And good luck!», verabschiedete sich der Interviewer.

«Wahnsinn!» Niklas sprang auf. «Nichts wie los!»

«I don't think it was a live interview», meinte Julie. «Sue Brookner might not be swimming in the pond when we get there.»

«Nein, aber die Bademeisterin kann uns vielleicht sagen, ob sie immer zu 'ner bestimmten Zeit dort schwimmt.»

«Let's give it a try!», sagte Johnny.

Sie waren noch keine fünf Minuten unterwegs, da ballten sich über ihnen die ersten Wolken zusammen. Bald würde es anfangen zu regnen.

«Kommt, wir rennen!», rief Lea.

Bis zum ladies' bathing pond war es viel weiter, als Niklas es in Erinnerung hatte. Einmal stolperte er über eine Baumwurzel und wäre beinahe hingefallen. Das fehlte noch, dass sich wirklich einer von ihnen den Fuß verletzte.

Endlich erreichten sie die Abzweigung.

«You wait here», sagte Julie zu den Jungen. «Keep your fingers crossed that we find something out.»

Der Teich kam Lea heute noch dunkler vor als gestern. Es waren nur fünf Frauen im Wasser.

«You were here yesterday with your mum», rief die Bademeisterin. «Are you looking for someone?»

«Yes, we are», antwortete Julie. «A woman with a black ponytail. She's about thirty. Her name is Sue Brookner.»

«Oh, yes, Sue comes here every day, usually very early in the morning, but since the police closed down the café ...» Die Bademeisterin unterbrach sich und runzelte die Stirn. «What do you want from her?»

«We would like to ask her something», sagte Lea.

«Well, she's already had her swim today. You'll have to come back tomorrow.»

«When would be a good time?», fragte Julie.

«I'd say around eleven o'clock.»

«Thanks a lot.»

Sie liefen zu den anderen zurück und berichteten ihnen, was sie erfahren hatten.

«Dann müssen wir wohl bis morgen warten», seufzte Niklas.

«Ich würde so gern wissen, wen Sue Brookner verdächtigt», rief Lea ungeduldig.

«Me, too», sagte Johnny. «I'm sure it's not Sonia's mother.»

In dem Moment fing es an zu regnen.

Sie rannten, so schnell sie konnten, aber schon nach wenigen Minuten waren sie klitschnass.

Zu Hause mussten sie alle erst mal heiß duschen.

Sharon stellte ihnen zum Glück keine Fragen, sondern legte nur ihre nassen Sachen in den Trockner.

Habt ihr Tennis gespielt?», fragte Mama, als sie um vier zurückkam.

Niklas schüttelte den Kopf.

«Was habt ihr denn gemacht?»

«Wir sind 'n bisschen durch die Gegend gelaufen», antwortete Lea.

«Wie hat euch das Mittagessen geschmeckt?»

«Gut.»

«Ich möchte übrigens nicht, dass ihr euch irgendwo Kuchen oder Süßigkeiten kauft, solange dieser Mensch frei herumläuft, der die Muffins vergiftet hat.»

«Okay», murmelte Niklas, ohne sie anzusehen.

# THIS IS NOT
# A KID'S GAME!

Am nächsten Morgen regnete es immer noch, ein grauer Nieselregen wie im November, dachte Lea.

Vielleicht ging Sue Brookner an so einem Tag gar nicht schwimmen. Dann würden sie mit ihrer Spurensuche heute nicht weiterkommen.

«Guck mal», sagte Niklas und zeigte auf Sharons Zeitung, die auf dem Küchentisch lag.

*WAS SONIA KIDNAPPED?* lautete die Schlagzeile.

*The police have not ruled out a kidnapping, but they have not received any demands. Three days after her disappearance there is still no trace of Sonia B. (10).*

«Aber warum sollte Sonia entführt worden sein?», fragte Lea.

«Keine Ahnung», antwortete Niklas. «Sonias Mutter hat ja kaum Geld. Um Erpressung kann's also nicht gehen.»

«Johnny soll mal im Internet nachsehen, ob's da nähere Informationen gibt.»

Sie gingen gleich rüber zu den beiden, und tatsächlich war Johnny gerade dabei, einen Artikel auszudrucken, in dem es um die mögliche Entführung von Sonia ging.

«Die Idee kommt mir ziemlich abwegig vor», sagte Niklas.

«No, I bet she was kidnapped», entgegnete Johnny. «Sonia's mother said that her husband left her six months ago. We don't know what went on between them. Perhaps he has kidnapped the girl.»

«I still think the mother might be hiding her daughter», meinte Julie. «Perhaps we should go back to the block of flats and talk to her.»

«Damit der Typ mit der Zahnlücke uns zusammenschlägt?», rief Niklas. «Nein danke.»

«Leute, es ist gleich Viertel nach zehn!», sagte Lea. «Wir müssen los zum ladies' bathing pond.»

«I can't imagine that Sue Brookner will be there on a morning like this», murmelte Julie.

«Ich schon.» Niklas stand auf. «Sie klingt wie jemand, der bei jedem Wetter schwimmen geht.»

«And why should she talk to us?», fragte Julie. «She doesn't know us.»

«Wenn sie zum Teich kommt, wird sie mit uns reden. Da bin ich ganz sicher», sagte Lea.

Johnny nickte. «She must be keen to find the person who poisoned her muffins. Otherwise her café might stay closed for weeks or months.»

Es war kurz vor elf, als sie am Teich ankamen. Diesmal waren Niklas und Johnny mitgekommen.

«Kann sein, dass die Bademeisterin euch gleich wieder wegschickt», sagte Lea.

«Es sind höchstens drei oder vier Frauen im Wasser», meinte Niklas. «Die werden schon nichts gegen zwei Jungen wie uns haben.»

«Good morning», hörten sie da die Bademeisterin rufen. «This is the ladies' bathing pond. Boys aren't allowed to come here.»

«We were wondering if you could make an exception», sagte Julie und lächelte. «Just for today. It would be very kind of you, indeed. I'm sure the ladies in the pond won't mind.»

Die Bademeisterin betrachtete Niklas und Johnny einen Moment lang und nickte dann. «All right. Just for today. By the way, Sue Brookner hasn't arrived yet. You can wait for her if you like, but there's no guarantee that she'll come.»

«Was meint ihr?», fragte Niklas.

«We'll wait», antwortete Julie.

Sie setzten sich auf den Steg und sahen den Enten zu, die zwischen den Frauen umherschwammen.

«Do your parents know that you're walking around the Heath on your own?», fragte die Bademeisterin.

Niklas holte tief Luft. «...They don't have a problem with that.»

«I'm surprised. It's not a safe place for children.»

Kann sie nicht endlich aufhören, dachte Niklas.

«You probably haven't heard about the missing girl, have you?»

«We have!», rief Lea. «I was the last one who saw her. And I told the police about it.»

«Oh, really?» Die Bademeisterin schaute Lea verblüfft an. «So were you in the café on Saturday morning?»

«Who was in the café?», fragte da eine tiefe Frauenstimme.

Niklas blickte hoch. Vor ihnen stand die Frau mit dem schwarzen Pferdeschwanz. Sie hatte eine rote Bademütze in der Hand.

«We were», antwortete Julie. «Together with our parents. I'm Julie Saunders and this is my brother Johnny. We are from Cape Town. These are Niklas and Lea Thiessen from Hamburg.»

«Well, pleased to meet you. I'm Sue Brookner.»

Sie lächelte und gab ihnen allen die Hand.

«The little girl claims to have been the last one who saw Sonia B.», sagte die Bademeisterin.

«Oh, you are the one!», rief Sue Brookner. «The police told me about a German girl.»

In dem Moment rief eine der schwimmenden Frauen nach der Bademeisterin. Niklas war erleichtert. Sie musste ja nicht alles mit anhören.

«We have an idea who could have poisoned your muffins», sagte Julie leise.

«Really?», antwortete Sue Brookner erstaunt. «Go on, tell me!»

«We think it might be Sonia's mother.»

«Oh, no! I can't imagine that.»

«She was very strange when we met her at the police station.»

«In what way?»

«For example she didn't tell the police that she had been working in your café», antwortete Johnny.

«Perhaps she was worried that she might become one of their suspects. I had to sack her, because she was always late. So I suppose in the eyes of the police she had a motive. But she's not the type of person who would take revenge in such a nasty way.»

«We saw the interview with you on television», sagte Niklas.

«Oh, did you?» Sue Brookner seufzte. «That interviewer gave me such a hard time.»

«Why?», fragte Lea.

«He wanted me to tell him who I have in mind, but of course I couldn't do that.»

«Could you tell us?»

Sue Brookner runzelte die Stirn. «Look, this is a serious issue and not a kid's game! You could get hurt! That man is dangerous!»

Aha, also ein Mann, dachte Niklas.

«You said in the interview that so far the police haven't made an arrest», sagte Johnny. «Have they questioned the man?»

«Yes, they have, but of course he denied having anything to do with it. And there is no evidence. Nobody saw him doing it. There were no traces of rat poison in his café or on his clothes. So they had to let him go.»

Niklas stutzte. Was hatte Sue Brookner gerade gesagt? Man hat keine Spuren von Rattengift in seinem Café gefunden? Das war doch ein Superstichwort! Der Mann, den sie verdächtigte, besaß also auch ein Café. Vielleicht sogar eins, das längst nicht so gut lief wie *Sue's Café*.

«How could he have done it?», fuhr Johnny fort, als sei nichts passiert. «Would it be possible to smuggle poisoned muffins directly onto your counter?»

Sue Brookner schüttelte den Kopf. «I think I would have noticed that. It's more likely that someone put poisoned muffins onto one of the trays in the kitchen.»

«Was nobody working there?», fragte Niklas.

«Yes, there was, but only one person. She told the police that she didn't see anybody. But she might have gone out for a couple of minutes.»

«Is there a back door?», fragte Lea.

«Yes, there is. And it's always unlocked, for safety reasons, which is quite ironic.»

Niklas sah, dass die Bademeisterin zurückkam. Zum Glück hatten sie das Wichtigste bereits erfahren.

«Are the kids trying to play detective?», fragte sie und schnalzte mit der Zunge.

«They asked all the right questions», antwortete Sue Brookner.

«Children shouldn't get involved in this. It could be dangerous.»

«That's what I said as well.» Sue Brookner setzte sich ihre Bademütze auf. «I'm going to go for my swim now. Bye-bye.»

«Good luck», sagte Julie.

«Thanks», antwortete Sue Brookner.

Niklas konnte es kaum erwarten, bis sie wieder auf dem Hauptweg waren. «Habt ihr gehört, was Sue Brookner gesagt hat?»

«Ja, natürlich!», rief Lea. «Das hilft uns alles nicht weiter.»

Julie grinste. «That's not true. She dropped a hint without noticing it.»

Johnny starrte seine Schwester an. «You're kidding!»

«No, I'm not!»

«Ihr habt nicht aufgepasst», sagte Niklas zu Lea und Johnny. «Sue Brookner hat erwähnt, dass der Mann ein Café hat!»

«Echt?», rief Lea. «Hab ich nicht gemerkt.»

«Sie hat's selbst nicht gemerkt.»

«Now I'm getting the picture!» Johnny holte tief Luft. «Perhaps the guy lost a lot of customers when Sue opened her café eighteen months ago. So he decided to destroy her business by smuggling some poisoned muffins into her café.»

Lea nickte. «Und wenn *Sue's Café* so 'ne starke Konkurrenz für ihn war, muss seins ganz in der Nähe sein.»

«Stimmt», meinte Julie. «But I think there're quite a few cafés. So it won't be easy to find the right one.»

«Vielleicht können wir Sharon fragen, ob irgendeins der Cafés in Kentish Town früher besonders gut lief, bevor Sue ihrs aufgemacht hat», schlug Niklas vor.

«Great idea!», rief Julie. «Let's go home.»

Did you have a nice morning?», fragte Sharon, als sie nach oben kamen.

«Hm», murmelte Niklas.

«What did you do? Did you play tennis?»

«No ...», antwortete Julie. «We just walked around the area ...»

«Are you hungry?»

Alle nickten.

«Today we'll have Shepherd's Pie», sagte Sharon und zog eine Auflaufform aus dem Ofen.

Johnny strahlte. «That's my favourite dish!»

«What is it?», fragte Lea.

«It's minced meat mixed with onions, carrots, celery and a layer of mashed potatoes on top.»

«Smells great», rief Julie.

Und so schmeckte es auch.

«There is still no news about the missing girl», seufzte Sharon. «If one of my children disappeared like that, I would go mad.»

«I read somewhere that she might have been kidnapped», sagte Johnny.

Sharon schüttelte den Kopf. «The family is too poor.»

«Could the father have done it?»

«I don't know … It seems he left the family and never showed any interest in his children.»

Eine Weile schwiegen sie alle.

«We … wanted to ask you something», sagte Lea schließlich.

«Go ahead.»

«Which cafés in Kentish Town are the most popular?»

«Oh, I'd have to think about that …»

«There were lots of people in *Sue's Café* on Saturday morning», sagte Julie.

«Yes, she has done really well», meinte Sharon, «but of course now it's closed because of the poisoned muffins.»

«And how was it before Sue opened her café?», fragte Niklas.

«Well … all the other places had more customers …» Sharon überlegte. «There's *Mario's Café*, *Kentish Town Café*, *Café Renoir*, *Fred's Café* … Yes, now it comes back to me. A couple of weeks ago I noticed that *Fred's Café* was quite empty. That place certainly used to do good business.»

«And where's *Fred's Café*?», rief Lea aufgeregt.

«Oh, it's not far from *Sue's Café*. Why do you want to know? Do you think the owner poisoned Sue's muffins?»

«No, probably not», murmelte Julie und gab Lea ein Zeichen, nicht weiterzureden.

«What's for dessert?», fragte Niklas, um Sharon abzulenken.

«We'll have Raspberry Fool.»

«Raspberries sind doch Himbeeren, oder?»

Julie nickte.

«And Raspberry Fool is a nice mixture of crushed raspberries, sugar, yoghurt and cream», sagte Sharon und holte fünf Gläser mit einer rosafarbenen Mischung aus dem Kühlschrank.

«Hmmm!», rief Niklas.

Julie zwinkerte ihm zu. Er wusste genau, was sie jetzt dachte: Gleich nach dem Essen würden sie losziehen und sich *Fred's Café* etwas näher ansehen.

# DAS GIBT'S DOCH NICHT!

Es hatte aufgehört zu regnen, und die Sonne schien.

«Let's go!», rief Johnny.

Den Weg nach Kentish Town kannten sie inzwischen fast im Schlaf. Sie wussten sogar, wann die Fußgängerampeln grün wurden.

*Sue's Café* war immer noch abgesperrt. Zwei Deutsche standen mit ihrem Reiseführer davor und ärgerten sich, dass sie nicht reinkonnten.

«Hier steht nichts davon, dass dienstagnachmittags geschlossen ist», sagte der Mann.

«Und ich hatte mich so auf den Kuchen gefreut!», rief die Frau enttäuscht.

«Da drüben ist es», sagte Lea leise und zeigte auf die andere Straßenseite.

*Fred's Café* stand auf der gelben Markise. Die Tische draußen waren fast alle besetzt.

Jetzt gingen auch die beiden Deutschen rüber und setzten sich an den letzten freien Tisch.

«Seht ihr, so läuft das», sagte Niklas. «Hat das eine Café zu, geht man in das andere.»

«Look who's there!», rief Johnny plötzlich.

«Das gibt's doch nicht!» Lea schlug die Hand vor den Mund.

«Was habt ihr denn?», fragte Niklas.

«I don't get it either», meinte Julie.

«Seht ihr den Mann mit der Glatze und der Sonnenbrille?»

«Du meinst den Kellner?»

«Ja», rief Lea aufgeregt. «Der Typ war am Sonnabendmorgen in *Sue's Café*! Er stand hinten an der Wand.»

«I thought he looked like a bodyguard», sagte Johnny.

«Und ich hab gesagt, vielleicht frühstückt hier jemand, der berühmt ist.»

«I think we should go in and have a look at his café, and perhaps at the kitchen too», schlug Julie vor.

«Aber wie sollen wir das machen?», fragte Niklas. «Der Typ wird doch sofort misstrauisch, wenn wir in seine Küche schauen wollen.»

«Perhaps there's a yard at the back with another entrance.»

Niklas zögerte. «Ich seh nicht mal 'ne Einfahrt zu einem Hinterhof.»

«No, because these are terraced houses», erklärte Julie. «But there might be a lane behind them from which you can enter the back yards.»

«Was ist das, ‹a lane›?», fragte Lea.

«Eine … Gasse.»

«Okay, versuchen wir's», sagte Niklas.

Sie überquerten die Straße, gingen an *Fred's Café* vorbei und bogen in die nächste Seitenstraße ab.

Nach ein paar Metern sahen sie tatsächlich einen schmalen Weg, von dem aus man die Hinterhöfe der Häuser erreichen konnte. Aber die meisten hatten Zäune. Und die Tore waren bestimmt abgeschlossen. Außerdem stank es nach Abfall.

«Which one is it?», fragte Johnny.

«Der Dritte oder Vierte», murmelte Lea und sah sich um. «Aber wo ist Julie denn jetzt?»

«I'm here!», hörten sie sie flüstern. «The gate was open. Look, what a lovely tomcat I've found!»

«‹A tomcat›? Ist das ein Kater?», fragte Lea.

Johnny nickte.

Der Kater war orange getigert. Julie versuchte, ihn zu streicheln, aber er wich ihr immer wieder aus.

Als Lea näher kam, hörte sie sein Miauen. «Er hat wahrscheinlich Hunger.»

«Yes, I'm so sorry that we don't have anything for him! It's the most beautiful ginger cat I've ever seen.»

Der Kater hob den Kopf und schaute Julie an.

«What's the matter with you?», fragte sie.

«He heard you say ‹ginger›», sagte Johnny. «Perhaps he's called Ginger.»

«So wie Sonias Kater!», rief Niklas.

«It could be him», sagte Julie. «The family doesn't live far from here.»

Plötzlich machte der Kater einen Satz und verschwand hinter der Mauer.

«Ob dies der Hof ist, der zu *Fred's Café* gehört?», fragte Niklas.

«Ich glaube ja», sagte Lea und zeigte auf die Mülltonnen, aus denen der Abfall quoll. «Lauter gelbe Papierservietten. Und die Markise und die Sonnenschirme in seinem Café sind auch gelb.»

«Seht ihr sonst irgendwas Besonderes?»

«Fred seems to be quite a messy person», antwortete Julie und zeigte auf den Schrott, der überall herumlag: ein altes Waschbecken, ein kaputter Kühlschrank, Metallteile, Blumentöpfe, eine Matratze und sogar ein aufgeschlitzter Autositz.

«Anyway there's no box labelled *rat poison*», meinte Johnny.

«Und was machen wir jetzt?», fragte Niklas. «Ich glaube, hier kommen wir nicht weiter.»

«We could go round to the other side, walk into *Fred's Café* and order something to drink», schlug Julie vor.

«Einfach so? Das bringt doch auch nichts», sagte Lea. «Wir brauchen einen Plan.»

In dem Moment klingelte Niklas' Handy.

«Das ist Mama.»

«O nein!», stöhnte Lea. «Ausgerechnet jetzt!»

«Hallo, Mama», sagte Niklas, während sie auf den Weg zurückgingen.

«Wo seid ihr?»

«... in Kentish Town.»

«Was wollt ihr da?»

«... Wir gucken uns 'n bisschen die Gegend an.»

«Ich dachte, ihr würdet auf der Heath bleiben und Tennis spielen oder schwimmen gehen.» Mama ließ nicht locker.

«Hatten wir nicht so 'ne Lust zu.»

«Auf jeden Fall möchte ich, dass ihr jetzt nach Hause kommt.»

«Wieso das denn?»

«Weil ihr nicht stundenlang allein durch die Stadt ziehen sollt.»

«Wir sind noch gar nicht lange unterwegs», protestierte Niklas.

«Sharon hat gesagt, ihr seid um zwei gegangen.»

«Und jetzt ist es Viertel nach vier. Das ist doch nicht lange!»

«Niklas, keine Diskussionen. Ihr kommt jetzt nach Hause.»

«Och, Mama ... Aufgelegt! So ein Mist.»

«Was hat sie denn?», fragte Lea.

«Wir sollen nicht stundenlang allein durch die Stadt ziehen.»

«Perhaps Sharon told her about our conversation at lunch time», sagte Julie.

«Das fehlte gerade noch», seufzte Niklas. «Dann lässt Mama uns gar nicht mehr raus.»

Als sie wieder an der Vorderseite von *Fred's Café* vorbeikamen, waren noch immer alle Tische besetzt.

Niklas schaute kurz durchs Fenster. Auch drinnen gab es keinen freien Platz. Der Glatzkopf stand hinterm Tresen und kassierte. Er wirkte gut gelaunt und lächelte einem Kunden zum Abschied zu. Ob er wirklich die Muffins vergiftet hatte? Vielleicht hatte Sue Brookner sich auch getäuscht.

# IS SONIA STILL ALIVE?

Mama schien nichts von dem Gespräch über Cafés zu wissen, das sie mittags mit Sharon gehabt hatten. Und trotzdem nörgelte sie.

«Ihr wart noch nicht schwimmen, habt kein einziges Mal Tennis gespielt. Was macht ihr eigentlich?»

«Ich hab doch gesagt, wir gucken uns die Gegend an», antwortete Niklas.

«London ist toll!», rief Lea.

Mama runzelte die Stirn. «Morgen nehme ich mir frei. Dann werden wir gemeinsam was unternehmen.»

«Aber Mama, wir –»

«– können uns gut allein beschäftigen», unterbrach Niklas sie.

«Ich habe vorhin mit Julies und Johnnys Mutter telefoniert. Sie findet es auch nicht richtig, wenn ihr so viel allein seid.»

Schweigend verließen sie das Wohnzimmer. So was Blödes, dachte Niklas. Wahrscheinlich würden sie irgendeinen Ausflug machen. Das hatte ihnen gerade noch gefehlt.

«Ob Mama was gemerkt hat?», flüsterte Lea.

«Ich weiß nicht. Wir müssen aufpassen.»


Have you heard the latest news?», fragte Sharon am nächsten Morgen.

Sie schüttelten die Köpfe.

«It's not good», murmelte Sharon und faltete die Zeitung auseinander.

*MAN FIGHTING FOR HIS LIFE* lautete die Schlagzeile.

«He's one of those who ate the poisoned muffins», erklärte Sharon. «Terrible, isn't it?»

«Yes, it is», sagte Lea.

«How can someone be so cruel and poison food in a public place! I'm really worried! Just imagine if it happened again!»

Wenn es der Glatzkopf war, würde es nicht nochmal passieren, dachte Niklas. Der hätte sein Ziel erreicht. Sue Brookner würde ihm nicht mehr die Gäste wegnehmen.


Um zehn kamen Johnny und Julie.

«Meine Mutter will heute was mit uns unternehmen», sagte Niklas zur Begrüßung.

Johnny starrte ihn fassungslos an. «But I thought we would –»

«Pssst», zischte Lea.

«Perhaps we'll ask your mother if we can postpone whatever she's planning to do», flüsterte Julie auf dem Weg ins Wohnzimmer.

Lea zuckte mit den Achseln. «Wenn meine Mutter sich irgendwas in den Kopf gesetzt hat, ist sie davon meistens nicht mehr abzubringen.»

Mama saß auf dem Sofa und studierte den Stadtplan.

«Good morning», riefen Johnny und Julie.

«Guten Morgen», sagte Mama und lächelte. «Also, das Wetter ist gut, und deshalb habe ich beschlossen, heute mit euch in den Zoo zu gehen.»

«Aha», murmelte Niklas.

«Der Zoo in Regent's Park ist weltberühmt!»

«Muss das unbedingt heute sein?», fragte Lea vorsichtig.

«Ich dachte, ihr freut euch darüber», antwortete Mama enttäuscht. «Ihr wollt doch die Stadt kennenlernen und nicht immer nur auf der Heath herumlaufen.»

«I think it's nice on the Heath», sagte Julie.

«Aber ihr seid zu viel allein unterwegs. Das gefällt mir nicht.»

«But we always stick together», rief Johnny.

«Das will ich hoffen. Trotzdem ...» Mama stand auf. «Wenn wir erst mal da sind, wird's euch schon gefallen.»

«Können wir's nicht verschieben?», versuchte Lea es ein letztes Mal.

«Nein, das können wir nicht.»

Niklas musste zugeben, der Zoo war wirklich schön und riesig groß. Es gab sogar Geparde! Aber er war mit seinen Gedanken in Kentish Town.

«Wollen wir uns die Fütterung der Löwen ansehen?», fragte Mama.

«Okay», murmelte Lea.

«Ich erkenne euch gar nicht wieder», sagte Mama. «Wenn wir zu Hagenbeck gehen, habt ihr immer so viel Spaß. Und jetzt seid ihr im berühmtesten Zoo der Welt und trottet gelangweilt hinter mir her.»

«Gelangweilt sind wir nicht», meinte Niklas.

«No, it's really very interesting», fügte Julie hinzu.

Mama schüttelte den Kopf. Niklas wusste, ihr konnten sie nichts vormachen.

Als sie sich später an einem Kiosk etwas zu trinken holen wollten, fiel sein Blick auf die Schlagzeile in der Zeitung, die dort aushing: *IS SONIA STILL ALIVE?*

*Four days ago Sonia B. (10) disappeared. Was she murdered? The police are working round the clock. So far no arrests have been made.*

«Was für 'ne schreckliche Geschichte!», sagte Mama. «Ihr habt wahrscheinlich gar nichts davon mitgekriegt.»

«Von dem verschwundenen Mädchen?», rief Lea.

Niklas gab ihr einen Knuff in die Seite. Sie sollte bloß den Mund halten.

«Sharon mentioned the missing girl», meinte Julie beiläufig.

«It's strange that a child just disappears», fügte Johnny hinzu.

«Für eine Mutter ist es ein Albtraum», seufzte Mama. «Das könnt ihr mir glauben!»


Ich habe gehört, ihr wart heute im Zoo in Regent's Park», sagte Papa abends. «War's schön?»

«Ja», antworteten Niklas und Lea.

«So richtig begeistert klingt ihr aber nicht.»

«Doch.»

«Eben kam in den Nachrichten, dass es so aussieht, als ob Sonia B. tatsächlich entführt worden ist», sagte Mama. «Vielleicht vom Vater. Der ist ja auch seit Tagen verschwunden.»

«Echt?!», rief Lea.

«Die Polizei hat ihn jetzt in Liverpool gefunden», antwortete Papa. «Er behauptet, seine Tochter seit sechs Monaten nicht mehr gesehen zu haben.»

«Ob das stimmt?», fragte Mama.

«Man hat natürlich seine Wohnung durchsucht und die Nachbarn befragt. Sie haben aber ausgesagt, dass ihnen nichts Ungewöhnliches aufgefallen sei.»

«Kein gutes Thema, so kurz vorm Einschlafen», meinte Mama und gab Niklas und Lea einen Kuss.

«Papa hat davon angefangen», rief Lea.

«Tut mir leid.»

«Hoffentlich kommt Julies und Johnnys Mutter bald wieder», meinte Mama. «Dann kann sie was mit euch unternehmen.»

«Sieht nicht so aus», sagte Papa. «Sie wird wohl noch mindestens eine Woche bei ihren Eltern in Stuttgart bleiben.»

«Wirklich? Und ich habe so viel zu tun. Morgen drei Interviews, übermorgen zwei …»

Super, dachte Lea. Dann könnten sie morgen früh wieder allein losziehen.

# LEAS TRAUM

In der Nacht träumte Lea, dass sie sich in London verlaufen hatte. Immer wieder landete sie in derselben kleinen Seitenstraße. Wo war Niklas? Sie drehte sich um, konnte ihn aber nirgendwo entdecken. Hatte er sich vielleicht auf einem der Hinterhöfe versteckt? Sie ging durch eine schmale Einfahrt, überall standen Mülltonnen herum, es stank nach Fisch. Da sprang plötzlich etwas vor ihre Füße. «Hilfe!», schrie sie. Dann sah sie, dass es ein orange getigerter Kater war. Er miaute und blickte sie sehnsüchtig an. «Ich hab nichts für dich zu essen», sagte sie und strich über sein Fell. Es war ganz weich. Sie versuchte, ihn auf den Arm zu nehmen, aber das gefiel ihm nicht. Er machte einen Satz und verschwand zwischen den Mülltonnen. Sie schaute sich um. War denn hier niemand, der ihn füttern könnte? Auf einmal entdeckte sie im ersten Stock ein Gesicht am Fenster. Das kannte sie doch …

Lea wachte auf. Ihr war heiß. Sie knipste das Licht an und richtete sich auf. Was war das für ein seltsamer Traum gewesen!

«Lea?», hörte sie Mama da flüstern.

«Ja?»

Mama setzte sich zu ihr aufs Bett und legte ihr die Hand auf die Stirn. «Tut dir was weh?»

«Nein ...»

«Du bist ganz heiß, und eben hast du geschrien.»

«Ich hab schlecht geträumt.»

«Wir hätten gestern Abend nicht mehr über diese Geschichte sprechen dürfen.»

«Glaubst du, dass das Mädchen noch lebt?»

«Ich hoffe es», antwortete Mama und strich ihr über den Kopf.

Als Lea am nächsten Morgen aufwachte, hörte sie Sharons Stimme im Flur.

Wie spät war es? Schon Viertel nach neun!

Sie sprang auf und lief ins Badezimmer. Dort stand Mama vorm Spiegel und kämmte ihre Haare.

«Ich habe dich extra etwas länger schlafen lassen», sagte sie und gab Lea einen Kuss. «Jetzt muss ich los. Passt gut auf euch auf.»

Lea nickte.

«Und wenn irgendwas ist, ruf mich an.»

«Wann kommst du wieder?»

«Gegen fünf.»

Johnny und Julie warteten schon auf sie, als sie um kurz nach zehn bei ihnen klingelten.

«Where have you been?», fragte Johnny.

«Lea hat so lange geschlafen», antwortete Niklas.

«We were worried that your mother wouldn't allow you to go out», meinte Julie.

«Die ist schon längst weg», sagte Lea.

«Okay, let's go!», rief Johnny.

Auf dem Weg nach Kentish Town erzählte Lea den anderen von ihrem Traum.

«A face at the window», murmelte Julie.

«But why should the man with the bald head have kidnapped Sonia?», fragte Johnny.

«Keine Ahnung.»

«Ich glaub nicht an eine Entführung», meinte Niklas.

Kurz darauf standen sie vor *Fred's Café*.

«It's open», sagte Julie leise. «And there are quite a few customers.»

Niklas sah, wie der Glatzkopf gerade eine Bestellung entgegennahm.

«Shall we have a look at the back?», fragte Johnny.

Sie nahmen den bekannten Weg zu den Hinterhöfen. Zum Glück war das Tor wieder nicht verschlossen. Lea war die Erste, die den Kater entdeckte. Er saß an der Hintertür des Hauses und miaute.

«That's exactly where he was sitting yesterday when I first saw him», flüsterte Julie.

Lea blickte am Haus empor. Die Fensterscheiben waren schmutzig. Nirgendwo war ein Gesicht zu sehen.

«Perhaps he's sitting here, because Sonia is kept in the house», flüsterte Julie und hockte sich hin. «A cat might do that.»

Vorsichtig streckte sie ihre Hand nach dem Kater aus. Diesmal ließ er sich von ihr streicheln.

«Are you Ginger? Are you waiting for Sonia to come out of the house?»

Der Kater schnurrte.

«Shall we call the police?», fragte Johnny.

«Wir haben keinen Beweis dafür, dass der Glatzkopf was verbrochen hat», antwortete Niklas.

«Lasst uns ins Café gehen und was zu trinken bestellen», schlug Lea vor.

«Und dann?»

«Ich weiß nicht … Vielleicht gibt's eine Wohnung hinterm Café. Ich könnte mich dort mal umsehen.»

«That's too dangerous», sagte Julie.

«Finde ich auch», meinte Niklas.

«Wenn der Glatzkopf mich sieht, sage ich einfach, dass ich die Toilette suche.»

«Sounds good to me», murmelte Johnny.

Niklas und Julie zögerten noch.

«Los, kommt.» Lea gab Niklas einen kleinen Knuff. «Wird schon nichts passieren.»

Ein paar Minuten später betraten sie das Café. Drei Tische waren besetzt. Dort saßen junge Frauen mit ihren Babys, zwei alte Damen und ein Mann, der telefonierte.

Der Glatzkopf stand hinterm Tresen und war damit beschäftigt, Kaffee einzuschenken. Vor ihm stand eine Schale mit Schokoladenmuffins. Lea schluckte.

«Shall we sit here?», fragte Julie und zeigte auf den Tisch in der Mitte.

Sie nickten.

Johnny griff nach der Getränkekarte. «I'll have a Sprite.»

«Me, too», sagte Julie.

Niklas merkte, dass er plötzlich überhaupt keinen Durst mehr hatte.

«What about you?», fragte Johnny.

«… dasselbe.»

«Ich auch», antwortete Lea leise.

Sie schwiegen, bis der Glatzkopf an ihren Tisch kam.

«Hello. What can I get you?»

«We would like four Sprites», sagte Julie.

«Anything to eat?»

«No, thank you.»

Der Glatzkopf schaute Johnny einen Moment lang an, als überlege er, ob er ihn schon mal gesehen hätte.

Waren sie verrückt?, dachte Niklas. Vielleicht hatte dieser Mann mehrere Menschen vergiftet und ein Mädchen entführt, und sie saßen hier in seinem Café und bestellten Sprite!

«What do you want to do this afternoon?», fragte Johnny mit lauter Stimme. «Play tennis?»

«That would be great», antwortete Julie. «Lea, would you like a lesson?»

«Ja ...»

Lea ließ ihren Blick durch den Raum wandern. Irgendwo musste doch ein Schild sein, wo es zu den Toiletten ging.

«What about you, Niklas?»

«Hm, vielleicht ...»

Jetzt kam der Glatzkopf zurück. Auf seinem Tablett standen vier Gläser und vier Sprite-Dosen. Niklas stellte erleichtert fest, dass sie noch zu waren.

«Now, here you are», sagte der Glatzkopf.

Schweigend sahen sie ihm zu, wie er die Dosen öffnete und ihnen einschenkte.

«Thanks.» Julie lächelte. «How much is that?»

«Two pounds, please.»

Julie holte ihr Portemonnaie aus der Tasche und gab dem Glatzkopf zwei Pfund. Ihre Hände zitterten kein bisschen. Wie schaffte sie es bloß, so ruhig zu bleiben?

«Thank you.»

Niklas probierte seine Sprite und verschluckte sich

prompt. Es war so schlimm, dass Lea ihm auf den Rücken klopfen musste.

«Besser?»

«... ja», keuchte er. «Ich finde, dass wir ... bald gehen sollten ...»

«Nein», sagte Lea. «Erst mal muss ich aufs Klo.»

Er schüttelte den Kopf, aber sie sah ihn so streng an, dass er nur seufzte.

«Bis gleich.»

Lea nahm noch einen Schluck Sprite und ging auf den Tresen zu.

«Is there a toilet here?», fragte sie den Glatzkopf.

«Yes, of course», antwortete er und deutete mit dem Kopf auf die Schiebetür hinter ihm. «You go through here. The *Ladies* is the second door on your left.»

«Thanks.»

Hinter der Schiebetür war es dunkel. Es dauerte einen Moment, bis Lea den Lichtschalter gefunden hatte.

Vier Türen gingen von hier ab. *Gentlemen* und *Ladies* stand an den beiden linken. *Private* an den beiden rechten.

Sie lauschte an der ersten Tür. Es war still dort drinnen. Aber als sie ihr Ohr an die zweite legte, hörte sie ein leises Geräusch. Es klang wie ein Stöhnen. Vorsichtig drückte sie die Klinke herunter. Die Tür war verschlossen. Noch einmal war das Geräusch zu hören,

und diesmal war Lea sich ganz sicher: In diesem Raum war jemand eingesperrt!

«What are you doing there?», sagte plötzlich eine drohende Stimme hinter ihr.

Sie drehte sich um. Da stand der Glatzkopf und starrte sie böse an.

«Sorry ... I was looking for the toilet.»

Er zeigte auf das Schild *Ladies*. «I told you it was the second door on your left.»

Lea nickte und verschwand auf die Toilette. Wie blöd, dass er sie bemerkt hatte. Wartete er jetzt auf sie und würde sie auch gleich in dem Zimmer einsperren?

Ihr Herz klopfte, als sie die Tür wieder öffnete.

Der kleine Flur war leer. Erleichtert lief sie zurück ins Café.

«Da bist du ja endlich!», rief Niklas.

«Wo ist er?», fragte Lea.

«He was here a couple of minutes ago», antwortete Johnny und blickte sich suchend um.

«Abgehauen!», sagte Lea. «Lasst uns gehen.»

Draußen erzählte sie den anderen, was passiert war.

«Are you sure you heard someone groaning in the other room?», fragte Julie und zog ihr Handy aus der Tasche.

«Ja!!!»

«Then I'll call the police.»

«Weißt du die Nummer?»

«It's 999.»

Während Julie wählte, hielt Niklas die Luft an. Hoffentlich würde die Polizei ihr glauben.

«Hello, my name is Julie Saunders. This is an emergency call … We think we've found Sonia B., the missing girl. She's being kept in a backroom of *Fred's Café* … Yes, in Kentish Town … off Highgate Road … Yes, we'll wait. Thanks.»

«Wann kommen sie?», fragte Niklas.

«They'll be here in a couple of minutes.»

# WHAT HAPPENED?

Es dauerte fünf Minuten, bis die Polizei kam.

«Das sind ja die beiden aus der Polizeiwache!», rief Lea.

Der Dicke und der Dünne erkannten sie auch sofort.

«Did you call us?», fragte der Dünne.

Julie nickte.

«You stay right here, okay?», sagte der Dicke.

Dann rannten sie ins Café.

Kurz darauf kamen die anderen Gäste nach draußen. Sie sahen sich erschrocken an, die Babys weinten. Der Glatzkopf war nirgendwo zu sehen.

«Sollen wir Mama anrufen?», fragte Lea.

Niklas schüttelte den Kopf.

«Warum nicht?»

«Erst mal abwarten, ob sie jemanden finden.»

Johnny schaute sich nervös um. «I hope the bald man isn't watching us.»

«I'm sure if he's the one who kidnapped Sonia, he's on his way out of London right now», meinte Julie.

In dem Moment fuhr ein Notarztwagen vor.

«O nein!», stöhnte Lea. «Hoffentlich ist Sonia nicht verletzt.»

Zwei Pfleger stiegen aus, holten eine Trage aus dem Wagen und verschwanden im Café.

Immer mehr Menschen blieben stehen. Ein paar versuchten, das Café zu betreten. Der Dünne kam heraus und bat die Neugierigen weiterzugehen.

«Do you know where the owner of the café is?»

«He cleared off», antwortete Johnny.

«What does he look like?»

«He's between thirty and forty years old, bald, has a silver earring ...»

«And he's very tall», ergänzte Julie.

«What was he wearing?»

«A grey sweatshirt and jeans», rief Niklas. «And ... Turnschuhe ... Was heißt das?»

«Trainers», antwortete Julie.

Der Dünne sprach in sein Funkgerät. Eine Suchmeldung, dachte Niklas.

«What about the girl?», fragte Johnny. «Have you found her?»

«Yes, we have. She was in a locked room.»

«Is she all right?»

«Only the doctors at the hospital will be able to tell.» Der Dünne blickte sie ernst an. «We need to talk to you. Please call your mother and tell her to come to the police station in Kentish Town. And you'll come with me.»

Niklas wählte Mamas Nummer. Das würde Ärger geben, so viel war sicher.

«Hallo?»

«Mama, ich bin's.»

«Ist was passiert?»

Jetzt kamen die Pfleger aus dem Café. Auf ihrer Trage lag ein blondes Mädchen mit einem blauen T-Shirt. Es hatte die Augen geschlossen.

«Das ist sie!», flüsterte Lea.

«Niklas, antworte mir!», Mama schrie jetzt fast.

«Uns geht's gut, aber … wir haben das vermisste Mädchen gefunden.»

«Ihr habt *was*???»

«Die Polizei hat gesagt, dass du zur Polizeiwache nach Kentish Town kommen sollst.»

«Seid ihr schon dort?»

«Nein, wir stehen vor einem kleinen Café, aber die Polizei –»

«Was für ein Café?»

«Ist doch egal. Wir fahren mit dem Polizeiwagen zur Wache.»

«Will you please get into the car?», rief der Dünne.

«Ich muss auflegen», sagte Niklas. «Es geht los.»

«Kinder, was macht ihr bloß für Sachen!»

«Bis gleich, Mama.»

Niklas schob sein Handy in die Tasche und lief zu den anderen, die vor dem Polizeiwagen standen.

«My colleague is going to wait for the people who'll investigate the crime scene», verkündete der Dünne. «So one of you can sit in the front.»

«Oh, can I go there?», fragte Johnny.

«Da würde ich auch gern sitzen!», rief Lea.

«We don't have all day», sagte der Dünne.

Da beschloss Johnny, Lea den Platz zu überlassen, und setzte sich zu Niklas und Julie nach hinten.

«Will you start the siren?», fragte Johnny.

Der Dünne nickte, schaltete das Martinshorn ein, und los ging's.

«Super!», rief Lea und klatschte in die Hände.

«I don't know how you found out that Sonia was kept in that room», sagte der Dünne kopfschüttelnd. «We've searched the whole area several times.»

«It's a long story», meinte Julie. «Shall we tell you now?»

«No, wait until we've reached the police station», antwortete er und gab Gas.

Sie hatten den Beamten schon alles erzählt, als Mama kam.

«Wie konntet ihr nur so waghalsig sein und nach dem Mädchen suchen!», rief sie und nahm sie alle in die Arme.

«Es hat sich irgendwie so ergeben», murmelte Niklas. «Wir haben uns nur 'n bisschen in Kentish Town umgesehen.»

«And then we saw an interview with Sue Brookner on television», rief Johnny.

«She mentioned that the suspect had a café», fügte Julie hinzu.

«He's still on the run», sagte der Dünne. «So you have to be careful. This man is dangerous.»

Mama nickte. «The children won't be running around on their own any longer. I'll make sure of that.»

O nee, dachte Niklas. Genau das hatte er befürchtet.

«Do you have any idea why the man kidnapped the girl?», fragte Mama.

Der Dünne schüttelte den Kopf. «She didn't say anything when we found her.»

In dem Augenblick klingelte das Telefon. Der Dünne nahm den Hörer ab.

«Hello? ... Who? ... Oh, Sonia's mother ... I'm glad to hear that your daughter is well ... And my colleague is speaking to her at the moment, is he? ... Yes, in fact the children are here ... What? ... I'm not sure if that's possible ...»

Er schaute sie fragend an. «Sonia's mother is asking if the children could come to the hospital. Sonia would very much like to thank them for rescuing her.»

«Ich weiß nicht», seufzte Mama.

«Bitte!», riefen Niklas und Lea.

«Na gut! What's the name of the hospital?»

«It's the Royal Free in Pond Street», antwortete der Dünne. «Will you go there straight away?»

Mama nickte.

«Hello?», sprach der Dünne ins Telefon. «Yes, the mother of the German children will take them to the hospital … They should be with you soon … All the best … Bye-bye.»

«Can you give me directions how to get there?», fragte Mama.

«The Royal Free is near Hampstead Heath Railway Station. Remember: not Hampstead Underground Station! It shouldn't take you more than ten minutes.»

«Thank you.»

Sie verabschiedeten sich von dem Dünnen und waren schon fast draußen, als er ihnen nachrief: «And don't try to play detective any more.»

«They won't», antwortete Mama.

Auf dem Weg zum Krankenhaus mussten sie ihr alles nochmal ganz genau erzählen.

«If the ginger cat hadn't been there we might not have gone into the café», sagte Julie.

«Ja, eigentlich hat der orange getigerte Kater Sonia gerettet», rief Lea.

«Aber woher wusstet ihr denn, dass sie einen solchen Kater hat?», fragte Mama.

«Von Sonias Brüdern», antwortete Niklas. «Die hatten Ginger über den Hof gejagt.»

«Über was für einen Hof?»

«Den hinter dem scheußlichen Hochhaus, in dem Sonia wohnt», erklärte Lea.

«Allmählich begreife ich, wo ihr euch die ganze Zeit rumgetrieben habt», seufzte Mama.

Es dauerte doch eine Weile, bis sie das Krankenhaus gefunden hatten. Lea merkte, wie sie immer aufgeregter wurde. Gleich würden sie erfahren, warum der Glatzkopf Sonia entführt hatte.

«Wir bleiben nicht lange», meinte Mama, als sie im Fahrstuhl standen. «Sonia ist bestimmt erschöpft und muss sich ausruhen.»

«Aber die Mutter hat doch gesagt, dass sie uns sehen will», erwiderte Lea.

«Trotzdem.»

Sie betraten einen großen Raum mit vielen Betten. Schon von weitem sah Lea Sonias Mutter. Sie stand neben einem Bett und wiegte ihr Baby hin und her.

«Ich sehe sie!» Lea zeigte auf das Bett und lief los.

«Oh, there you are!», rief Sonias Mutter. «Thank you! Thank you so much!»

Sonia war blass, aber sie lächelte. «Hi», sagte sie leise.

«Hi. I'm Lea.»

«I remember your face …»

«You saw me on Saturday morning, when you came out of the toilet of *Sue's Café*.»

‹That's right …»

«This is my brother Niklas and these are Johnny und Julie.»

«Hi … And that's your mum?»

Lea nickte.

«We're so glad you're all right», murmelte Julie.

«How did you find me?», fragte Sonia, und dabei wanderten ihre Blicke von einem zum anderen.

Johnny und Julie erzählten abwechselnd, wie sie sie gefunden hatten. Als Sonia hörte, dass ein orange getigerter Kater im Hinterhof gesessen und miaut hatte, schrie sie kurz auf.

«That's Ginger!»

Ihre Mutter schüttelte erstaunt den Kopf. «And I thought he had run away!»

«How did he know I was there?»

«The café isn't far from us», antwortete Sonias Mutter. «Ginger often wanders around the area. Perhaps he saw you when Fred Smith brought you into his house.»

«You know his name?», fragte Johnny erstaunt.

«Yes, we do. He's had the café for years. It was always packed. But then Sue Brookner opened hers and he lost his customers. Apparently he has huge debts from gambling on horses. So he decided to destroy her business by smuggling some poisoned muffins into her café.»

«And I saw him doing it», sagte Sonia und begann zu erzählen. Am Sonnabendmorgen sei sie zum Café gegangen, weil sie Sue Brookner bitten wollte, ihrer Mutter noch eine Chance zu geben. Sie habe erst im Vorraum zu den Toiletten auf einen günstigen Moment gewartet. Als sie dann in die Küche gekommen sei, habe sie gesehen, wie Fred Smith ein paar Schokoladenmuffins aus einer Tasche genommen und auf das Backblech zu den anderen Muffins gelegt habe.

«I knew immediately that something was wrong because he was wearing gloves.»

«And then, what happened?», rief Lea gespannt.

«I wanted to run away, but I couldn't move. I kept staring at the muffins. And then he threatened me: ‹If you tell anybody ... You've got little brothers, haven't you?›» Sonia fing an zu weinen.

«Das ist alles viel zu viel für sie», flüsterte Mama.

«Pssst», zischte Lea.

«He told me to come with him ... He was mad, totally mad ... I was so afraid that I did what I was told ...»

So ein Monster, dachte Niklas. Hoffentlich würde die Polizei ihn bald finden, diesen Fred Smith.

# HAT ER SICH INS AUSLAND ABGESETZT?

Also», sagte Papa beim Abendbrot und blickte in die Runde, «ich kann's immer noch nicht fassen, dass ihr in so eine gefährliche Geschichte verwickelt worden seid.»

«Wir tun's nicht wieder», murmelte Niklas.

«Das wollen wir auch hoffen!», seufzte Mama und fuhr sich mit den Händen durch die Haare. «Sonst fliegen wir sofort nach Hamburg zurück!»

«If I had known what was going on I would have asked your mom to come back immediately», meinte Mr. Saunders.

«Don't tell her», sagte Julie. «She'll only get upset.»

«I have already told her.»

«Oh, no!», rief Johnny.

«She'll ring you after supper», sagte Mr. Saunders. «You'll have to promise her not to get involved in the search for the kidnapper. Otherwise she'll take the next plane to London.»

«Do you have to make such a big deal of all this?», fragte Julie.

«It is a big deal», antwortete Mr. Saunders ernst. «You could have been hurt by this madman. He sounds really evil.»

In der Nacht wachte Niklas auf. Irgendein Geräusch hatte ihn geweckt.

«Bist du wach?», hörte er Lea flüstern.

«Jetzt ja.»

«Ich kann nicht schlafen.»

«Musst du mich deshalb wecken?»

«Glaubst du, dass Fred Smith sich ins Ausland abgesetzt hat?»

«Keine Ahnung.»

«Dafür braucht man doch ziemlich viel Geld, oder?»

«Vielleicht hat er was gespart.»

«Quatsch! Sonias Mutter hat gesagt, dass er hohe Schulden hat.»

«Ich bin müde!», sagte Niklas. «Geh wieder ins Bett.»

«Ich habe Angst!», wimmerte Lea.

«Warum?»

«Dass er sich an uns rächen wird! Weil wir ihm auf die Spur gekommen sind.»

Daran hatte Niklas noch nicht gedacht. Plötzlich war er nicht mehr müde.

«Er weiß genau, wie wir aussehen», flüsterte Lea.

«Stimmt. Und er würde auch rauskriegen, wo wir wohnen.»

«Wir müssen ihn finden, bevor er uns findet.»

«Vielleicht haben wir Glück, und die Polizei erwischt ihn heute Nacht.»

Sie saßen noch beim Frühstück, als Sharon in die Küche kam.

«Good morning.»

«Hi», riefen Niklas und Lea im Chor.

«Have you heard about the girl?», fragte Sharon und zog ihre Zeitung aus der Tasche.

*CHILDREN TRACK DOWN KIDNAPPED GIRL* las Lea. «That's us.»

«Really?», rief Sharon und starrte sie verblüfft an.

Und dann mussten sie ihr alles ganz genau erzählen.

«Sonia's mother must be so relieved», meinte Sharon. «Hopefully it won't be long before the police catch this horrible man.»

«Do you think he's still in the country?», fragte Niklas.

«If he is, he either has to hide somewhere or walk around in disguise.»

«Disguise? What's that?», fragte Lea.

«He would wear sunglasses, no earring and different clothes», antwortete Sharon.

«Ah, ich weiß», sagte Niklas. «Eine Verkleidung.»

«Und 'ne Perücke!», rief Lea. «Was heißt das?»

Sharon zuckte mit den Achseln.

Niklas zeigte auf seine Haare. «Hair?»

«Oh, you mean a wig!» Sharon nickte. «Yes, he would certainly have to wear a wig!»

Jetzt kam Mama in die Küche. Sie warf einen Blick auf die Schlagzeile und seufzte.

«The children are amazing», sagte Sharon.

«I wish they hadn't got involved in all this», meinte Mama und schaute Niklas und Lea stirnrunzelnd an. «What are you going to do today? It's too cold to swim.»

«Play tennis», antwortete Niklas, ohne dass er mit Lea darüber gesprochen hatte. Hauptsache, Mama war beruhigt.

«Very well. The main thing is that you stay nearby. And don't forget –»

«Lunch is at one o'clock!», riefen Niklas und Lea.

«Exactly!»

«We'll have roast chicken today», sagte Sharon, «with baby potatoes and peas.»

«Hmmm, lecker!»

Sie zogen ihre Sportsachen an, holten Johnny und Julie ab und gingen nach unten zu den Tennisplätzen.

«Our mom was furious», sagte Julie. «We're not allowed to leave the Heath.»

«Wir auch nicht», stöhnte Lea.

Tennisschläger konnte man mieten, Bälle musste man neu kaufen. Zum Glück hatte Mama ihnen genug Geld mitgegeben.

«Lea, do you want to play with me?», fragte Julie.

«Ja, aber ich hab keine Ahnung, wie das geht.»

«I'll teach you.»

«Super!»

Der zweite freie Platz lag ein Stück weiter entfernt. Das war Niklas ganz recht so. Er wollte nicht, dass Julie sah, wie schlecht er spielte.

«When did you start playing?», fragte Johnny.

«Vor zwei Jahren.»

«Me, too.»

Sie waren ungefähr gleich gut, stellte Niklas erleichtert fest. Und nach einer Weile machte es ihm richtig Spaß. Ab und zu hörten sie Leas Kreischen, wenn sie wieder einen Ball in die Büsche geschlagen hatte und Julie und sie ihn suchen mussten.

Plötzlich bemerkte Niklas einen Mann mit einer Lederjacke, der nicht weit vom Zaun entfernt stand und ihnen zusah. Er war ungefähr so groß wie Fred Smith, hatte längere Haare, einen Bart und trug eine Sonnenbrille.

«Siehst du den Typen da vorn?», flüsterte Niklas, als sie die Seiten wechselten.

«Yes, he's been watching us for some time.»

«Glaubst du, das könnte Fred Smith sein?»

«I don't know.»

«Guck jetzt nicht zu ihm hin.»

«Is he wearing an earring?»

«Kann ich nicht erkennen.»

Niklas hatte Aufschlag. Als er irgendwann wieder zum Zaun hinübersah, war der Mann verschwunden.

Später erzählten sie Julie und Lea von ihrer Beobachtung.

«Warum habt ihr uns nicht Bescheid gesagt?», rief Lea aufgeregt.

«Damit du sofort die Polizei rufst?», antwortete Niklas.

«Natürlich.»

«Wir können nicht jemanden verdächtigen, nur weil er so groß ist wie Fred Smith und eine Sonnenbrille trägt.»

«You're right», sagte Julie. «We should just forget the whole thing.»

«Kann ich aber nicht», murmelte Lea.

Nachmittags saßen sie drüben bei Johnny und Julie und spielten Karten.

«Do you want to watch the news?», fragte Julie nach einer Weile.

«Ich denke, wir sollen die ganze Sache vergessen», sagte Lea.

«Easier said than done», antwortete Julie und schaltete den Fernseher ein.

In den Nachrichten wurde nur erwähnt, dass die Polizei weiterhin nach dem Mann suche, der Sonia entführt hatte.

«That was it?», rief Julie enttäuscht.

«I'll have a look at the internet», sagte Johnny und setzte sich an seinen Laptop. «I'm sure there'll be a lot of more information.»

Es gab einige Artikel über Sonia, der es gutging und die inzwischen zu ihrer Mutter und ihren Geschwistern zurückgekehrt war.

«Da hat sie echt Glück gehabt», sagte Niklas.

Die anderen nickten.

In den Kurzmeldungen hieß es, dass die Suche nach Fred Smith auf Hochtouren laufe.

Und der vergiftete Mann schwebte nicht mehr in Lebensgefahr.

«Hey, look at that!» Johnny zeigte auf den Bildschirm. «An interview with Sue Brookner.»

«Super!», rief Lea.

«She hopes that she'll soon be able to reopen her café.»

«Does she say anything about Fred Smith?», fragte Julie.

«Let me see ... Yes, she does: *I'm sure the police will find him and if he has gone abroad he will also be found at some stage ... He's crazy ... Yes, I have been offered protection by the police, but I turned it down.»*

Niklas runzelte die Stirn. «Das hab ich nicht verstanden. Was hat man ihr angeboten?»

«... Polizeischutz», antwortete Julie.

«Und den will sie nicht?», fragte Lea erschrocken.

Johnny schüttelte den Kopf. «She says: *I still sleep well at night.»*

«I would be worried if I were her», sagte Julie. «Do you remember the interview with her on television? She didn't mention his name, but she said that she had talked to the police about her suspicion.»

«Ja», murmelte Niklas. «Kann gut sein, dass er sich dafür rächen wird.»

Lea überlegte. «Was könnte er planen?»

«He might attack Sue Brookner», antwortete Johnny.

Julie nickte. «That's what the police think as well. Otherwise they wouldn't have offered her protection.»

«Fragt sich nur, wo er sie angreifen würde», sagte Lea. «Bei ihr zu Hause oder irgendwo in der Stadt.»

«Oder am ladies' bathing pond!», rief Niklas. «Sue Brookner hat doch neulich im Fernsehen gesagt, dass sie jeden Tag auf der Heath schwimmen geht.»

«Stimmt», sagte Lea. «Wenn Fred Smith das Interview auch gesehen hat ...»

«So what's the plan?», fragte Julie.

Niklas dachte an Mamas und Papas Verbot, sich an der Suche nach Fred Smith zu beteiligen. Aber konnten sie sich nicht trotzdem kurz mal die Gegend um den Teich herum angucken?

«Ich weiß, was wir machen!» Leas Augen leuchteten. «Wir fragen Mama, ob sie morgen früh mit Julie und mir im ladies' bathing pond schwimmen geht.»

«That's a super idea!», rief Johnny. «And while you are in the water, Niklas and I can have a look around.»

«Hauptsache, es ist morgen nicht mehr so kalt», sagte Lea. «Sonst geht Mama nicht mit uns schwimmen.»

# WHAT'S THAT?

Am nächsten Morgen schien die Sonne, und der Himmel war strahlend blau. Damit hatte Lea nicht gerechnet. Vielleicht würde es klappen.

«Was wollen wir heute machen?», fragte Mama beim Frühstück.

«Ich würde gern mal in dem Teich baden, der nur für Frauen ist», antwortete Lea und versuchte, ganz ruhig zu klingen.

«Wirklich? Ich dachte, der gefiel dir überhaupt nicht.»

«Das weiß ich erst, wenn ich's ausprobiert hab. Julie hätte auch Lust dazu.»

«Und was ist mit Niklas und Johnny?», fragte Mama. «Die Väter müssen arbeiten. Sonst könnten sie mit ihnen zum men's bathing pond gehen.»

«Wir warten in der Nähe auf euch», meinte Niklas. «Ihr bleibt ja nicht ewig im Wasser.»

«Wollen wir nicht lieber alle zusammen etwas unternehmen?»

«Können wir hinterher immer noch», antwortete

Lea. «Heute ist das Wetter so schön, und du hast Zeit mitzukommen. Kinder dürfen doch nicht allein im Teich schwimmen.»

«Na gut», sagte Mama. «Versuchen wir's.»

«Juhu!», rief Lea.

Niklas warf ihr einen genervten Blick zu. Musste sie unbedingt so jubeln? Mama guckte schon ganz erstaunt, dass Lea sich so freute, nur weil sie im Teich schwimmen würden.

Auf dem Weg zum ladies' bathing pond waren sie alle vier ziemlich still.

«Was ist mit euch?», fragte Mama.

«Nichts», murmelte Niklas.

An der Abzweigung blieben Johnny und er stehen.

«Wir schwimmen höchstens 'ne halbe Stunde», sagte Mama.

«Okay.»

«Und was wollt ihr beide machen?»

«Wir gucken uns hier 'n bisschen um», antwortete Niklas.

«Aber nicht zu weit gehen.»

«Nei-ein!»

Lea, Julie und Mama hatten kaum den Steg erreicht, als die Bademeisterin auf sie zukam.

«Hello!», sagte sie und lächelte. «Sue Brookner told me yesterday afternoon that you found the kidnapped girl! Well done!»

«I'd rather they hadn't got involved in the search», seufzte Mama.

«Sure, I can understand that. It must have been quite dangerous.»

Was hatte die Bademeisterin gerade gesagt? Sue Brookner war gestern Nachmittag hier? Lea schluckte vor Aufregung. Vielleicht würde sie heute auch wieder nachmittags kommen.

«Why don't you go for your swim now? The water is lovely and warm today.»

Mama rührte sich nicht vom Fleck.

«Was ist?», rief Lea.

«Der Teich sieht so dunkel aus. Ich weiß nicht, ob ich Lust habe, darin zu schwimmen.»

«Och, komm! Es ist bestimmt toll.»

«Zwischen all den Enten?», fragte Mama skeptisch.

«Es sind mindestens … zehn Frauen im Wasser», zählte Lea.

«Wahrscheinlich gibt's hier lauter Schlingpflanzen, in denen man mit den Beinen hängen bleibt.»

«Glaub ich nicht.»

«Komisch, du bist doch sonst so empfindlich», sagte Mama kopfschüttelnd.

«Shall we get changed?», fragte Julie.

«Ja!», rief Lea und zog Mama hinter sich her in Richtung Umkleidehäuschen.

Niklas und Johnny waren auf den Hauptweg zurück-
gegangen. Kurz darauf schlugen sie sich links ins
Gebüsch. Vielleicht gab es irgendwo einen anderen
Zugang zum Teich, von dem aus man die Badenden
beobachten konnte. Nein, hier standen die Büsche so
dicht, da würden sie nicht durchkommen.

«Fred Smith certainly didn't get through here»,
murmelte Johnny.

«Wir versuchen es woanders», sagte Niklas.

Hundert Meter weiter entdeckte er eine schmale
Öffnung zwischen den Büschen. «Guck mal!»

Jemand hatte die Brombeerranken platt getreten
und einige Zweige abgebrochen.

So gelangten sie mühelos fast bis zum Teich.

«What's that?», fragte Johnny und zeigte auf ein paar
graue Fäden im Brombeergebüsch.

«Sieht aus, als ob hier jemand hängen geblieben ist»,
antwortete Niklas.

«Fred Smith was wearing a grey sweatshirt.»

«Ja.» Niklas schob ein paar Äste beiseite. Er konnte
deutlich Lea erkennen, die zwischen den Enten um-
herschwamm. «Vielleicht hat Fred Smith hier gesessen
und Sue Brookner beim Schwimmen zugesehen.»

«He might come back.»

Niklas dachte nach. Wie könnten sie es anstellen,
nochmal hierherzukommen, ohne dass Mama misstrauisch wurde?

«We need to find a spot where we can keep an eye on his hiding place», sagte Johnny. «As soon as Fred Smith arrives we'll text Julie and Lea and they can warn Sue Brookner.»

«Ja.» Niklas sah, wie Mama aus dem Wasser stieg und nach ihrem Handtuch griff. «Wir müssen uns beeilen. Meine Mutter hat schon genug vom Schwimmen.»

«Okay. Let's have a look.»

Niklas warf einen letzten Blick auf die grauen Fäden. Oder sollten sie jetzt die Polizei benachrichtigen? Nein, die Beamten würden sie wahrscheinlich auslachen. Heute Morgen hatte er in den Nachrichten gehört, dass die Polizei vermutete, Fred Smith könne sich von seiner Mutter Geld für ein Flugticket geliehen haben und nach Südamerika entkommen sein. Man würde ihn kaum am ladies' bathing pond suchen.

Sie fanden sehr schnell eine geeignete Stelle, von der aus sie das Versteck im Blick haben würden.

«How can we slip out here in the afternoon without your mother noticing it?», fragte Johnny.

«Keine Ahnung», antwortete Niklas. «Da müssen wir uns echt was einfallen lassen.»

Als sie zum Badesteg zurückkamen, warteten Mama, Lea und Julie schon auf sie.

«Na, wie war's?», fragte Niklas.

«Toll!», rief Lea.

«Nicht so mein Fall», murmelte Mama. «Ich hab's lieber, wenn ich den Grund sehen kann.»

«I quite liked it», antwortete Julie.

«Ich hoffe, ihr habt euch nicht gelangweilt», sagte Mama und sah Niklas prüfend an.

«Nee.»

«It's such a nice park», rief Johnny.

Lea fing an zu kichern.

Niklas räusperte sich. Sie würde es fertigbringen und alles verraten.

«Ist irgendwas?», fragte Mama.

Lea schüttelte den Kopf, aber sie konnte nicht aufhören zu kichern. Manchmal ging sie Niklas wirklich auf die Nerven.

«Was haltet ihr davon, wenn wir uns das *Natural History Museum* ansehen?»

«Jetzt?», rief Lea und kicherte plötzlich nicht mehr.

«Ja, da gibt's die berühmte *Dinosaur Gallery*. Die wird euch gefallen.»

«Müssen wir bei dem schönen Wetter unbedingt ins Museum?», maulte Niklas.

«Ach, Kinder», seufzte Mama. «Ihr wollt doch London kennenlernen.»

«Die Dinosaurier können wir auch angucken, wenn's wieder regnet», sagte Lea.

«Wozu habt ihr denn Lust?»

«Tennis spielen», antwortete Niklas.

«Yes, that would be fun», meinte Julie.

«Na gut», meinte Mama. «Und mittags gehen wir Pizza essen.»

Es war kurz nach zwei, als sie aus der Pizzeria kamen.

«We have to hurry up», flüsterte Johnny.

«Ich weiß», flüsterte Niklas zurück.

Mama hatte darauf bestanden, dass sie alle noch einen Nachtisch bestellten. Und dann hatten sie ewig auf die Rechnung gewartet.

«Wir bleiben noch 'n bisschen draußen», sagte Niklas, als sie zu Hause ankamen.

«Hauptsache, ihr geht nicht nach Kentish Town!»

«Versprochen!»

Sobald sie außer Sichtweite waren, fingen sie an zu rennen.

«Wir wissen schon, wo wir uns verstecken werden», rief Niklas. «Aber ihr müsst euch auch ein Versteck suchen. Fred Smith würde euch sofort wiedererkennen.»

«We could go into the changing room», schlug Julie vor. «And when Sue Brookner comes in, we'll be able to warn her.»

«Super!», rief Lea.

«Have you got your mobiles switched on?», fragte Johnny.

«Natürlich!»

Sie trennten sich an der Abzweigung zum ladies'
bathing pond.

«Seid vorsichtig», sagte Lea und sah auf einmal ganz
ernst aus.

«Ich glaube, es ist zu spät, um zu seinem Versteck zu
gehen», flüsterte Niklas. «Er sitzt vielleicht schon da.»

Johnny nickte. «Let's go straight to our hiding
place.»

Sie fanden die Stelle sofort wieder, von der aus sie
das Versteck im Blick haben würden. Noch war von
Fred Smith nichts zu sehen.

«He might not come at all», murmelte Johnny.

Lea und Julie warteten inzwischen auf einen Moment,
in dem sie ins Umkleidehäuschen gelangen konnten,
ohne von der Bademeisterin gesehen zu werden. Wenn
Kinder hier nicht allein baden durften, durften sie
sicher auch nicht allein ins Umkleidehäuschen.

«Ob Sue Brookner schon da ist?», flüsterte Lea.

Julie reckte den Kopf. «I can't see her red bathing
cap anywhere.»

In dem Augenblick rief eine alte Frau nach der Bademeisterin. Sie schaffte es nicht, auf den Steg zurück-
zuklettern.

«Jetzt oder nie!», flüsterte Lea und gab Julie ein Zeichen. Sie rannten zum Umkleidehäuschen und schlos-
sen die Tür hinter sich.

«You're not allowed to swim here on your own», sagte eine Stimme hinter ihnen.

Lea drehte sich um. Vor ihnen stand eine junge Frau und lächelte.

«We don't want to go swimming», antwortete Julie schnell. «We're just hiding in here, so that our brothers won't find us.»

«Oh, I see. Well, good luck.»

«Das können wir gebrauchen», flüsterte Lea, als die junge Frau gegangen war.

Leider konnten sie vom Fenster aus nur einen Teil des Teichs überblicken. Und den Steg sah man gar nicht von hier.

«We can only hope that Sue Brookner comes in here to get changed», flüsterte Julie. «Otherwise we won't be able to warn her.»

«Wer weiß, ob sie überhaupt kommt.»

Niklas und Johnny starrten zu dem Versteck hinüber. Wie lange sollten sie hier warten? Vielleicht war Fred Smith tatsächlich längst in Südamerika, und die grauen Fäden stammten vom Pullover irgendeines Spanners, der die badenden Frauen beobachtet hatte.

«I've got a text from Julie», flüsterte Johnny. «Sue Brookner is swimming in the lake, but they couldn't warn her, because she didn't come into the changing room.»

«So ein Pech!», seufzte Niklas. Sein rechter Fuß war eingeschlafen. Lange würde er hier nicht mehr sitzen können.

Plötzlich hörte er ein Geräusch. Und dann sah er den Mann! Er trug eine Sonnenbrille, eine dunkelgrüne Baseballkappe, Jeans und ein graues Sweatshirt. In der Hand hielt er eine Plastiktüte. Niklas' Herz klopfte.

«That's him», flüsterte Johnny.

Fred Smith fing an sich auszuziehen. Niklas traute seinen Augen nicht. Was war denn das? Er hatte einen Badeanzug an! Und jetzt zog er eine braune Perücke aus der Plastiktüte.

«Ich schicke Lea eine SMS, damit Julie und sie Sue Brookner doch noch warnen können.»

«And I'll call the police.» Johnny wählte 999. «Hello», flüsterte er. «My name is Johnny Saunders. We've found Fred Smith. He has disguised himself as a woman and is about to go swimming in the ladies' bathing pond on Hampstead Heath. Sue Brookner is also swimming in there!»

In dem Augenblick sah Niklas etwas aufblitzen. Ihm brach der Schweiß aus. Fred Smith hielt ein Messer in der Hand!

Julie wollte die rote Bademütze von Mrs. Brookner im Blick behalten, aber das war nicht einfach.

«Ich hab eine SMS von Niklas bekommen», sagte Lea und starrte auf ihr Handy. «O nein! Fred Smith hat sich als Frau verkleidet und wird jetzt im Teich schwimmen gehen!»

«We have to call Sue Brookner to come out.»

«Wenn Fred Smith uns sieht, wird er sofort verschwinden.»

«I'll call her from here», sagte Julie und öffnete das Fenster.

«Hoffentlich hört sie dich.»

«Sue Brookner?», rief Julie. «Sue Brookner, could you please come to the changing room! Sue Brookner!»

«Kannst du sie sehen?»

«No! I can't! She probably didn't hear me. I'll try again.»

Did you hear that?», fragte Johnny. «I think someone called Sue Brookner.»

Niklas lauschte. Ja, jetzt hörte er es auch. War das Julies Stimme? Plötzlich bekam er es mit der Angst. Wenn Lea und Julie jetzt am Teich standen und nach Sue Brookner riefen, würde Fred Smith sie sehen. Und was würde dann passieren? Der Typ war zu allem fähig. Konnte sich die Polizei nicht etwas beeilen?

«Where is he?», flüsterte Johnny.

Niklas reckte den Hals. Er konnte die braune Perücke nirgendwo entdecken.

Lea spürte eine Hand auf ihrer Schulter. Es war die Bademeisterin.

«What's going on here?»

«Please ask Sue Brookner to come out of the water», sagte Julie. «We'll explain it to you later.»

«The two of you were here this morning, together with your mother.»

«Please!!!», rief Lea.

«It's really urgent!», sagte Julie. «Sue Brookner's life might be in danger!»

Da rannte die Bademeisterin nach draußen.

«Will Sue Brookner please come to see the lifeguard!», hörten sie sie rufen.

«There she is», sagte Julie und zeigte auf eine rote Bademütze.

Sue Brookner schwamm auf die Bademeisterin zu.

«Glück gehabt», murmelte Lea.

«I had a text from Johnny. He called the police. I hope they'll hurry up.»

«Und ich hoffe, dass die beiden ein sicheres Versteck haben.»

Look!», flüsterte Johnny.

Niklas stockte der Atem. Die braune Perücke! Fred

Smith schwamm nun zurück zu seinem Versteck und war nur noch ein paar Meter von ihnen entfernt. Wenn er sie hier entdeckte, waren sie dran!

Und dann ging alles plötzlich ganz schnell. Fred Smith stieg gerade aus dem Wasser, als sofort zwei Polizisten aus den Büschen auf ihn zusprangen und ihm die Arme auf den Rücken drehten. Er wehrte sich zwar sehr, aber sie hatten ihm schon Handschellen angelegt.

«Phew! That was close!», sagte Johnny.

# JETZT IST ABER SCHLUSS!

**W**ieder trafen sie Mama auf der Polizeiwache in Kentish Town. Und wieder hatten der Dünne und der Dicke Dienst. Sue Brookner war auch schon da. Niklas sah, dass sie geweint hatte.

«Kinder, mir wird ganz schlecht, wenn ich daran denke, was euch hätte passieren können», rief Mama und drückte sie. «Dabei wusstet ihr doch –»

«Tut uns leid, Mama», unterbrach Niklas sie.

«Fred Smith had a knife», sagte der Dünne. «I'm sure he intended to kill Mrs. Brookner by stabbing and drowning her. And afterwards he might have disappeared unnoticed because of his disguise.»

«I'm so grateful to the children.» Sue Brookner begann wieder zu weinen.

«If he had discovered the boys, he might have attacked them», sagte Mama.

Lea begann plötzlich zu zittern. «Ich hab solche Angst gehabt!»

«Meine kleine Lea», sagte Mama und nahm sie in die Arme.

Kurz darauf kamen Papa und Mr. Saunders.

«Jetzt ist aber Schluss!», rief Papa. «Habt ihr denn völlig den Verstand verloren, hier in London Detektiv spielen zu wollen?»

«We weren't playing», sagte Johnny leise.

Abends telefonierte Lea mit Sonia. Sie hatte schon von der Polizei erfahren, dass Fred Smith verhaftet worden war.

«And it was really you who tracked him down?»

«Well, together with my brother and our South African friends.»

«Thank you very much. Now I won't feel nervous any more when I go out.»

«We wanted to ask you something ...»

«What is it?»

«Would you like to have breakfast with us tomorrow morning? Your mother and your brothers are very welcome, too.»

«Oh, that would be nice ... I'll ask my mum.»

«Kommen sie?», fragte Niklas.

«Weiß ich noch nicht.»

«Hello?», rief Sonia.

«Yes?»

«My mum would like to speak to your mother. My brothers are quite wild and she isn't sure if it's really all right to bring them.»

Mama konnte sie beruhigen. Die Kinder würden sicher gern mit den beiden Jungen spielen. Und auf das Baby würden sie sich auch schon freuen.

«Das wird 'ne große Runde», sagte Papa. «Ich hoffe, wir haben genug zu essen.»

«Wir könnten ein paar Scones backen», schlug Mama vor.

«Super!», rief Lea.

«And what about some really good muffins?», fragte Mr. Saunders.

Johnny schaute ihn ungläubig an. «Do you know how to make them?»

«Yes, in fact I do.»

«You've never made any for us», beklagte sich Julie.

«There's always a first time», antwortete Mr. Saunders.

«What kind of muffins?», fragte Johnny.

«Chocolate, blueberry, cherry ... whatever is available.»

«Und was backst du für uns, Papa?», fragte Lea.

«Ich werde für alle Spiegeleier braten!»

Am nächsten Morgen halfen Niklas und Lea, das Frühstücksbuffet aufzubauen.

Julie, Johnny und Mr. Saunders kamen als Erste.

«Habt ihr auch schon so 'n Hunger?», fragte Lea.

«Yes, I'm starving!», rief Johnny.

Gleich darauf klingelte es wieder. Es waren Sonia und ihre Brüder. Die Mutter hatte das Baby auf dem Arm. Diesmal weinte es nicht.

«Thanks for the invitation», sagte Sonia und lächelte.

Und dann klingelte es ein drittes Mal.

«Wer kommt denn jetzt noch?», fragte Niklas.

«Unser Überraschungsgast», antwortete Papa und machte die Tür auf.

Da stand Sue Brookner mit einem großen Blumenstrauß. «Thank you so much for inviting me over.»

O nein, dachte Lea. Hoffentlich geht das gut. Sonias Mutter war doch von Sue Brookner entlassen worden.

Aber es schien sogar sehr gut zu gehen. Die beiden lachten miteinander und lobten die Muffins von Mr. Saunders.

«Have you heard the good news?», fragte Sonia.

«No, we haven't», antwortete Lea. «What is it?»

«Next week Sue Brookner will reopen her café and she has asked my mum if she wants to work for her again.»

«Really? Hey, that's great.»

«She'll also help my mum getting some financial support.»

«That's super», sagte Niklas und biss in seinen Schokoladenmuffin. Köstlich!

# In Den Krallen Der Katze

# Look at that!

Niklas stand am Fenster und blickte an den weißen, grauen und silbrig glänzenden Wolkenkratzern hinauf. Sie waren so hoch, dass er den Himmel nicht sehen konnte. Dabei wohnten sie selbst im 19. Stock.

Als er nach unten in die Straßenschlucht schaute, wurde ihm etwas schwindelig. Die Wagen, die dort hin und her flitzten, sahen aus wie kleine Spielzeugautos. Deutlich konnte er unter ihnen die gelben Taxen erkennen.

Gestern waren Papa, Mama, seine jüngere Schwester Lea und er in so einem Taxi vom New Yorker Flughafen zu ihrem Apartment-Hotel in Manhattan gefahren, wo Papa eine Wohnung gemietet hatte.

Nebenan wohnten ihre südafrikanischen Freunde Johnny und Julie mit ihren Eltern. Sie waren auch gestern angekommen.

Julie hatte er im ersten Moment fast nicht erkannt. All die Schminke, das Haargel und die modischen Klamotten! Sie sah aus wie sechzehn. Dabei war sie gerade erst dreizehn geworden.

«Hi, good to see you!», sagte sie zur Begrüßung.

«Hallo ...», murmelte er.

«I've got my laptop with me», verkündete Johnny sofort. «And I've set up the internet connection in the flat.»

«Super!», rief Lea.

Und in der nächsten halben Stunde redeten die beiden über nichts anderes mehr!

Papa würde in diesem Sommer wieder einen Film mit Mr. Saunders drehen. Die Zusammenarbeit in Kapstadt und London hatte ihm so gut gefallen, dass für ihn nur noch Mr. Saunders als Kameramann in Frage kam. Und Mrs. Saunders hatte ihr *Bed & Breakfast* wieder für zwei Monate geschlossen, weil in Südafrika jetzt Winter war und nicht so viele Touristen kamen.

«New York ist eine irre Stadt!», hatte Papa abends geschwärmt. «Hier gibt's nichts, was es nicht gibt! Verrückte Leute, exotisches Essen, tolle Architektur! Und wenn ich erst an die Kunstszene denke, die Theater, die Jazzclubs –»

«Ist ja gut», unterbrach Mama ihn. «Leider ist es hier aber auch furchtbar heiß und schwül! Wie im Treibhaus! Ich bin froh, dass wir Mütter mit den Kindern in zehn Tagen nach Cape Cod ans Meer fahren.»

«In der Wohnung ist es schön kühl!», rief Lea.

«Ja, weil wir eine Klimaanlage haben», sagte Niklas.

«Die gibt's überall», meinte Mama. «Sonst würde im Sommer niemand arbeiten können.»

Upper Midtown hieß ihr Stadtteil, und Park Avenue war der Name ihrer Straße. Niklas hatte sie gleich auf dem Stadtplan gefunden. Von hier war es nicht weit zum Central Park, und dort wollten sie heute hin.

Jetzt hörte er ein prasselndes Geräusch. War das etwa Regen? Ja, tatsächlich. Dicke Tropfen schlugen gegen die Fensterscheiben. Niklas war überrascht. In Hamburg hatte es auch geregnet, als sie losgeflogen waren, aber er hatte geglaubt, dass es im Juli in New York nur schönes Wetter gäbe.

Komisch, dass es in der Wohnung noch so ruhig war. Er sah auf seine Uhr. *Was?* Erst fünf nach fünf? War sie etwa stehengeblieben? Doch da fiel's ihm wieder ein: Natürlich. Die Zeitverschiebung! Sie hatten im Flugzeug die Uhr um sechs Stunden zurückgestellt. Das hieß, in Hamburg war's jetzt schon fünf nach elf. War er noch müde? Eigentlich nicht.

Trotzdem ließ er sich wieder auf sein Bett fallen. Er verschränkte die Arme hinterm Kopf und dachte darüber nach, wie die nächsten Wochen wohl werden würden. In den elf Monaten seit ihrem Abschied in London hatte Julie sich so verändert. Wahrscheinlich hatte sie gar keine Lust mehr, mit Kindern wie Johnny, Lea und ihm durch die Gegend zu ziehen.

Zum ersten Mal war er froh, dass Mama für die nächste Woche Ferienkurse für sie alle vier organisiert hatte. Er hatte sich einen Fotokurs ausgesucht, Johnny und Lea würden in ein Junior Ranger Day Camp gehen und den ganzen Tag fischen, Kanu fahren, Hütten bauen und Vögel beobachten. Und Julie machte irgendwas mit Design.

«Ich will nicht, dass ihr wieder auf dumme Gedanken kommt und irgendeinen Verbrecher jagt», hatte Mama gesagt. «New York ist schließlich ein gefährliches Pflaster.»

Niklas fand, dass Mama da ein bisschen übertrieb. Ja, gut, sie waren in Kapstadt Frank Breitenbacher auf die Spur gekommen, der den Plan hatte, junge Geparde nach Deutschland zu schmuggeln und für viel Geld zu verkaufen. Und in London hatten sie herausgefunden, dass der Café-Besitzer Fred Smith mit vergifteten Muffins den Ruf eines anderen Cafés zerstören wollte, das besser lief als seins. Und nicht nur das! Er hatte ein Mädchen entführt, weil es ihn bei seiner Vergiftungsaktion beobachtet hatte. Und später, am ladies' bathing pond, hätte er beinahe die Café-Besitzerin Sue Brookner mit einem Messer angegriffen.

Niklas lief ein kalter Schauer über den Rücken, wenn er daran dachte, wie Johnny und er am Badeteich im Gebüsch gesessen und auf die Polizei gewartet hatten. Das hätte auch schiefgehen können!

Lea hatte irgendwann im Winter durchs Internet erfahren, dass Fred Smith zu sechs Jahren Gefängnis ohne Bewährung verurteilt worden war. Natürlich hatte sie noch am selben Tag eine Mail an Johnny geschickt und sich mit ihm darüber ausgetauscht.

Es verging keine Woche, ohne dass die beiden sich mailten. Julie und er mailten sich nie.

Auch Lea hörte ein merkwürdiges Geräusch. Sie setzte sich in ihrem Bett auf. War das etwa Regen? Das konnte doch nicht wahr sein! An ihrem ersten Tag in Manhattan regnete es in Strömen! Und sie hatte sich so darauf gefreut, dass sie heute in den Central Park gehen würden.

Später, als sie alle mit Johnny, Julie und ihren Eltern beim Frühstück saßen, goss es immer noch. Und jetzt fing es sogar an zu donnern!

«I think we might have to change our plans», sagte Mr. Saunders und biss in seinen Bagel.

«Perhaps the rain will stop soon», meinte Johnny.

«It doesn't look like it», entgegnete Mr. Saunders.

«Was haltet ihr davon, wenn wir ins *MoMA* gehen?», schlug Papa vor.

«Ins *was*?», riefen Niklas und Lea wie aus einem Mund.

«Ins *Museum of Modern Art*. Das ist gleich hier um die Ecke.»

«Oh, nee!», stöhnte Lea. «Bloß nicht ins Museum.»

«Museums are boring», murmelte Johnny.

«Dieses nicht», erwiderte Mrs. Saunders. «Im *MoMA* gibt's sogar eine Design-Abteilung.»

«Really?», rief Julie. «That sounds great.»

«Und ich habe was über eine Fotoausstellung gelesen, die gerade eröffnet wurde», sagte Mama. «Das klang auch sehr interessant.»

«Fotos würde ich mir angucken», meinte Niklas nach kurzem Zögern.

«Und ihr beide, Julie und du, könntet dann schon mal schauen, wo ab Montag eure Kurse stattfinden», sagte Papa.

Schmollend schob Lea ihren Teller zurück. Immer wurde das gemacht, was die Großen wollten.

Der Fahrstuhl fuhr so schnell, dass Niklas einen dumpfen Druck in den Ohren verspürte. So was Verrücktes, im 19. Stock zu wohnen, dachte er.

Nun, wo sie auf dem Weg zum Museum waren, hatte der Regen schon fast aufgehört. Vielleicht würden sie später ja doch noch in den Central Park gehen.

«That's the *Waldorf-Astoria Hotel*», sagte Mr. Saunders und zeigte auf die andere Straßenseite.

Niklas sah zuerst die goldenen Figuren rechts und links über dem riesigen Eingang. Dazwischen stand in goldenen Buchstaben *THE WALDORF-ASTORIA*.

«Es ist eines der berühmtesten und teuersten Hotels der Welt», erklärte Mama. «Manche Leute wohnen sogar ständig dort.»

«Die müssen ja steinreich sein!», rief Lea.

Johnny legte den Kopf in den Nacken und versuchte die Stockwerke zu zählen. «How many storeys does it have?», fragte er schließlich.

«Forty-seven, I think», antwortete Mr. Saunders.

«Wow!!!»

«Im *Waldorf-Astoria* sind auch schon tolle Filme gedreht worden», sagte Papa. «Muss ein Vermögen kosten, hier eine Drehgenehmigung zu bekommen.»

Sie gingen weiter. Julie hatte bisher nur geschwiegen.

«Ist eure Wohnung okay?», fragte Niklas schließlich.

«Yes, it's not bad.»

Damit war das Gespräch schon wieder beendet. Das kann ja heiter werden, dachte Niklas. Sechs Wochen Sommerferien mit dieser eingebildeten Kuh.

Jetzt blieb sie vor einem Schaufenster stehen und sah sich die Klamotten an.

Niklas ging weiter. Sollte sie doch machen, was sie wollte. Er würde nicht hinter ihr herlaufen.

Ein paar Minuten später hatten sie das *MoMA* erreicht.

«What an amazing building!», rief Mr. Saunders begeistert.

Ja, das Gebäude aus Glas, Stahl und hellem Stein gefiel Niklas auch.

«Na ja», sagte Lea und rollte die Augen.

Drinnen steuerte Julie sofort die Design-Etage an, um sich witzige Möbel, Toaster und Plattenspieler anzusehen.

Niklas zog es in die Fotoausstellung, wo er sich Schwarzweißfotos von New York in den zwanziger Jahren anguckte. Er hatte nicht gewusst, dass es damals auch schon so viele Wolkenkratzer gegeben hatte.

Nach dem Mittagessen im Museumsrestaurant schlug Mama vor, noch ein paar Räume mit Bildern anzusehen.

«Ich hab aber keine Lust mehr!», protestierte Lea.

«Es hat gerade wieder angefangen zu regnen. Da

sind wir hier drinnen besser aufgehoben», erwiderte Mama.

In einem Raum entdeckte Niklas ein Bild von einem Katzenkopf. Zwischen den Augen der Katze saß ein kleiner pinkfarbener Vogel. Die Katze schien von einem Vogel zu träumen, den sie bald verspeisen würde. *Paul Klee. Cat and Bird. 1928*, stand darunter.

«Könnte ein Kind gemalt haben», fand Lea.

«Na und?»

Lea zuckte mit den Achseln und ging weiter.

Niklas schaute sich die Farben von *Cat and Bird* nochmal genauer an. Eine Mischung aus Orange, Braun, Grün, Gelb und Rosa. Das Bild gefiel ihm.

«It's marvellous, isn't it?», sagte da eine Frau hinter ihm.

Er blickte sich um. Meinte sie etwa ihn? Ja, sie lächelte ihn an, eine junge Frau mit roten Locken und grünen Augen.

«My son loves that cat, too.»

Er mochte ihre Stimme.

«Where are you from?», fragte sie.

«Hamburg.»

«That's a wonderful city!» Sie fuhr sich mit der Hand durch ihre Locken. «So you're interested in art?»

«And photography», sagte Niklas, «I'm starting a course here on Monday.»

«How interesting! Do you want to become a photographer?»

«No, a detective», rutschte es ihm heraus.

«Oh, really?» Sie schaute ihn verblüfft an. «Tell me why!»

Da erzählte er ihr, dass er mit seiner Schwester und seinen südafrikanischen Freunden schon zwei Fälle gelöst hätte, einen in Kapstadt und einen in London.

«You must be very clever! And your English is excellent, did you know that?»

Niklas schoss das Blut in den Kopf. Verlegen wandte er seinen Blick ab. Es war so voll hier. Und wo waren die anderen? Hatte er sie etwa verloren?

«I have to go now», murmelte er.

«Yes, of course, I understand.» Die Frau lächelte wieder. «Bye-bye.»

«Bye ...»

Niklas zwängte sich durch die Menge und sah kurz darauf Lea, die versuchte, Papa hinter sich her zu ziehen.

«Da bist du ja endlich!», fauchte sie. «Ich hab jetzt wirklich genug vom Museum!»

Offenbar hatte sie gar nicht bemerkt, dass er sich mit der Frau unterhalten hatte. Er musste es ihr ja auch nicht unbedingt erzählen.

Draußen regnete es immer noch. Also konnten sie den Central Park für heute vergessen.

Auf dem Nachhauseweg gingen die Eltern vorweg und plauderten. Ihnen folgten Lea und Johnny, die mal wieder über Computer redeten. Nur Niklas und Julie liefen schweigend nebeneinanderher. Es kam ihm so vor, als ob sie sich furchtbar langweilte.

Als sie am Apartment-Hotel ankamen, hatte Lea die Idee, noch weiter auf eigene Faust durch die Gegend zu ziehen, trotz des Regens.

«Kommt überhaupt nicht in Frage», sagte Papa.

«Aber wir sind doch keine Babys mehr!», protestierte Lea.

«I agree with your Dad», sagte Mr. Saunders. «New York is a dangerous place.»

«Are you telling us that we're not allowed to leave the apartment at all?», fragte Julie gereizt. «Not even the four of us together?»

Niklas glaubte, er hätte sich verhört. Jetzt ging's Julie auf einmal doch um ihre Vierergruppe. Dabei wollte sie bisher nichts mehr von ihnen wissen.

«Let's talk about it tomorrow, when you know your way around a bit better», meinte Mr. Saunders.

«You can't be serious!», schimpfte Julie.

Im Fahrstuhl herrschte nun dicke Luft. Niklas war froh, als Johnny vorschlug, dass sie noch mit in sein Zimmer kommen könnten.

«Aber nicht nur vorm Computer hocken!», sagte Mama.

«Was dürfen wir denn tun?», rief Lea genervt.

«Lass sie doch», murmelte Papa.

Ruck, zuck steuerten sie Johnnys Zimmer an. Julie zögerte noch einen Moment, dann folgte sie ihnen.

«Kein Fall in Sicht», sagte Lea enttäuscht, nachdem sie die Tür hinter sich geschlossen hatten. «Und dabei hatte ich gedacht, in New York passiert so viel.»

«Do you think there's a case waiting for us wherever we turn up?», fragte Julie schnippisch.

«You wouldn't be interested in a case anyway», stöhnte Johnny. «All you can think about is your hairstyle and stuff like that.»

«That's not true!», rief Julie.

Niklas grinste. Es tröstete ihn etwas, dass es Johnny mit Julies Veränderung offenbar genauso ging wie ihm selbst.

«Ich fänd's so super, wenn wir wieder in irgendwas verwickelt werden würden!», rief Lea, ohne auf die beiden zu achten.

«Mama und Papa würden an die Decke gehen», sagte Niklas.

«So would our parents», stimmte Johnny zu.

«But we were a really good team when we tracked down Frank Breitenbacher and Fred Smith», sagte Julie leise.

Niklas horchte auf. Jetzt klang sie wieder etwas wie früher. Aber das hielt bestimmt nicht lange an.

Johnny schaltete seinen Laptop ein. «Let's see what the Internet tells us about crime in New York.»

Leider fanden sie so viele Websites mit Hinweisen auf Verbrechen in New York, dass sie schon bald ganz erschlagen waren und es aufgaben, nach einem Fall zu suchen, dem sie nachgehen könnten.

Als Niklas abends im Bett lag, dachte er nochmal kurz an die Frau mit den roten Locken. Noch nie hatte er jemanden mit so grünen Augen gesehen. Und was er ihr alles erzählt hatte! Sonst gab er Fremden gegenüber nicht so viel preis. Aber das war ja das Seltsame: Sie war ihm überhaupt nicht fremd vorgekommen.

# WIE KOMMEN WIR DA REIN?

Am nächsten Morgen schien die Sonne.

«Heute gehen wir in den Central Park!», verkündete Papa beim Frühstück. «Das Wetter ist viel besser, und am Boathouse können wir Boote mieten und eine Fahrt auf dem See machen.»

«Und später vielleicht noch eine Radtour», fügte Mama hinzu. «Räder gibt's da nämlich auch.»

«Super!», rief Niklas.

Papa zeigte auf seinen Reiseführer. «Da steht drin, dass man im Restaurant am See sehr lecker essen kann.»

«Hauptsache, es gibt dort keine vergifteten Muffins», murmelte Lea.

«Hör bloß auf!», sagte Mama.

«Wann geht's denn los?», fragte Niklas.

«Um zehn.»

Julie war die Letzte, die zu ihnen in den Fahrstuhl stieg. Wieder hatte sie das ganze Gesicht voller Schminke. Sie gab ein müdes ‹hello› von sich und sah dabei so genervt aus, dass Niklas ihr am liebsten gesagt hätte, sie solle zu Hause bleiben.

«I think it would be best to take the subway», sagte Mr. Saunders und zeigte auf seinen Stadtplan.

Papa nickte. «Und von der Fifth Avenue gibt's einen Shuttle-Bus zum Boathouse.»

Ein paar Minuten später hatten sie den Eingang zur U-Bahn erreicht. Während sie die Stufen hinunterliefen, merkte Niklas plötzlich, dass Julie fehlte. Hatte sie sich etwa abgesetzt?

Nein, da kam sie. Sie hatte eine Zeitung gekauft, die sie in ihren Rucksack stopfte.

«Steht irgendwas Besonderes drin?», fragte er, als sie in die Bahn stiegen.

«I'll tell you later», flüsterte sie.

Sie klang nicht mehr gelangweilt, und Niklas hätte zu gern gewusst, was sie entdeckt hatte. Aber er musste sich gedulden, bis sie am Boathouse angekommen und die Eltern mit dem Mieten der Boote beschäftigt waren.

«Look at that!», sagte Julie leise und zog die Zeitung aus ihrem Rucksack. «*PRECIOUS DIAMOND RING STOLEN IN THE WALDORF-ASTORIA. A frequent guest in the hotel, who wishes to remain anonymous, claims that her diamond ring was stolen from her suite by a member of staff!*»

«Ein Diamantendieb im *Waldorf-Astoria*?» Leas Augen glänzten.

«Was bedeutet ‹staff›?», fragte Niklas.

«... Personal», antwortete Julie.

«Soll das heißen, dass die Frau ein Zimmermädchen

beschuldigt, ihren Diamantenring gestohlen zu haben?»

«Yes, a chambermaid or a waiter.»

«Nur wie kommen wir da rein?», überlegte Lea. «Kinder dürfen bestimmt nicht allein durch so ein Hotel laufen.»

«Vielleicht fragen wir Mama und Papa, ob sie's mit uns angucken», schlug Niklas vor.

«Aber die dürfen doch nichts von dem Fall mitkriegen!»

«Our Mom would love to have tea in a fancy place like that», meinte Julie.

Johnny nickte. «And while they're having their tea, we'll take a look around the hotel.»

«Super Idee!», sagte Niklas.

«Kommt ihr?», rief Papa in dem Moment. «Wir sind so weit.»

Die nächsten Stunden verbrachten sie mit Rudern auf dem See und Radfahren auf den Straßen, die durch den Central Park führten und am Wochenende für Autos gesperrt waren. Es machte viel Spaß, und trotzdem wünschte Niklas, die Zeit würde schneller vergehen. Hoffentlich könnten sie die Eltern überreden, nachher mit ihnen das *Waldorf-Astoria* anzusehen.

«And what would you like to do now?», fragte Mr. Saunders, als sie beim Mittagessen auf der Boathouse-Terrasse saßen.

Niklas schaute auf seine Uhr. Schon halb drei!

«How about having a look at the hotel you were talking about yesterday?», antwortete Julie. «What's the name again?»

Lea fing an zu kichern.

«Das *Waldorf-Astoria*?», sagte Papa erstaunt.

«Yes, that's it!»

Niklas gab seiner Schwester einen Knuff in die Seite. Warum konnte sie sich nicht beherrschen?

«Ich hätte nicht gedacht, dass ihr euch für ein Hotel interessiert», meinte Mama.

«Normal hotels wouldn't interest us», sagte Johnny, ohne die Miene zu verziehen. «But didn't you say that this was one of the most famous hotels in the world?»

Mrs. Saunders lächelte. «Also, ehrlich gesagt, ich hätte nichts dagegen, mal ins *Waldorf-Astoria* zu gehen. Vielleicht können wir dort Tee trinken.»

Das läuft ja super, dachte Niklas und starrte auf seine Hände. Er durfte die anderen jetzt nicht ansehen. Sonst würde sein Blick ihn noch verraten.

Lea trat von einem Fuß auf den anderen. Warum konnten sich die Erwachsenen nicht etwas beeilen?! Sie waren schon fast am *Waldorf-Astoria* angekommen, da blieben sie wieder stehen, um sich irgendwas anzugucken!

«What a wonderful skyscraper!», rief Mr. Saunders und zeigte auf einen turmartigen Wolkenkratzer, dessen glitzerndes Dach aussah wie die Schuppen eines Fisches. «That's the Chrysler Building!»

«Can't we go on?», fragte Julie ungeduldig.

«Die Kinder scheint heute nichts mehr beeindrucken zu können», meinte Mrs. Saunders und runzelte die Stirn.

«Doch!», rief Niklas schnell.

«Das ist wirklich ein toller Wolkenkratzer!», fügte Lea hinzu. Sie mussten aufpassen, dass die Erwachsenen nicht misstrauisch wurden.

Niklas hörte Klaviermusik, als sie die riesige Empfangshalle des *Waldorf-Astoria* betraten. Und tatsächlich saß da ein Mann mit langen grauen Haaren an einem Flügel und spielte.

Zwei junge Frauen, deren Sprache er nicht verstand, stöckelten auf ihren hohen Pumps an ihnen vorbei. Sie waren mit so viel Schmuck behängt, dass Niklas sich fragte, ob das nicht lästig war. Rechts und links entdeckte er hohe, breite Gänge mit Marmorfußböden, goldumrandeten Spiegeln, Palmen und Kristalllüstern. Überall standen exotische Blumensträuße, die so groß waren, dass nicht mal Papa sie tragen könnte. Wie in einem Schloss, dachte Niklas. Aber die Gäste, die hier herumliefen, schienen das alles ganz normal zu finden.

«Toll, diese Art-déco-Architektur!», rief Papa. «Hier würde ich wirklich gern mal einen Film drehen.»

«Man kommt sich so schon vor wie im Film», sagte Mrs. Saunders.

Mama nickte. «Stimmt, so großartig hatte ich es mir auch nicht vorgestellt.»

«Tea is being served on the *Cocktail Terrace*», verkündete Mr. Saunders grinsend und griff nach dem Arm seiner Frau.

Während die Erwachsenen Tee tranken und der Klaviermusik lauschten, streiften die vier durchs Hotel. Hier gab's nicht nur Restaurants und Bars, sondern auch Luxusboutiquen, Juweliere und sogar einen Friseur.

Über dem Eingang zu einem kleinen Raum entdeckte Lea ein Schild mit der Aufschrift: *Safe Deposit Boxes*. «Was ist das?»

«This is where you store your diamonds», antwortete Julie.

«Ah, die Safes! Wie interessant!»

«Nicht so laut», zischte Niklas ihr zu.

An den Wänden des Raums befanden sich lauter winzige Schließfächer aus Metall. Ein Mann mit schwarzen Locken, der hinterm Tresen stand, hatte gerade ein Fach geöffnet und reichte einer Inderin in einem goldgelben Sari ihren Pass und einen kleinen Lederbeutel.

«Shall we ask him about the stolen diamond ring?», flüsterte Johnny.

«No, let's move on before he notices us», flüsterte Julie zurück.

Zögernd lief Lea hinter den anderen her. Sie hätte den Mann auch gern nach dem Ring gefragt.

«There is no use in asking him questions, unless we have a plan», sagte Julie, nachdem sie sich auf eine Bank gesetzt hatten.

«Stimmt», murmelte Niklas. «Vielleicht hat er selbst was mit dem Diebstahl zu tun.»

«Where are your parents?», hörten sie da plötzlich eine strenge Stimme hinter sich sagen.

Sie drehten sich um. Vor ihnen stand ein Portier und schaute sie mit zusammengekniffenen Lippen an.

«They're having tea on the *Cocktail Terrace*», antwortete Julie schnell.

«Well, I suggest that you return to them immediately. Children are not allowed to run around on their own in the hotel.»

«No problem», antwortete Johnny und stand auf. «Let's go!»

Auf dem Weg zur *Cocktail Terrace* überlegten sie sich, dass sie auf keinen Fall gleich mit den Eltern zurück in die Wohnung gehen würden. Heute mussten sie ihnen einfach erlauben, noch allein durch die Gegend zu ziehen. Wie sollten sie sonst mit ihren Nachforschungen weiterkommen?

«Da seid ihr ja», sagte Mama. «Wir haben uns schon gewundert, wo ihr so lange bleibt.»

«It's such a wonderful hotel!», schwärmte Julie.

Papa hatte schon bezahlt und schlug vor, jetzt nach Hause zu gehen. Auf dem Weg zum Ausgang fragte Niklas ihn, ob sie noch etwas draußen bleiben dürften. Sie würden auch nicht weit gehen. Zu seinem Erstaunen nickte Papa.

«Wir haben das Thema eben beim Tee diskutiert. Hauptsache, ihr bleibt zu viert zusammen, geht nicht weiter als bis zum nächsten Block und seid spätestens um halb sieben zu Hause.»

«Na klar!»

«Wo wollt ihr denn hin?», fragte Mama.

«Nur 'n bisschen rumgucken», antwortete Lea.

«Wenn irgendwas ist, ruft ihr uns an, verstanden?»

«Mama, bitte!»

Endlich zogen die Eltern ab.

«Wollen wir wieder rein?», fragte Lea.

Niklas zuckte mit den Achseln. «Und dann?»

«Hey, look, who's there», sagte Julie leise und zeigte auf einen Mann mit schwarzen Locken, der gerade aus dem Hotel gekommen war.

«The man from the safe deposit boxes!», stellte Johnny fest.

«Vielleicht ist seine Schicht zu Ende», murmelte Niklas.

«Los, wir folgen ihm», schlug Lea vor.

Der Mann lief schnell. Wahrscheinlich würde er gleich in einen Bus steigen, oder er war auf dem Weg zur nächsten U-Bahn-Station.

Nein, sie hatten Glück. Jetzt überquerte er die Straße und betrat ein Café namens *Café Europa*. Durch die Scheibe sah Niklas, wie er auf einen älteren Mann mit einer Sonnenbrille zuging und sich an seinen Tisch setzte.

«Let's have something to drink», sagte Julie und stieß die Tür zum Café auf.

Hier herrschte Selbstbedienung. Alle vier nahmen

eine Cola und setzten sich an einen Tisch nicht weit von den beiden Männern entfernt. Leider unterhielten die sich so leise, dass man kein Wort verstehen konnte.

«Warum nimmt der andere Typ seine Sonnenbrille nicht ab?», fragte Lea.

«Ist doch klar», antwortete Niklas. «Er will nicht erkannt werden.»

Schweigend beobachteten sie weiter die Männer.

«I think they're leaving», flüsterte Johnny nach einer Weile.

Und richtig. Die Männer waren aufgestanden und gingen auf den Ausgang zu.

«We'll take our Coke with us», sagte Julie und deutete mit dem Kopf zur Tür.

Sie folgten den Männern die Lexington Avenue entlang. Der Typ mit der Sonnenbrille fuchtelte mit den Händen in der Luft herum. Ob sie sich stritten? Plötzlich bogen sie rechts ab in den Eingang eines Hotels.

«Das gibt's doch nicht!», rief Lea und zeigte auf den Namen. «*THE WALDORF-ASTORIA*. Das Hotel hat einen zweiten Eingang.»

«That's good to know», meinte Julie.

In dem Augenblick kam eine Frau mit roten Locken aus dem Hotel. Niklas erkannte sie sofort, und sie erkannte ihn auch, denn sie zwinkerte ihm verstohlen zu und stieg dann in eine große schwarze Limousine mit getönten Scheiben.

«Was ist?», fragte Lea. «Bist du festgewachsen?»

«Ich komme schon», murmelte Niklas.

Aber sie kamen nicht weit. Am Eingang stand der Portier von vorhin und stellte sich ihnen in den Weg, als sie versuchten, an ihm vorbeizuschlüpfen.

«You're not guests in the hotel. So I have to kindly ask you to go home to your parents.»

So schnell sie konnten, rannten sie nun zum Park-Avenue-Eingang des Hotels, doch der Portier musste seinem Kollegen Bescheid gesagt haben, denn auch hier wurden sie nicht hereingelassen.

«So ein Mist!», fluchte Lea.

«We have to wait until tomorrow», sagte Julie. «Perhaps we'll be lucky and someone else will be standing at the doors.»

Enttäuscht liefen sie nach Hause zurück. Während sich die drei anderen über die beiden Männer unterhielten, dachte Niklas an die Frau mit den roten Locken. Er konnte es immer noch nicht fassen, dass sie im *Waldorf-Astoria* wohnte.

# CAT AND BIRD

Als Niklas am Montagmorgen aufwachte, dachte er als Erstes an die Ferienkurse, die heute anfingen, und dass er viel lieber nach dem Diamantendieb suchen würde.

Aber es gab auch etwas Gutes. Seitdem Julie den Artikel in der Zeitung entdeckt hatte, konnten sie endlich wieder wie früher miteinander reden. Da machte es nichts, dass sie sich so viel Make-up ins Gesicht schmierte.

«Lea, beeil dich! Wir müssen los!», hörte er Mama im Flur rufen.

Die Mütter hatten verabredet, dass sie Lea und Johnny abwechselnd mit der U-Bahn zu ihrem Junior Ranger Day Camp irgendwo im Norden von Manhattan bringen würden. Es fing schon um neun Uhr an. Julie und er hatten Glück. Die Kurse im *MoMA* begannen erst um zehn.

«Niklas, aufstehen!» Mama stürzte in sein Zimmer und zog die Gardinen auf. «Müsli steht auf dem Tisch, die Milch ist im Kühlschrank, und wenn du eine Banane willst –»

«Mach doch nicht so 'n Stress! Ich hab Sommerferien!», beschwerte er sich.

Aber Mama sprach einfach weiter. «Mrs. Saunders und ich haben verabredet, dass ihr spätestens um zwanzig vor zehn losgeht.»

«Julie und ich finden den Weg auch allein.»

«Nein, am ersten Tag wird sie euch begleiten, damit ihr in eure richtigen Kurse kommt.»

«Und was ist, wenn ich kein Wort verstehe?»

«Du wirst dich reinhören. Außerdem geht es ja auch um praktische Arbeit. So stand es zumindest in der Kursbeschreibung. Und du hast doch schon viel Erfahrung mit dem Fotografieren!»

Niklas rollte sich zur Wand und zog sich die Decke über den Kopf.

Da spürte er Mamas Hand auf seinem Rücken.

«Ich bin mir sicher, dass dir der Kurs viel Spaß machen wird. Und wenn er dir überhaupt nicht gefällt, rufst du mich an, und ich hole dich ab.»

«Okay . . .»

«Viel Glück!»

Sie stand auf und ging aus dem Zimmer. Vielleicht konnte er jetzt noch eine kleine Runde schlafen.

Aber da kam Lea herein und zupfte an seiner Decke.

«Was ist?», brummelte Niklas.

«Lass dein Handy an», flüsterte sie. «Damit wir zwischendurch planen können, wie wir nachher ins *Waldorf-Astoria* reinkommen.»

«Mach ich.»

«Diese blöden Kurse!»

«Das kannst du wohl sagen!»

Julie hatte auch keine Lust, in ihren Kurs zu gehen. Das sah Niklas sofort, als sie sich um zwanzig vor zehn am Aufzug trafen.

«Morgen, Niklas», rief Mrs. Saunders. «Freust du dich?»

«Geht so ...»

Mrs. Saunders blickte ihn prüfend an. «Ist dir nicht gut?»

«Doch ...»

«Merkwürdig, ihr kommt mir heute alle so bedrückt vor. Vielleicht wär's besser gewesen, wenn ihr gemeinsam einen Kurs belegt hättet.»

«Or no course at all», meinte Julie. «It's like going to school.»

«Aber du warst so erpicht auf diesen Design-Kurs!»

«Well, I've changed my mind.»

«Willst du versuchen, in meinem Fotokurs mitzumachen?», fragte Niklas.

Julie schüttelte den Kopf. «I don't know anything about photography.»

«Und ich hab keine Ahnung von Design», sagte Niklas.

«I'm sure one can't change courses anyway», meinte Julie.

Schweigend liefen sie zum *MoMA*. Und nachdem sie ihre Kursräume gefunden hatten, verabschiedeten sie sich schnell von Mrs. Saunders.

«There's a lunch break between one and two o'clock. We should be able to meet up then», schlug Julie vor.

«Ja, und dann müssen wir uns was einfallen lassen, wie wir heute Nachmittag die Portiers im *Waldorf-Astoria* überlisten können.»

Julie schaute auf ihr Handy. «Johnny has just sent me a text to say that they are watching birds this morning!»

«Na super!»

Kurz vor elf. Niklas wünschte, es wäre schon eins. Der Kursleiter hieß Rob; er sprach so schnell, dass Niklas wirklich kaum etwas verstand.

Die anderen konnten alle fließend Englisch; das hatte er gleich bei der Vorstellungsrunde gemerkt. Und sie waren älter als er, mindestens fünfzehn oder sechzehn.

«Niklas?»

«Yes ... sorry?»

«I was just saying that after my introduction we now want to have a look at four of the photos in the exhibition here at the museum.»

«Okay ...»

Die Ausstellung kannte er ja schon, dachte Niklas enttäuscht, als er hinter den anderen herlief.

Aber dann fand er es doch interessant, welche vier Fotos Rob ausgewählt hatte. Auf allen waren New Yorker Gebäude oder Ausschnitte davon abgebildet. Und weil es jetzt etwas Konkretes anzusehen gab, fiel es Niklas auch nicht mehr so schwer, Rob zu verstehen.

Er erklärte ihnen, wie ein extremer Blickwinkel ein Gebäude schwindelerregend hoch erscheinen lassen konnte, höher, als es tatsächlich war. Auf einem anderen Foto spiegelten sich die Wolken in den unzähligen Glasscheiben eines Wolkenkratzers. Dadurch wirkte das Gebäude fast durchsichtig. Und das abstrakte Muster auf dem dritten Foto war Niklas schon am Sonnabend aufgefallen: lauter ineinander verschlungene Rohre, auf denen sich das Licht fing.

«And now look at that!», sagte Rob, als sie das vierte Foto betrachteten.

Niklas hatte das Gefühl, als ob das riesige Gebäude, das mit schräggehaltener Kamera aufgenommen worden war, direkt auf ihn zustürzte.

«The effect of holding the camera at this angle is dynamic and at the same time threatening.»

Angle hieß wahrscheinlich Winkel, überlegte Niklas. Und was war threatening? Vielleicht bedrohlich. Das war auf jeden Fall das Gefühl, das er hatte, wenn er das Foto betrachtete.

Auf dem Weg zurück in den Kursraum meinte er, in der Ferne eine Frau mit roten Locken zu sehen. Er drehte sich nochmal um, doch in dem Moment kam eine große Gruppe von Museumsbesuchern auf ihn zu und nahm ihm die Sicht.

Als er wieder auf seinem Platz saß, entdeckte er vor sich auf dem Tisch einen unbeschrifteten Briefumschlag. Er war zugeklebt.

«Is this yours?», fragte er seinen Nachbarn.

Der schüttelte den Kopf.

Niklas riss den Umschlag auf. Eine Postkarte mit

dem Katzenkopf fiel ihm entgegen. *Cat and Bird.* Das Gemälde von Paul Klee. Sein Herz klopfte. Auf der Rückseite der Karte stand eine Nachricht:

*Would you like to have an ice cream with me at 3.30 pm?*
*We could meet at the entrance.*

*Kind regards*
*Sandra Ford*

Wie hatte sie den Kursraum gefunden, und woher wusste sie, wo sein Platz war?

Er blickte hoch. An einer Wand des Raumes gab es Fenster zum Flur hin. Die waren ihm vorher nicht aufgefallen. Sandra Ford musste ihn durch diese Fenster beobachtet haben.

«What were your impressions of the photos we looked at?», fragte Rob und blickte in die Runde.

Niklas schob die Karte in den Umschlag zurück. Er musste sich jetzt zusammenreißen. Aber das war leichter gesagt als getan.

«Niklas?»

«I thought ... they were great ... all of them.»

«Can you be more specific?»

«I liked the one with the ... abstract pattern ...»

«Very good.»

Erleichtert stellte Niklas fest, dass er ‹abstraktes Muster› richtig übersetzt zu haben schien. Er lehnte sich wieder zurück. Plötzlich hatte er eine Idee. Sandra Ford wohnte im *Waldorf-Astoria*. Vielleicht könnte sie ihnen helfen, etwas über den Diamantendieb herauszufinden.

Would you like to have
an ice cream with me
at 3.30 pm?
We could meet at the
entrance.
Kind regards
Sandra Ford

Sollte er Julie beim Mittagessen von Sandra Ford erzählen? Sie würde ihn bestimmt komisch angucken und womöglich mit den anderen darüber reden. Und dann hätte Lea was zu lästern: Niklas trifft sich mit fremden Frauen.

Nein, besser er sagte nichts zu den anderen.

# WARUM BIST DU SO STILL?

**I**n der Mittagspause rutschte es Niklas dann doch fast heraus, dass er jemanden kannte, der im *Waldorf-Astoria* wohnte; zum Glück konnte er sich gerade noch bremsen.

So richtig locker war die Stimmung zwischen Julie und ihm allerdings immer noch nicht. Er versuchte ihr von seinem Fotokurs zu erzählen, aber sie hörte ihm kaum zu, so wenig interessierte sie sich dafür. Nur wenn sie über den Diamantendiebstahl sprachen, dann war alles wie früher.

Nach dem Essen verabredeten sie, dass sie sich um kurz nach vier, wenn ihre Kurse zu Ende waren, am Ausgang vom *MoMA* treffen würden, um anschließend zum *Waldorf-Astoria* zu gehen.

Lea hatte eine SMS geschickt, dass sie nicht vor halb sechs von ihrem Camp zurückkämen. So lange wollten Niklas und Julie nicht warten. Außerdem würde es zu zweit bestimmt leichter sein, ins Hotel zu kommen, als zu viert.

Jetzt war es zwanzig nach drei. In zehn Minuten würde er sich mit Sandra Ford treffen. Rob hatte ihnen die Aufgabe gestellt, stichwortartig aufzuschreiben, worauf sie achten würden, wenn sie ein Foto machen wollten. *What I think about before taking a photo.* Niklas hatte noch nie zuvor über so etwas nachgedacht. Er machte seine Fotos immer nach Gefühl.

«Would you please hurry up and finish, so that we can compare notes», rief Rob.

Was sollte er ihm sagen? Dass er früher gehen müsste, weil seine Mutter auf ihn wartete? Oder weil ihm schlecht sei? Nein. Er würde einfach gar keinen Grund nennen.

Langsam hob er seinen Arm.

«Niklas, would you like to start?»

Er schüttelte den Kopf. «I'm sorry ... but I have to go now ...»

«Oh!» Rob blickte ihn erstaunt an. «That's a pity. Can I have a look at your notes?»

«Yes ... of course.»

Niklas reichte ihm seinen Zettel, auf dem er fünf Fragen notiert hatte:

– *What will be the centre of my photo?*

– *What will be my background?*

– *Do I need a flashlight?*

– *Where is the sun?*

– *Is anybody about to walk in front of my lens?*

Rob überflog die Fragen und nickte. «Please ask the others tomorrow morning about the aspects the group has come up with.»

«Okay ...» Niklas griff nach seinem Rucksack. «Bye ...»

«Bye-bye.»

Er verließ den Raum so geräuschlos wie möglich. Aber es kam ihm so vor, als ob alle warteten, bis er gegangen war.

Schon von weitem sah er die roten Locken von Sandra Ford. Sie lächelte, als er auf sie zukam.

«Hello!»

«Hello ...»

«What's your name?», fragte sie und legte ihm kurz die Hand auf die Schulter.

«Niklas Thiessen.»

«I'm so glad you've come, Niklas.»

«It wasn't easy ...»

«Yes, I can imagine that Rob didn't want to let you go early.»

Sie kannte Rob? Wer weiß, wen sie hier noch alles kannte.

«There's a nice place not far from here», sagte sie, als sie nach draußen gingen. «They have wonderful ice cream.»

«But I have to be back ... by four o'clock, because my friend Julie will be waiting for me», erklärte Niklas.

«Don't worry. We'll be back in time.»

In einem Café um die Ecke bestellte sie ein Schokoladeneis für ihn und für sich einen Espresso.

«Thanks», murmelte Niklas.

«You're welcome.»

Dann fing Sandra Ford an zu erzählen. Dass sie mit ihrem Mann und ihrem Sohn in Westchester County, nördlich von Manhattan, lebe. Aber im Augenblick hätte sie so viel in der Stadt zu tun, dass sie ihre Familie noch nicht mal jedes Wochenende sehen könne, sondern viel im Hotel wohnen müsse. Sie sei Gutachterin für ein Auktionshaus, in dem moderne Bilder versteigert würden.

«How old is your son?», fragte Niklas und blickte verstohlen auf seine Uhr. Schon zehn vor vier.

«He just turned fifteen.»

«Really?»

Er hätte nicht gedacht, dass Sandra Ford einen fünfzehnjährigen Sohn hatte. Sie sah noch so jung aus.

«Shall we have lunch together tomorrow?»

«I don't know ...»

«You could come to my hotel at one o'clock. I'll ask for something nice to be served in my suite.»

Niklas' Gedanken begannen zu rasen. Das wäre eine super Gelegenheit, um ins *Waldorf-Astoria* zu kommen. Dann könnte er Sandra Ford auch fragen, ob sie wüsste, wem der Ring gestohlen worden war und ob die Polizei jemanden in Verdacht hatte.

«What do you think?»

«Okay ... I'll be there.»

«That's great. I very much look forward to seeing you.»

Niklas stand auf. «I have to go now ... See you tomorrow ... and thanks for the ice cream ...»

Sie lächelte wieder. Ihre grünen Augen funkelten.

So schnell er konnte, rannte Niklas zurück zum

*MoMA*. Schon fünf nach vier. Aber Julie war noch nicht da.

Er fuhr sich mit beiden Händen durch seine dunklen Locken. Hoffentlich würde sie ihm nicht ansehen, dass er gerannt war.

Da kam sie auch schon.

«Sorry I'm late.»

«Macht doch nichts.»

«The people in my course are really nice. They're going to have an ice cream now, but I said I couldn't go.»

Bei dem Wort ‹ice cream› zuckte Niklas zusammen. Sollte er Julie doch erzählen, was passiert war? Er fand es nicht gut, ein Geheimnis vor ihr zu haben.

«Are you okay?»

«Na, klar. Aber wenn du gern Eis essen willst ...»

«No, we need to go back to the *Waldorf-Astoria*.»

Als sie die Straße überqueren wollten, fuhr eine große schwarze Limousine mit getönten Scheiben an ihnen vorbei. Der Chauffeur trug eine Mütze. Hinten saß eine einzelne Person. Erst im letzten Moment erkannte Niklas Sandra Ford.

«Look at that car!», rief Julie. «Some people just have too much money!»

Sollten sie jetzt wirklich zum *Waldorf-Astoria* gehen?, fragte sich Niklas. Was war, wenn Sandra Ford ihnen dort begegnete und ihn auf ihre Verabredung ansprach? Nein, gestern, als sie aus dem Hotel gekommen war, hatte sie auch nichts gesagt, sondern ihm nur kurz zugezwinkert. Sie ahnte sicher, dass er ihre Begegnung vor seinen Freunden lieber geheim hielt.

«Niklas?»

«Ja?»

Julie schaute ihn stirnrunzelnd an. «Let's go.»

Sie waren höchstens zehn Minuten gegangen, da hatten sie schon die Park Avenue erreicht. Auf der anderen Straßenseite war der Eingang zum *Waldorf-Astoria*.

Sandra Ford wird schon nicht da sein, beruhigte Niklas sich selbst. Für so eine kurze Strecke hätte sie ihren Chauffeur bestimmt nicht bestellt. Der fuhr sie wahrscheinlich gerade ins Auktionshaus zurück.

«We should walk into the hotel as if it were the most normal thing in the world», sagte Julie. «We have to pretend that we're staying there with our parents.»

«Was sind unsere Zimmernummern?»

«Something really high, like 1919 and 1920.»

«Okay. Ich wohne mit meinen Eltern in der Nummer 1920.»

Sie hatten Glück. Als sie auf die Eingangstür zugingen, sahen sie sofort, dass heute dort ein anderer Portier stand. Julie lächelte ihm zu, und er lächelte zurück. Und schon waren sie drin.

«We just keep walking as if we know exactly where we're going», flüsterte Julie und steuerte auf die Fahrstühle zu.

Sie fuhren zuerst in den 19. Stock, liefen verschiedene Gänge entlang und sahen teuer gekleidete Menschen aus ihren Zimmern kommen.

Dann ging's ein paar Stockwerke tiefer, wo ihnen ein Kellner mit einem Silbertablett entgegenkam, auf dem eine Champagnerflasche und zwei Gläser standen. Er hatte eine weiße Serviette über dem Arm.

«Are you lost?», fragte er freundlich.

«No, we aren't», antwortete Julie schnell.

«May I ask you where your parents are?»

«They're taking a nap.»

«All right», sagte er. «Enjoy your stay.»

«Thanks», riefen Julie und Niklas wie aus einem Mund.

«Was ist ein ‹nap›?», flüsterte er, nachdem der Kellner verschwunden war.

«Ein ... Mittagsschlaf.»

«Um zwanzig vor fünf?», fragte Niklas zweifelnd.

Julie zuckte mit den Schultern. «The waiter didn't seem to be surprised. People who stay here can take a nap any time.»

Es machte viel Spaß, das *Waldorf-Astoria* auszukundschaften, aber leider fiel ihnen nichts Verdächtiges auf, nicht mal unten, in der Nähe des kleinen Raums mit den Safes. Heute hatte dort der ältere Mann, der im *Café Europa* eine Sonnenbrille getragen hatte, Dienst. Er war damit beschäftigt, den Pass einer alten Dame einzuschließen, die einen riesigen Federhut trug.

«Wer weiß, worüber er und der Mann mit den schwarzen Locken gestern geredet haben», sagte Niklas und seufzte. «Vielleicht ging's nur um Probleme mit ihrem Chef, ihren Ehefrauen oder ihren Kindern.»

Julie nickte. «We've reached a dead end.»

«Was ist ein ‹dead end›?»

«Eine … Sackgasse.»

Niklas schluckte. Er wusste einen Weg aus der Sack-gasse: Sandra Ford. Aber er konnte nicht über sie spre-chen.

«We need to know so much more!», sagte Julie. «What's the name of the woman whose ring was stolen? How and when exactly did it happen? Who was respon-sible for cleaning her suite that day? Did the woman ask for her meals to be brought to her suite? Could a waiter have stolen the ring?»

«Vielleicht sollten wir hier mal jemanden danach fra-gen», schlug Niklas vor.

«I think if we try to do that they'll throw us out straight away.»

«Wir könnten es wenigstens versuchen. Zum Beispiel eine Putzfrau. Die wird uns nicht rauswerfen.»

«Well … all right …»

Sie stiegen wieder in den Fahrstuhl. Es war nicht so leicht, um diese Zeit eine Putzfrau zu finden. Die meisten Zimmer waren vermutlich schon fertig. Aber dann entdeckten sie doch eine junge Frau im neunten Stock.

«Sorry to disturb you», sagte Julie. «We were won-dering if you could tell us the name of the lady whose diamond ring was stolen.»

Die Putzfrau schaute sie erschrocken an und schüt-telte den Kopf.

«Has the thief been found?»

«I ... don't know!», stieß sie hervor und griff nach ihrem Eimer.

«Can you tell us anything about the case?»

Wieder schüttelte sie den Kopf. «You have to ... ask at the reception desk.»

Dann lief sie davon.

«Die weiß doch irgendwas», meinte Niklas.

«I think she was just afraid of us», entgegnete Julie. «She's probably worried that she might lose her job.»

Niklas nahm sich vor, morgen mit Sandra Ford über den Diebstahl zu sprechen. Und dann würde er den anderen alles erzählen.

«I'm tired», sagte Julie. «Let's go home.»

Lea und Johnny waren stocksauer, als sie erfuhren, dass Niklas und Julie ohne sie zum *Waldorf-Astoria* gegangen waren.

«Warum habt ihr denn nicht auf uns gewartet?!», rief Lea und stampfte mit dem Fuß auf.

«Because we knew that you wouldn't get back before half past five», antwortete Julie. «It would have been too late.»

«Wenn wir zu viert gewesen wären, hätten wir bestimmt irgendwas rausgefunden.»

«If there had been the four of us some member of staff would have noticed us straight away and thrown us out.»

«Wieso? Wir hätten uns ja aufteilen können.»

Johnny nickte. «I was absolutely certain that the man from the safe deposit boxes and the guy with the sunglasses were up to something. They looked so suspicious.»

«Was heißt das?», fragte Lea.

«... Verdächtig.»

«Ja, das fand ich auch!»

«As it turns out they're just colleagues», sagte Julie genervt.

«Aber auch Kollegen können irgendwas aushecken!»

«Well, Johnny and you can go and have a look for yourselves.»

«Fragt sich nur wann», stöhnte Lea. «Morgen werden wir im Camp 'ne Hütte bauen und nachmittags Kanu fahren.»

«Perhaps we can go out tonight, after supper», meinte Johnny.

«Forget it», antwortete Julie. «But you could check the Internet to see what the police have found out so far. There's bound to be some information.»

Niklas war sich nicht so sicher, ob es wirklich neue Informationen im Internet gab, aber er sagte nichts.

Und auch Johnny schaltete nur lustlos seinen Laptop ein.

«Warum bist du so still?», fragte Lea und gab Niklas einen Knuff in die Seite.

«Lass mich!»

Eine Weile schwiegen sie alle vier. Dann hatte Johnny endlich doch einen Artikel gefunden.

«*So far no arrest has been made*», las er vor. «*The owner of the diamond ring claims that the police are not giving the case their full attention.*»

«Das versteh ich nicht», sagte Lea.

«Die Besitzerin des Diamantenrings behauptet, dass die Polizei dem Fall nicht genug Aufmerksamkeit widmet», übersetzte Julie.

«We could do that much better if we didn't have to go to the camp every day», sagte Johnny.

«Genau», rief Lea. «Wir müssen uns einfach mal für einen Tag abmelden.»

# ARE YOU TRYING TO BE FUNNY?

**B**eim Aufwachen überlegte Niklas, was er Julie sagen sollte, wenn sie sich für mittags wieder mit ihm verabreden wollte. Vielleicht könnte er behaupten, dass heute alle aus seinem Kurs gemeinsam mit Rob Mittag essen würden.

**S**hall we meet for lunch?», fragte Julie, als sie kurz vor zehn vorm *MoMA* standen.

Niklas brachte seine Ausrede vor, ohne Julie dabei ansehen zu können.

«Okay», antwortete sie erstaunt. «My classmates might well do the same ... See you at four o'clock then.»

Er war erleichtert, dass sie ihm keine weiteren Fragen stellte.

Um Punkt zehn kam Rob herein. Er wollte gleich von Niklas wissen, ob er sich bei den anderen Kursteilnehmern erkundigt hätte, was sie gestern in der letzten halben Stunde noch besprochen hatten.

«No ... not yet.»

«Well, you might get a chance to do it during your lunch break.»

Wenn du wüsstest, dachte Niklas.

Rob kündigte an, dass sie heute erörtern würden, welche Aspekte man berücksichtigen müsse, um ein gutes Foto zu machen. Zu diesem Zweck wolle er eine Reihe von Fotos gemeinsam mit ihnen analysieren.

Es fiel Niklas schwer aufzupassen. Ob er es schaffen würde, mittags mit Sandra Ford über den gestohlenen Diamantenring zu sprechen?

«Let's first talk about light», sagte Rob.

Wenn Niklas ihn richtig verstand, ging es um die Frage, wie sich das Licht auf Formen, Farben, Oberflächenstruktur, Umrisse und Muster auswirkte. Er zeigte ihnen Beispiele für Farbharmonien und Farbkontraste, für Silhouetten, Lichtsäume und Schatten.

Die Schattenbilder ließen Niklas wieder abschweifen. Seit gestern Abend war die Stimmung in ihrer Vierergruppe so schlecht wie noch nie. Lea hatte ihm nicht mal gute Nacht gesagt. Vielleicht hätten Julie und er doch nicht allein ins *Waldorf-Astoria* gehen sollen.

«When we now go out for our first practical session I would like you to concentrate on one of the aspects we've been considering», sagte Rob.

Niklas horchte auf. Das passte ihm sehr gut, dass sie jetzt rausgehen würden, um zu fotografieren. Er würde sich darauf konzentrieren, ein paar gute Schattenbilder zu machen, und dann direkt das *Waldorf-Astoria* ansteuern.

«Please stay near the museum and make sure you're back in class by a quarter to one.»

Nein, Rob würde leider ohne ihn auskommen müssen.

Viertel vor eins. Niklas war mit seinen Fotos noch nicht zufrieden, aber mehr Zeit hatte er nicht.

Er ließ seine Kamera in der Tasche verschwinden, schaute sich ein paarmal um, ob Rob irgendwo zu sehen war, und brach in Richtung *Waldorf-Astoria* auf.

Vor dem Park-Avenue-Eingang stand der Portier vom Sonntagabend. Er erkannte Niklas sofort wieder und schüttelte ärgerlich den Kopf.

«Please let me in», sagte Niklas. «Sandra Ford ... is expecting me for lunch in her suite at one o'clock.»

Der Portier starrte ihn entgeistert an. «Are you trying to be funny?»

«No, I'm not», antwortete Niklas etwas unsicher.

«You don't have any idea who Mrs. Sandra Ford is!» Der Portier wurde langsam ungehalten, doch dann hörte man eine andere wütende Stimme.

«How dare you treat my guest like that!!!»

Niklas hatte sie nicht kommen sehen und der Portier offenbar auch nicht. Jetzt stand Sandra Ford in einem leuchtend grünen Hosenanzug vor ihnen und schrie den Portier an.

«I'm so sorry!», rief der Portier erschrocken. «This boy tried to get into the hotel before. And as we are under strict orders from management not to allow strangers –»

«– Niklas Thiessen is not a stranger! He's my guest!»

«Of course, Mrs. Ford. I do apologize!»

«Standards in this hotel are not what they used to be! My guest is insulted! My diamond ring gets stolen!»

In Niklas' Ohren begann es zu rauschen. Hatte er richtig gehört? War etwa Sandra Ford der Diamantenring gestohlen worden?

«And who are the culprits? Members of staff!»

Die ‹culprits›? Waren das die Schuldigen?

«We sincerely hope that the police will make some progress in solving the case», sagte der Portier und verbeugte sich.

‹Progress in solving the case›? Er meinte wohl Fortschritte bei den Ermittlungen, dachte Niklas.

«Hoping is not enough! You need to do something!!!», rief Sandra Ford, griff nach Niklas' Hand und zog ihn mit sich fort zum Aufzug. Sie entschuldigte sich für das unverschämte Benehmen des Portiers. Darüber würde sie nachher mit dem Manager reden.

«But now let's have our lunch. You must be starving.»

Niklas fehlten noch immer die Worte. Niemals hätte er gedacht, dass Sandra Ford diejenige war, der man den Diamantenring gestohlen hatte! Er musste versuchen herauszufinden, wann genau der Diebstahl passiert war und wer zu der Zeit Putzdienst auf ihrem Flur gehabt hatte. Vielleicht verdächtigte Sandra Ford auch längst jemanden und man hatte bisher nur ihre Anschuldigungen nicht ernst genommen.

Der Fahrstuhl hielt in der 45. Etage. Bei der Vorstellung, so hoch oben in einem Wolkenkratzer zu sein, wurde Niklas richtig schwindelig.

Kurz darauf standen sie vor der Tür zu Sandra Fords Suite.

«Do come in», sagte sie und lächelte.

Niklas kam aus dem Staunen nicht heraus. Was für riesige Räume! Sein Blick glitt über die antiken Möbel, die großen Spiegel und die Kristalllüster. Sogar ein schwarzer, glänzender Flügel stand hier.

Sandra Ford griff zum Telefon und ordnete an, dass das Mittagessen jetzt serviert werden könne.

Schon zwanzig nach eins. Er würde es nicht schaffen, bis um zwei wieder am *MoMA* zu sein.

«Please sit down», sagte sie und zeigte auf einen der Esszimmerstühle. «Lunch will be served any minute.»

«When was your diamond ring stolen?», fragte Niklas, nachdem er sich gesetzt hatte.

Sandra Ford überlegte ein paar Sekunden lang. «I noticed it on Thursday evening. But it could have happened any time between my arrival on Monday morning and Thursday around seven o'clock.»

«Was the ring downstairs, in one of the safe deposit boxes?»

«How come you know about those?»

«I noticed them when I was in the hotel with my parents on Sunday.»

Sandra Ford seufzte. «Unfortunately I didn't put it in the safe. I had it in my jewel box, which was locked, but I forgot to take the key with me.»

Aha, sie hatte den Ring nicht im Safe aufbewahrt, sondern in einer ‹jewel box›. Das war wahrscheinlich ein Schmuckkasten. Und dann hatte sie vergessen, den Schlüssel mitzunehmen.

«And where was the key?», fragte Niklas.

Sandra Ford schmunzelte. «You sound like a real detective.»

«I'm just wondering why the police hasn't been able to find the thief.»

‹The key was on my bedside table. Of course, it was very stupid of me to leave it there.»

Sie hatte den Schlüssel sogar auf dem Nachttisch liegenlassen? Das war aber wirklich dumm von ihr.

«So anyone who can enter your suite could have opened the jewel box?», fragte Niklas.

«I'm afraid so. Cleaning ladies, waiters, any member of staff.»

In dem Augenblick klopfte es, und ein Kellner trat ein. Er schob einen Rollwagen vor sich her, auf dem zwei Teller standen, die mit einer silbernen Haube zugedeckt waren. «Saltimbocca alla Romana with baby potatoes and green asparagus», sagte er leise. «For dessert you have ordered strawberries with cream.»

‹Thanks.» Sandra Ford nickte dem Kellner zu, und er verschwand lautlos.

«I hope you like it. Bon appetit.»

Niklas merkte plötzlich, wie hungrig er war. Er griff nach seinem Besteck, während Sandra Ford ihnen Mineralwasser einschenkte.

«Let's talk about nicer things than stolen rings.» Sie lächelte wieder. «Did I mention yesterday that my son is also very interested in photography?»

Niklas schüttelte den Kopf.

«He has a wonderful digital SLR.»

«A *what*?»

«A digital single-lens reflex camera.»

Oh, eine digitale Spiegelreflexkamera. So eine hätte er auch gern.

«I think it's a Canon EOS 1Ds Mark III.»

Das war eine der teuersten, die es gab.

«He also has a wide-angle lens, a fisheye lens, a 400 mm zoom and a new photo printer, the kind that's used by professional photographers.»

Das klang nach tollen Weitwinkelobjektiven und einem Superfotodrucker, wie ihn Profis benutzten. Niklas kannte niemanden, der so eine gute Fotoausrüstung hatte.

«Last year he won a big prize for one of his photos.»

«What kind of photo was that?»

«A black and white one. The topic was shadows.»

So ein Zufall, dass ihr Sohn ausgerechnet für ein schwarzweißes Schattenfoto einen Preis gewonnen hatte.

«Shadows are a challenge for every photographer.»

Er nickte. «What's your son's name?»

«He's called Ben.»

Niklas fiel auf, dass Sandra Ford ihr Essen noch nicht angerührt hatte. Dabei schmeckte es wirklich gut.

«How long will you be staying in Manhattan?», fragte sie.

«Until next Monday. Then we'll go to … Cape Cod.»

«That's a marvellous place. The swimming is great and there's always a breeze.»

‹Breeze›? Hieß das Brise? «My mother doesn't like the heat in Manhattan.»

«Oh, I couldn't agree with her more. It's a real killer!» Sandra Ford stocherte in ihrem Spargel herum und schob dann den Teller beiseite. «Would you mind giving me the number of your mobile? Then I could ring you before you go to Cape Cod.»

«Yes, of course.» Niklas zog sein Handy aus der Tasche. Er würde sich auch ihre Nummer geben lassen. Dann könnte er sie anrufen und ihr weitere Fragen zu dem Diebstahl stellen.

Nachdem sie ihre Handynummern ausgetauscht hatten, aß er schnell noch ein paar Erdbeeren mit Sahne.

«I have to go now. It's ten to two.»

«My limousine is waiting for you outside the Park Avenue entrance.»

Niklas starrte sie mit offenem Mund an. «But I can run back to the *MoMA*. It's not far.»

«You'll enjoy the ride», sagte sie und lächelte zum Abschied.

Dem Portier fielen beinahe die Augen aus dem Kopf, als der Chauffeur Niklas die Tür der schwarzen Limousine öffnete und ihn einsteigen ließ.

Was für ein Gefühl, in so einem Schlitten zwischen den Wolkenkratzern hindurchzufahren! Niklas wünschte, die Fahrt würde etwas länger dauern.

«Thanks a lot!», rief er, als sie nach drei Minuten vor dem *MoMA* hielten.

Er sprang aus dem Wagen, bevor der Chauffeur auf die Idee kam, ihm wieder die Tür zu öffnen.

Rob war noch nicht da, als Niklas das Kurszimmer betrat. Glück gehabt!

Er ließ sich auf seinen Platz fallen und schaute sich seine Schattenbilder in der Digitalkamera an. Es würde ihn wirklich interessieren zu sehen, für welches Foto Ben den Preis gewonnen hatte.

# DIE ERFUNDENE ZEITUNGSMELDUNG

Shall we go to the *Waldorf-Astoria* again to find out some more about the men at the safe deposit boxes?», fragte Julie, als sie sich kurz nach vier vor dem *MoMA* trafen.

«Das können wir uns schenken», antwortete Niklas.

«Why?»

Da rückte er mit der Geschichte heraus, die er sich vorhin vorsorglich überlegt hatte. «Einer in meinem Kurs hatte eine Zeitung dabei, und da habe ich gelesen, dass die Besitzerin des Diamantenrings ausgesagt hat, dass ihr Ring nicht im Hotelsafe gelegen hat, sondern in ihrem Schmuckkasten in der Suite.»

«But didn't she lock it?»

«Doch, aber dummerweise hat sie den Schlüssel auf dem Nachttisch liegenlassen.»

«How can anyone be so stupid?!», fragte Julie fassungslos.

«Das frag ich mich auch.»

«It means that the thief must be someone from the hotel staff.»

«Genau!»

«Perhaps we'll go home and wait for Johnny and

Lea», meinte Julie. «Then we can discuss together what we want to do. If we went to the hotel again without them, they would be really angry with us.»

«Stimmt.»

Niklas hatte befürchtet, dass Julie vorschlagen würde, die Zeitung zu besorgen, was ihnen natürlich nicht gelungen wäre. Plötzlich spürte er sein schlechtes Gewissen. Er log sie an, und sie glaubte ihm.

«How was your lunch?», fragte Julie.

Niklas erschrak. Woher wusste sie, dass er im *Waldorf-Astoria* gewesen war?

«The lunch with the people in your course!»

Ach ja, natürlich. «Nicht schlecht», antwortete er erleichtert. «Obwohl Rob mir manchmal ziemlich auf die Nerven geht. Der ist strenger als die meisten Lehrer an meiner Schule.»

«Really? My course leader is very relaxed», meinte Julie. «She probably wouldn't even notice if someone stopped coming.»

So jemanden hätte ich auch gern, dachte Niklas. Rob hatte ihn nach dem Essen sofort gefragt, wo er um Viertel vor eins gewesen sei.

«Taking pictures», hatte er erwidert, ohne rot zu werden.

Daraufhin hatte er seine Fotos als Erster vorzeigen müssen. Rob war schwer beeindruckt gewesen von seinen Schattenbildern. Vor allem eines hatte er ‹splendid› gefunden und gesagt, dass Niklas großes Talent habe. Hoffentlich würde er ihn jetzt nicht mehr so nerven.

**W**art ihr etwa schon wieder allein im *Waldorf-Astoria*?», rief Lea, als sie um halb sechs mit Johnny nach Hause kam.

Niklas schüttelte den Kopf. «Wir haben auf euch gewartet.»

«There's interesting news», sagte Julie und erzählte den beiden Niklas' Geschichte von der Zeitungsmeldung.

«Did you get a copy of the newspaper?», fragte Johnny.

Niklas schluckte.

«No, we didn't», antwortete Julie. «Niklas read it. Isn't that enough?»

«I just thought he might have missed something because English isn't his mother tongue.»

«Du kannst ja mal im Internet nachgucken», schlug Lea vor. «Vielleicht steht da noch was Zusätzliches drin.»

Oh, nee, dachte Niklas, während Johnny seinen Laptop öffnete. Lange konnte er mit dieser Lügerei nicht mehr weitermachen. Er hätte den anderen spätestens gestern sagen müssen, dass er einer Frau namens Sandra Ford begegnet sei.

«Morgen wollen sie im Camp mit uns angeln gehen», sagte Lea. «Johnny und ich haben schon beschlossen, dass wir den Tag ausfallen lassen.»

«And what will you tell the parents?», fragte Julie.

«Wir werden krank sein», antwortete Lea. «Durchfall, Übelkeit und so was.»

«Das durchschaut Mama doch sofort!», rief Niklas.

«Glaub ich nicht. Hauptsache, du hältst dicht.»

«They won't let you out when you're ill», wandte Julie ein.

«Spätestens mittags wird's uns wieder besser gehen», meinte Lea. «Und dann werden wir das *Waldorf-Astoria* auskundschaften.»

«I can't find anything new», verkündete Johnny und klappte seinen Laptop zu. «But not all newspaper articles appear on the internet.»

«Was für 'n Glück, dass jemand bei Niklas im Kurs diese Zeitung hatte!», sagte Lea. «Jetzt wissen wir wenigstens, wen wir näher unter die Lupe nehmen müssen: die Putzfrauen und die Kellner.»

«It would be even better if we knew which of the 47 floors is the one where the owner of the diamond ring is staying.»

«Ich glaube, in dem Artikel stand, im 45. Stock», murmelte Niklas, ohne die anderen anzusehen.

«Hey, you didn't tell me that!», rief Julie.

Waren sie immer noch nicht misstrauisch? Nein, Lea und Johnny steckten schon die Köpfe zusammen und überlegten, wie sie sich im 45. Stock des *Waldorf-Astoria* näher umsehen könnten, ohne dass es auffiel.

Nur Julie warf ihm einen kurzen Blick zu, als ob sie sagen wollte, hier stimmt irgendwas nicht. Aber sie sagte nichts.

Und er auch nicht.

# THE PHONE CALL

Niklas hatte sich vorgenommen, dass er spätestens in der Mittagspause bei Sandra Ford anrufen würde, um sie zu fragen, ob sie eine bestimmte Putzfrau oder einen bestimmten Kellner im *Waldorf-Astoria* verdächtigte, ihren Ring gestohlen zu haben. Natürlich dürfte er nicht gleich mit dieser Frage herausplatzen. Er würde sich erst mal für das Mittagessen bedanken.

Heute ging es im Fotokurs um den Blickwinkel, aus dem eine bestimmte Aufnahme gemacht wurde. Rob erklärte ihnen, dass man bei einem hohen Kamerastandpunkt ein Objekt von oben fotografieren würde und in dieser Aufsicht die Form des Objekts besonders gut sichtbar würde. Als Beispiel zeigte er ihnen ein Foto mit runden Fliegenpilzen, die aussahen wie gepunktete Teller. Richtete man dagegen die Kamera senkrecht nach oben, würde man den gegenteiligen Effekt erzielen.

«A wonderful example is this photograph of antique columns in a temple in Greece», sagte Rob.

Niklas zog unwillkürlich den Kopf ein, als er die riesigen Säulen des Tempels sah, die in den Himmel zu wachsen schienen.

In dem dritten Beispiel für unterschiedliche Blickwinkel ging es darum, dass ein knapper Ausschnitt den Betrachter zwang, sich etwas ganz genau anzusehen.

Niklas verstand erst, was Rob meinte, als er das Foto sah: ein Ausschnitt, auf dem die verschränkten Hände hinter dem Kopf eines Mannes abgebildet waren.

«These are the hands of a famous sculptor called Henry Moore.»

Ein Bildhauer namens Henry Moore? Hatten sie nicht am Sonnabend eine Skulptur von Henry Moore im *MoMA* gesehen?

Niklas dachte plötzlich an Paul Klees Bild *Cat and Bird*. Wo war eigentlich die Postkarte, die Sandra Ford am Montag auf seinen Platz gelegt hatte?

Er wühlte in seinem Rucksack, fand sie jedoch nicht. Lag sie etwa zu Hause in seinem Zimmer? Das fehlte noch, dass Mama oder Papa sie fanden und ihn fragten, wer diese Sandra Ford sei.

«We'll now have another practical session in which I would like you to concentrate on one particular point of view», verkündete Rob. «You can stay inside the museum or walk about in the neighbourhood. But please be back by half past twelve. You, too, Niklas.»

«Yes, of course ...» Niklas wurde prompt rot, was ihn richtig ärgerte. Rob sollte sich bloß nicht so wichtig nehmen. Er hatte Sommerferien und war schließlich freiwillig hier.

Was für eine Art von Blickwinkel sollte er wählen? Der Ausschnitt von den Händen hatte ihm gut gefallen, genau wie neulich die Nahaufnahme von den ineinander verschlungenen Rohren, die ein tolles Muster ergaben. Auf jeden Fall würde er nach draußen gehen. Dann könnte er auch Sandra Ford anrufen.

Es dauerte nicht lange, bis er ein geeignetes Objekt für seine Nahaufnahmen gefunden hatte: Scharniere an einer Planierraupe, die in einer Seitenstraße stand. Ruck, zuck hatte er seine Fotos gemacht.

Er zog den Zettel mit der Handynummer von Sandra Ford aus seiner Hosentasche und wählte. Here's Niklas. Thanks again for the lunch yesterday, würde er sagen, wenn sie abnahm.

Doch leider nahm sie nicht ab. Es war kurz nach zwölf. Vielleicht fand gerade eine Kunstauktion statt, und da hatte sie ihr Handy ausgeschaltet. Auf ihre Mailbox sprach er nicht.


Wie war dein Kurs?», fragte er Julie mittags auf dem Weg zum Restaurant.

«Not bad.»

Sie fragte ihn nie nach seinem Kurs, also würde er ihr auch nichts erzählen. «Was willst du essen?»

«Spaghetti.»

«Ich auch.»

Sie hatten sich gerade in die Schlange gestellt, als Niklas' Handy klingelte.

«I'm sure that's Lea», meinte Julie grinsend. «Johnny sent me a text a couple of minutes ago. They are inside the *Waldorf-Astoria* and they have a new suspect.»

Aber es war nicht Lea, es war Sandra Ford! Niklas erkannte sofort ihre Nummer auf dem Display.

«Meine Spaghetti ... kannst du die mitbringen?», stammelte er. «Du kriegst das Geld nachher wieder.»

«Sure», antwortete Julie erstaunt.

Niklas drehte sich auf dem Absatz um und lief zum Treppenhaus.

Jetzt hatte das Klingeln aufgehört. So ein Mist! Sollte er Sandra Ford nochmal anrufen? Nein, nicht nötig. Es klingelte schon wieder.

«Hello?»

«Hi, Niklas. It's Sandra Ford here. I noticed that you tried to reach me earlier on.»

«Yes ... I ... I wanted to thank you for the lunch yesterday ...»

«You're welcome.»

Gut, jetzt würde er sich nach dem Diebstahl erkundigen.

«And ... I ... I also wanted to ask you ... if there's any news about the ... theft of your diamond ring ...»

«Oh, none at all! The hotel isn't really interested in pursuing the matter.»

Was hatte sie gesagt? Dass das Hotel kein Interesse hätte, die Sache weiterzuverfolgen?

«The police interviewed the members of staff who work on my floor, but nothing has come of it.»

Aha, immerhin hatte die Polizei das Personal verhört, das auf ihrer Etage arbeitete. Aber es war nichts dabei herausgekommen.

«Look, it's not a very nice topic. I'm thinking about something much more pleasant.»

‹Pleasant›, was hieß das?

«Tomorrow I won't have any auction. So I'm free!»

Ah, vielleicht war es so was wie angenehm.

«Would you like to come on a drive with me to my house in Westchester County?»

Niklas schluckte. Ja, das würde ihm gefallen, nochmal in der tollen Limousine zu fahren. Außerdem könnte er Sandra Ford weitere Fragen zu dem Diebstahl stellen.

«Of course, you'll have to ask your parents for permission.»

O nein, dachte Niklas, seine Eltern um Erlaubnis fragen würde er ganz bestimmt nicht.

«I'm sure you would like to meet my son and see his camera equipment and his prize-winning photo with shadows.»

«Yes, that would be great.»

«We would be back in town by four o'clock at the very latest.»

Durch die Glastür sah Niklas, wie Julie zwei Teller mit Spaghetti auf einem Tisch abstellte und sich suchend umblickte.

«I have to go now», sagte er leise.

«So will I see you tomorrow morning?», fragte Sandra Ford.

«. . . Yes, I'll be there.»

«How wonderful! I'll be waiting in my limousine in front of the entrance to the *MoMA* at 10 am.»

«Good-bye.»

«Bye-bye, Niklas. Have an nice afternoon.»

Er beeilte sich, zu Julie zurückzukommen. Was sollte er sagen, wenn sie wissen wollte, mit wem er eben telefoniert hatte?

«Was that someone from your course?», fragte Julie und grinste. «Perhaps a girl?»

Er nickte und wurde rot dabei. Aber natürlich nicht aus dem Grund, den Julie vermutete.

Lea und Johnny saßen in einer Wäschekammer im 45. Stock des *Waldorf-Astoria* und warteten darauf, dass wieder eine Putzfrau Nachschub an Handtüchern und Bettwäsche holte.

Drei Frauen hatten sie schon nach dem Dieb des Diamantenrings befragt. Zwei hatten zuerst gar nicht kapiert, was sie von ihnen wollten. Doch auch wenn Johnny und Lea zugaben, dass es natürlich ungewöhnlich war, sich einfach in die Wäschekammer zu setzen, vermuteten sie, dass die Frauen möglicherweise auch nur so getan haben könnten, als ob sie's nicht kapierten. Die dritte Putzfrau hatte sie allerdings angefaucht, wie sie dazu kämen, sich hier als Detektive aufzuspielen. Ob sie überhaupt Gäste des Hotels seien?

«That's none of your business», hatte Johnny geantwortet.

Daraufhin war die Frau entrüstet abgezogen.

Aber Lea hatte sich genau aufgeschrieben, wie sie aussah: halblange schwarze Haare, braune Augen, etwa

einssechzig groß, schlank, nicht älter als dreißig. Auf der Stirn hatte sie eine Narbe.

«Perhaps all the rooms have been cleaned by now», meinte Johnny. «Shall we go?»

Lea schaute auf ihre Uhr und erschrak. Schon Viertel vor drei! Sie hatte Mama versprochen, dass sie spätestens um halb drei wieder zu Hause wäre.

In dem Augenblick wurde die Tür zur Wäschekammer aufgerissen und zwei Kellner, ein großer und ein kleiner, stürzten auf sie zu.

«What are you doing here?», schnauzte der Große sie an und baute sich vor ihnen auf.

Im Hintergrund erkannte Lea die dritte Putzfrau. Sie grinste triumphierend.

«Accusing innocent people of being thieves!», rief der Kleine.

«We didn't accuse anybody», protestierte Johnny. «We were just asking questions.»

Die Kellner packten sie an ihren Handgelenken und zogen sie aus der Wäschekammer.

«Let me go!», schrie Lea und versuchte sich loszureißen, aber die Hand des Kellners lag wie ein Eisenring um ihr Handgelenk.

«Are you staying in the hotel?», fragte der Große, als sie im Fahrstuhl standen.

Lea presste die Lippen zusammen.

«I asked you something.»

«We aren't», antwortete Johnny leise.

«Well, we thought so», sagte der Kleine. «We'll now

hand you over to a member of the management, so that they can decide what to do with you!», verkündete der Große.

Lea bekam es plötzlich mit der Angst. Würden sie etwa die Polizei rufen?

Nein, sie riefen nicht die Polizei, sondern Mama an. Lea hatte nicht den Mut gehabt, ihnen eine falsche Nummer zu geben.

Zehn Minuten später tauchte Mama an der Hotelrezeption auf. Sie war kreidebleich vor Wut.

«Ihr seid wohl verrückt geworden!», zischte sie Lea zu, bevor sie sich wortreich beim Management des *Waldorf-Astoria* entschuldigte.

«It won't happen again», sagte sie zum Abschied.

Dann ließ man sie laufen.

Auf dem Nachhauseweg hörte Mama nicht auf zu schimpfen. «Das hätte ganz anders ausgehen können. Hausfriedensbruch nennt man so was. Dafür gibt's hohe Geldstrafen.»

«Echt?», rief Lea. «Das wussten wir nicht.»

«Lea, stell dich nicht so dumm! Ihr konntet euch doch denken, dass es nicht erlaubt ist, sich in der Wäschekammer eines Hotels zu verstecken, um das Personal auszuhorchen! Außerdem habt ihr mich heute Morgen angelogen mit eurer Übelkeitsgeschichte!»

«Tut mir leid ...»

«Und das nur, weil ihr wieder eure Nase in irgendeinen Kriminalfall stecken wolltet. Dabei haben wir diesmal diese schönen Kurse für euch organisiert. Am liebsten würde ich die Fahrt nach Cape Cod absagen und gleich nach Hamburg zurückfliegen.»

«Nein, Mama, wir tun's nicht wieder! Versprochen!», rief Lea.

«Das hab ich schon zweimal gehört! In Kapstadt waren's die Geparde! In London die vergifteten Muffins!»

«Sorry, Mrs. Thiessen», murmelte Johnny zerknirscht. «It was a stupid idea.»

«Du sagst es», seufzte Mama.

# Niklas' Traum

Abends gab es erst mal eine Menge Ärger!

«Was interessiert euch der gestohlene Ring einer Millionärin aus dem *Waldorf-Astoria*?», schrie Papa. «Es ist die Aufgabe der Polizei, den Dieb zu finden!»

«Ist ja gut», murmelte Lea.

«Why don't you just enjoy Manhattan and your summer courses instead of chasing some criminal?», fragte Mr. Saunders.

«Dad, we got the message», stöhnte Julie.

«Sobald ihr vier zusammen seid, verwandelt ihr euch in diese Möchte-gern-Detektive», sagte Mama. «Das ist doch nicht normal!»

«Ich kann mir das auch nicht erklären», meinte Mrs. Saunders.

«Can we go now?», rief Johnny ungeduldig.

«Only if you promise not to continue with this nonsense», verkündete Mr. Saunders.

«Promised!», riefen Johnny, Julie und Lea wie aus einem Mund.

Nur Niklas sagte nichts.

«Du hast deinen Einsatz verpasst», flüsterte Lea ihm zu, als sie in Johnnys Zimmer gingen.

Vielleicht wäre es doch besser, wenn er den anderen alles erzählen würde, dachte Niklas. Dann könnten sie gemeinsam überlegen, was für Fragen er Sandra Ford morgen stellen sollte.

«What shall we do now?» Julie blickte in die Runde.

Johnny und Lea zuckten mit den Achseln.

«Ich ...» Niklas starrte auf seine Hände.

«Was ist?», fragte Lea.

Nein, er schaffte es nicht. Die anderen würden ihn entweder auslachen, weil er sich mit einer fremden Frau getroffen hatte, oder sie würden sauer auf ihn sein, weil er ihnen nicht längst verraten hatte, dass er mehr wusste als sie.

«Hey, nun sag doch mal!», rief Lea.

«Nichts», murmelte Niklas.

Johnny klappte seinen Laptop auf. «I'll have a look if there's any news on the internet.»

Schweigend warteten sie ab, ob Johnny im Internet irgendwelche Neuigkeiten über den Diebstahl finden würde.

«Nothing! Nothing at all!», sagte er nach einer Weile.

«Perhaps we'll just have to give up», meinte Julie. «We've tried everything we could.»

«So was Blödes!», rief Lea.

Niklas presste die Lippen zusammen. Morgen Abend, wenn er von seiner Fahrt zurück war, würde er mit ihnen reden. Dann hätte er bestimmt neue Hinweise, und vielleicht könnten sie den Diebstahl des Diamantenrings doch noch aufklären.

In der Nacht träumte Niklas, dass er durch ein riesiges Haus lief, in dem er noch nie gewesen war. Irgendwann landete er in einem künstlich beleuchteten Raum ohne Fenster und ohne Möbel. Nur ein einziges Bild hing in diesem Raum: Paul Klees *Cat and Bird*. Aber das gehört doch ins *MoMA*, schoss es ihm durch den Kopf. Plötzlich stand Sandra Ford neben ihm und fragte ihn, was er trinken wolle. Er bekam kein Wort heraus, obwohl er großen Durst hatte. Da tauchte der Sohn von Sandra Ford auf. Er sah älter aus als fünfzehn und beachtete ihn gar nicht. «Zeig Niklas mal dein Schattenbild und deine neue Kamera», schlug Sandra Ford vor, aber ihr Sohn hatte keine Lust dazu.

Niklas wachte in Schweiß gebadet auf. Vor ihm stand Lea und schaute ihn erschrocken an.

«Was machst du denn hier?»

«Ich hab mir aus der Küche was zu trinken geholt. Und dann hab ich vom Flur aus gehört, wie du im Schlaf geredet hast.»

«Was denn?», fragte Niklas alarmiert.

«Irgendwas von cats and birds.»

Er schluckte. «Ich bin müde. Geh wieder ins Bett.»

Lea zögerte noch einen Moment, dann ging sie in ihr Zimmer zurück. Sie legte sich ins Bett, obwohl sie hellwach war. Und auf einmal erinnerte sie sich: *Cat and Bird*. Hieß so nicht das Bild, das Niklas am Sonnabend im *MoMA* bewundert hatte? Das wie ein Kinderbild aussah? Wieso träumte Niklas von einem Bild? Gestern Abend hatte sie ihn auch schon merkwürdig gefunden.

Er hatte ausgesehen, als ob er ihnen etwas sagen wollte, aber dann hatte er doch geschwiegen. Wusste er etwas, was sie nicht wussten? Hatte es etwas mit dem Bild zu tun? Morgen früh würde sie ihn fragen.

Niklas wälzte sich in seinem Bett hin und her. Hatte er im Schlaf etwa noch mehr gesagt als *Cat and Bird*? Lea hatte ihn so seltsam angesehen. Hatte er womöglich Sandra Fords Namen erwähnt? In dem Augenblick fiel ihm die Postkarte von Sandra Ford wieder ein, die er heute Morgen in seinem Rucksack gesucht hatte.

Er knipste seine Nachttischlampe an und stand auf. Sie musste irgendwo hier sein.

«Niklas?»

Er erschrak. Papa stand in der Tür und blickte ihn kopfschüttelnd an.

«Wieso schläfst du nicht?»

«Ich … mir ist gerade was eingefallen, was ich … aufschreiben wollte … für meinen Fotokurs.»

«Mitten in der Nacht?»

«Ja … da hab ich manchmal die besten Ideen.»

«Komisch», sagte Papa und grinste. «Das geht mir auch oft so. Aber nicht zu lange wach bleiben.»

«Nein.»

Als Papa die Tür wieder geschlossen hatte, holte Niklas tief Luft. Das war gerade nochmal gutgegangen.

Ein paar Minuten lang suchte er noch nach der Postkarte. Dann gab er es auf. Wenn er sie nicht fand, würde sie auch sonst niemand finden.

# THE DRIVE

Am nächsten Morgen wurde Lea sehr früh wach. Sie dachte sofort an *Cat and Bird*. Gleich würde sie Niklas fragen, wieso ihn dieses Bild so beschäftigte, dass er davon träumte.

Als sie in die Küche kam, saßen Mama und Papa schon beim Frühstück.

«Morgen, Lea», sagte Mama und gab ihr einen Kuss.

«Hallo. Schläft Niklas noch?»

Papa nickte. «Er war in der Nacht länger wach.»

«Ich weiß», sagte Lea und biss sich im nächsten Moment auf die Lippen.

«Was ist denn mit euch los?», rief Mama. «Bin ich etwa die Einzige, die durchgeschlafen hat?»

«Niklas hat mir erzählt, dass ihm nachts manchmal die besten Ideen kommen», meinte Papa. «Ihm geht's wie mir.»

«Was für Ideen?», fragte Lea.

«Für seinen Fotokurs», antwortete Papa.

Von wegen. Lea löffelte ihr Müsli in sich hinein. Hier ging's nicht um Fotos; da war sie sich sicher.

Niklas war auch schon früh aufgewacht. Aber er tat so, als ob er noch schlafen würde, weil er Lea nicht begegnen wollte. Sie würde ihm unangenehme Fragen stellen, das wusste er. Lieber wartete er, bis sie mit Mama und Johnny losgefahren war. Dann hatte er freie Bahn.

Auf dem Weg zu ihrem Junior Ranger Day Camp musste Lea sich sehr beherrschen, Johnny nichts von dem Gespräch in der Nacht zu erzählen. Erst als Mama sich verabschiedet hatte und sie zu ihren Vogelbeobachtungsplätzen aufbrachen, berichtete sie Johnny von dem, was Niklas im Traum gesagt hatte.

«A painting called *Cat and Bird*?», wunderte sich Johnny. «I didn't see that on Saturday.»

«Niklas hat's gefallen.» Lea zögerte. «Ich fand ihn gestern Abend schon so merkwürdig. Du nicht?»

Johnny überlegte. «He was very quiet.»

«Genau.»

«Julie told me that he got a phone call yesterday, during their lunch break.»

«Von wem?»

«She thinks it might have been a girl from his course.»

«Echt?!», fragte Lea erstaunt.

«Yes, because he blushed when she suggested that.»

«‹Blush›? Was heißt das?»

«... Rot werden.»

«Vielleicht hat er sich verliebt und will uns das nicht sagen, weil er Angst hat, dass wir ihn auslachen.»

«Sounds like it», meinte Johnny.

«Oh, nee! Und ich dachte, er würde irgendeine spannende Spur verfolgen!»

«He would have told us if he did!»

Niklas schwieg, als Julie und er um zwanzig vor zehn zum *MoMA* gingen. Er grübelte darüber nach, wie er es schaffen könnte, mit Julie das *MoMA* zu betreten, in Richtung Kursraum zu gehen und sich dann zu verdrücken, ohne dass er Rob oder sonst jemandem aus seinem Kurs begegnete.

Eine SMS! War sie von Sandra Ford, die die Fahrt absagen wollte? Er zog sein Handy aus der Tasche. Nein, sie war von Lea. *Jetzt weiß ich endlich Bescheid, was mit dir los ist. Du hättest doch mal was sagen können! Lea.*

Niklas wurde heiß. O nein! Hatte er durch sein Reden im Schlaf etwa alles verraten?

«Who's sending you a text so early in the morning?», fragte Julie mit einem neugierigen Seitenblick.

«Lea», antwortete Niklas einsilbig.

Egal. Sie war in ihrem Camp und konnte ihm jetzt nicht in die Quere kommen. Heute Abend würde er sowieso alles erzählen. Und bis dahin würde er sein Handy ausstellen.

Lea blickte auf ihr Display. Keine SMS von Niklas, obwohl er ihr sonst immer sofort antwortete. Wahrscheinlich war ihm die ganze Sache superpeinlich.

«Did he text you back?», fragte Johnny.

«Nein.»

«That means we're right.»

Sie grinsten beide.

Julie schlug zum Glück kein gemeinsames Mittagessen vor. Also musste er sie auch nicht anlügen.

«See you later», sagte sie zum Abschied und war schon verschwunden.

Ob sie beleidigt war, dass er eben nicht mit ihr geredet hatte? Nicht zu ändern.

Fünf vor zehn. Er würde in der Toilette warten. Rob fing immer sehr pünktlich an. Um kurz nach zehn würde kein Kursmitglied mehr über den Flur laufen.

Als er ein paar Minuten später zum Ausgang vom *MoMA* kam, sah er sofort die schwarze Limousine mit den getönten Scheiben am Straßenrand stehen. Sollte er wirklich dort einsteigen und mit Sandra Ford aufs Land fahren? Er kannte sie doch kaum. Ihm fiel sein Traum wieder ein, den er in der letzten Nacht gehabt hatte. War das eine Warnung gewesen? Noch könnte er umkehren und Sandra Ford eine SMS schicken, dass ihm was dazwischengekommen sei und er leider absagen müsse.

Unsinn, dachte er auf dem Weg zum Wagen. Dies war die letzte Chance, etwas über den Diebstahl des Diamantenrings zu erfahren. Er hatte die anderen tagelang belogen; da war er es ihnen schuldig, diese Chance zu nutzen. Außerdem war er neugierig auf die Welt, in der Sandra Ford und ihr Sohn lebten. So jemanden hatte

er noch nie zuvor getroffen. Es klang wie ein Leben aus einem Film.

Kurz bevor er die Limousine erreicht hatte, stieg der Chauffeur aus und begrüßte ihn. Er öffnete ihm die Tür und ließ ihn einsteigen.

«Hello, Niklas», sagte Sandra Ford und lächelte. «How nice to see you.»

«Hello ...»

Sie trug einen schimmernden weißen Hosenanzug und hochhackige silbrige Sandalen. Mama hatte noch nie Schuhe mit solchen Absätzen angehabt.

«Please call me Sandra, all right?»

Er nickte.

«Did you mention our trip to Rob?», fragte sie, nachdem der Chauffeur losgefahren war.

«No ... I didn't ...»

«Good. He can get quite angry if his students have other projects during course time.»

«Yes, I ... can imagine.»

«But I'll make it worth your while. You'll love Ben's camera equipment.»

Draußen toste der Verkehr an ihnen vorbei, aber hier drinnen bekam man davon kaum etwas mit. Niklas blickte an den Wolkenkratzern hinauf, die ihm durch die getönten Scheiben noch unwirklicher vorkamen als sonst.

«Would you like something to drink?», fragte Sandra.

Eigentlich hatte er keinen Durst, aber da drückte sie schon auf einen Knopf in einer Konsole, die ihm bisher gar nicht aufgefallen war. Darin befand sich eine kleine beleuchtete Bar.

«I'll have ... a Coke», antwortete er.

Sandra zeigte ihm die Getränkehalterung in seiner Armlehne und schenkte ihm ein. Sie selbst nahm ein Mineralwasser.

«I ... wanted to ask you something», sagte er nach einer Weile.

«Sure, go ahead.»

«I'm still thinking of your diamond ring. Do you have a suspect?»

«Oh, you're so good! You're much more interested in solving the case than anybody in the hotel. You would make a really good detective!»

Niklas wurde rot.

«How old are you?»

«Twelve.»

«I thought you were at least fourteen.»

Es gefiel ihm, dass sie ihn für älter gehalten hatte.

«But to answer your question: no, I don't have a suspect. That makes everything even more difficult.»

Und dann erzählte sie ihm, dass die Presse über den Fall berichtet hatte und seitdem manchmal Leute durchs Hotel liefen, die da nicht hingehörten. Gestern sei es bei ihr im 45. Stock sogar zu einem Zwischenfall gekommen.

«Two children had hidden in one of the laundry rooms in order to interview the chambermaids about the theft.»

Niklas hatte gerade einen Schluck Cola genommen und verschluckte sich fast.

«Are you all right?»

«... Yes ...»

«They were let go, because their mother came and apologized immediately for their awful behaviour. She was very embarrassed. Just imagine ...»

Niklas konnte sich nur allzu gut vorstellen, wie Mama sich im Hotel für das schlechte Benehmen von Lea und Johnny entschuldigt hatte.

«I might have to give up», seufzte Sandra. «It's a real pity because it was such a nice ring!»

«No, don't give up», sagte Niklas.

Sandra schien plötzlich mit ihren Gedanken woanders zu sein. «Perhaps you've been wondering why I'm not driving the car myself.» Ihre Stimme war ganz leise.

«No ... I haven't», antwortete Niklas.

Mama hatte neulich gesagt, dass sie in Manhattan niemals selbst Auto fahren würde, und auch Papa schien dazu keine Lust zu haben. Außerdem hatten superreiche Leute doch immer einen Chauffeur, oder nicht?

«I had a car accident some years ago», hörte er Sandra sagen. «After that I didn't have the courage to drive any more.»

«Oh! Were you ... hurt?», fragte Niklas.

«Yes ... yes, I was ...»

Niklas wollte gerade weiterfragen, wo der Unfall passiert war, als er sah, dass Sandra kreidebleich war. Sie blickte in irgendeine unbestimmte Ferne.

Da beschloss er zu schweigen.

# In Sandras Villa

Lea saß auf ihrem Vogelbeobachtungsplatz am Hudson River und verfolgte mit dem Fernglas den Flug eines Kanadareihers. ‹Great blue heron› hieß der auf Englisch. Endlich hatte sie auch mal einen entdeckt!

Es war schön hier, im Inwood Hill Park, wo man weit gucken konnte und nicht von Wolkenkratzern umzingelt war. Eigentlich kaum zu glauben, dass der Park zu Manhattan gehörte. Wenn ihr nicht ständig die Frage durch den Kopf gehen würde, was sie noch unternehmen könnten, um den Diebstahl des Diamantenrings aufzuklären, würde sie das Camp richtig genießen.

In dem Moment klingelte ihr Handy. Niklas, dachte sie sofort. Aber nein, es war Mama.

«Weißt du, wo Niklas steckt?» Mamas Stimme überschlug sich fast. «Sein Handy ist ausgestellt.»

«Ich nehme an, in seinem Fotokurs. Da darf er sein Handy nicht anstellen. Was ist denn passiert?»

«Rob Miller, der Kursleiter, hat mich eben angerufen. Niklas ist nicht im Kurs erschienen!»

«Mir hat er nichts davon gesagt, dass er nicht hingehen würde.» Lea runzelte die Stirn. Suchte Niklas etwa nochmal allein im *Waldorf-Astoria* nach dem Dieb?

«Mit Julie habe ich schon gesprochen. Sie ist vorhin zusammen mit Niklas zum *MoMA* gegangen. Ihr ist aufgefallen, dass er auf dem Weg ziemlich still war.»

Lea fiel plötzlich die letzte Nacht wieder ein. Vielleicht sollte sie Mama erzählen, dass Niklas im Schlaf irgendwas von cats and birds gemurmelt hatte.

«Bist du noch da?», fragte Mama.

«Ja! Erinnerst du dich an das Bild *Cat and Bird*, das wir am Sonnabend im *MoMA* gesehen haben?»

«Wie kommst du jetzt darauf?»

Schnell fasste Lea für Mama zusammen, was sie vermutete: dass Niklas von dem Bild geträumt hatte.

«Und selbst wenn!», rief Mama. «Was hat das damit zu tun, dass er nicht da ist, wo er sein sollte?»

«Keine Ahnung!»

Lea hörte, wie im Hintergrund gesprochen wurde. Dann verkündete Mama, dass Mrs. Saunders jetzt losfahren und Johnny und sie mit dem Taxi abholen würde.

«O nein!», rief Lea. «Heute macht's gerade so viel Spaß!»

«Sag mal, hast du's immer noch nicht kapiert?», schrie Mama. «Dein Bruder ist verschwunden!!!» Dann legte sie auf.

Lea holte tief Luft. «Niklas ist weg! Und deshalb müssen wir jetzt nach Hause.»

«Is my mother going to pick us up?», fragte Johnny.

«Ja, mit dem Taxi! Meine Mutter klang total aufgeregt.»

«Well, if Niklas has disappeared …»

«Vielleicht trifft er sich nur mit dem Mädchen, das ihn gestern Mittag angerufen hat.»

«I don't know», meinte Johnny zögerlich. «Perhaps it wasn't a girl from his course who rang him.»

«Sondern?», fragte Lea erschrocken.

«It might have been the person he's meeting right now.»

Die Fahrt dauerte schon fast zwei Stunden. Niklas wurde allmählich ungeduldig.

«We're nearly there», sagte Sandra und lächelte. «Are you hungry?»

«Not really.»

Wenn sie um vier Uhr wieder am *MoMA* sein wollten, mussten sie spätestens um zwei zurückfahren, dachte Niklas. Hoffentlich würde das klappen.

Sie fuhren jetzt eine schmale Straße mit hohen Bäumen entlang, von der hier und da Einfahrten zu größeren Häusern abgingen.

Ein paar Minuten später bogen auch sie in eine solche Einfahrt. Unter den Reifen knirschte der Kies. War dieser Park etwa Sandras Garten?

Nun tauchte das Haus vor ihnen auf: eine riesige weiße Villa mit Säulen vorm Eingang und einem Springbrunnen auf dem Platz davor. Zwei schwarze Labradore kamen ihnen entgegengerannt, bis plötzlich ein Pfiff ertönte und sie wieder kehrtmachten. Sandra sagte vorwurfsvoll zu dem Chauffeur, dass sie es furchtbar fände, wenn die Hunde auf ihren Wagen zuliefen. Und dass der Gärtner das ganz genau wisse.

«He's probably somewhere in the garden and didn't see you coming», antwortete der Chauffeur leise.

Es war das erste Mal, dass er überhaupt etwas sagte.

Kaum hatte der Wagen vor dem Säuleneingang gehalten, als die Haustür aufging und ein Mann in einem schwarzen Anzug herauskam. Er öffnete Sandra die Tür und ließ sie aussteigen. Niklas wollte ihr folgen, doch da hatte der Chauffeur schon die Tür an seiner Seite geöffnet.

«Thank you», murmelte Niklas. Ein Chauffeur, ein Gärtner, ein Butler. Wahrscheinlich hatte Sandra auch eine Köchin und mehrere Putzfrauen, so groß wie das Haus war.

«I'll show you round!», rief Sandra und winkte ihm zu, ihr zu folgen.

Als Erstes gingen sie zum Pool. Niklas hatte noch nie ein so großes Schwimmbecken in einem privaten Garten gesehen. Hier gab es sogar ein Sprungbrett.

«You're welcome to have a swim», sagte Sandra.

«I ... I'd rather have a look at your son's cameras», antwortete Niklas. Er wollte nicht noch mehr Zeit verlieren.

«You'll have to wait until Ben comes back from the tennis club. I'm not allowed to show his camera equipment to other people.»

Das konnte Niklas gut verstehen. Wenn er so eine

tolle Fotoausrüstung hätte, würde er auch nicht wollen, dass Mama sie wildfremden Leuten zeigte.

«When will Ben be back?», fragte er.

«Soon.» Sandra lächelte wieder. «Let's first have some lunch.»

Lea und Johnny saßen noch nicht lange mit Mrs. Saunders im Taxi, als Mama wieder anrief.

«Ich habe die Polizei benachrichtigt.»

«Echt?»

«Die Beamten wirkten nicht sehr interessiert. Sie meinten, Niklas würde schon wieder auftauchen.»

«Und was sagt Papa?»

«Er ist genauso besorgt wie ich. Mr. Saunders und er sind gerade zum *MoMA* gegangen, um mit Rob Miller zu reden. Und Julie wird jetzt mit mir zusammen Niklas' Zimmer durchsuchen.»

«Wieso das denn?», fragte Lea.

«Ich hoffe, dass wir irgendwas finden, was uns weiterhilft!», antwortete Mama. «Wo seid ihr jetzt?»

«Ich weiß nicht, wie das hier heißt.»

«Gib mir mal Mrs. Saunders.»

Während die beiden Mütter telefonierten, überlegten Lea und Johnny leise, ob sie vorschlagen sollten, Niklas im *Waldorf-Astoria* suchen zu lassen.

«I don't think he's there», flüsterte Johnny.

«Glaub ich auch nicht.»

«I'll try Niklas' mobile. Maybe he has switched it on in the meantime.»

Nein, hatte er nicht.

Plötzlich spürte Lea, wie ihr Tränen über die Wangen liefen. Wo war Niklas nur?

Der Taxifahrer bog in eine Riesenstraßenschlucht ein. Lea machte die Augen zu, weil sie den Anblick der Wolkenkratzer auf einmal nicht mehr ertragen konnte. Wäre sie bloß heute Morgen in Niklas' Zimmer gegangen und hätte ihn gefragt, was mit ihm los sei! Vielleicht wäre er dann nicht verschwunden.

Niklas kam sich vor wie in einem Schloss, so riesig waren die Räume in Sandras Haus. Die antiken Möbel, die großen Spiegel, die Kristalllüster und der schwarze, glänzende Flügel erinnerten ihn an Sandras Suite im *Waldorf-Astoria*. Hier war nur alles noch viel größer.

Am Esszimmertisch gab es Platz für mindestens zwanzig Leute. Es war etwas dunkel hier drinnen; deshalb hätte Niklas lieber draußen auf der Terrasse gegessen. Aber der Tisch war schon gedeckt: mit weißem Porzellan, funkelndem Silberbesteck und hochstieligen Gläsern. Für drei Personen. Wahrscheinlich kam Sandras Mann mittags nicht nach Hause.

«I ... don't drink wine», sagte er leise.

«You don't have to», antwortete Sandra. «Please sit down. Do you want to take off your jacket?»

Niklas zog seine Jeansjacke aus und hängte sie über den Stuhl. «Where is the toilet, please?»

«I'll show you.»

Sogar die Gästetoilette war größer als bei Niklas zu

Hause in Hamburg das Badezimmer. Und es gab goldene Wasserhähne!

Als er ins Esszimmer zurückkam, zündete eine junge Frau mit weißer Schürze und Häubchen gerade die Kerzen auf dem Tisch an.

«We'll start with some avocado and shrimps, if that's all right», meinte Sandra.

«Okay.» Niklas setzte sich auf seinen Stuhl. Avocados mochte er. Was ‹shrimps› waren, wusste er nicht.

Plötzlich spürte er etwas Weiches an seinem Bein. Er schaute unter den Tisch und entdeckte eine elfenbeinfarbene Katze mit braunem Gesicht, braunen Ohren und Füßen und einem braunen Schwanz. Sie starrte ihn mit ihren großen blauen Augen an.

«That's Shiva, my Siamese cat», sagte Sandra. «She's very curious. I hope you don't mind her sitting there.»

«No ... not at all», antwortete Niklas.

«Oh, yes, of course! You must love cats, too!» Sandra lächelte. «That's how we met, looking at Paul Klee's wonderful *Cat and Bird*.»

Niklas dachte wieder an die Postkarte. Komisch, dass er sie auch in seinem Zimmer nicht gefunden hatte.

Jetzt wurde die Vorspeise serviert. Auf den Avocadohälften türmten sich Krabben. Das waren also ‹shrimps›. Die aß er nicht so gern; vielleicht könnte er ein paar davon übrig lassen.

«You said in the museum that you had a sister», sagte Sandra, nachdem sie eine Weile schweigend gegessen hatten. «How old is she?»

«Ten», antwortete Niklas.

«What's her name?»

«Lea.»

«How nice. Do you also have a brother?»

«No, I don't.»

Wieder schwiegen sie. Niklas zwang sich, noch eine Krabbe zu essen, dann schob er seinen Teller beiseite.

«I'm sorry I chose shrimps», sagte Sandra und zeigte auf das dritte Gedeck. «Ben loves them but I can see that you're not too keen on them.»

«I can't eat so many», murmelte Niklas.

Die junge Frau mit der Schürze und dem Häubchen räumte die Teller ab und brachte die Hauptspeise. Hähnchen mit Pommes und Erbsen, stellte Niklas erleichtert fest. Das würde ihm schmecken.

«And what are your hobbies apart from photography and chasing criminals?», wollte Sandra wissen.

«Riding my mountain bike and playing football.» Niklas schaute verstohlen auf seine Uhr. Viertel nach eins. Wenn Ben nicht bald vom Tennis zurückkam, würden sie kaum noch genug Zeit haben, seine Fotoausrüstung anzusehen.

«I'm sure Ben will be back soon», sagte Sandra. «I often have to start lunch without him.»

Niklas gab sich einen Ruck und sagte, dass sie aber spätestens um zwei Uhr wieder fahren müssten, weil er sonst nicht um vier am *MoMA* sein könnte.

«Don't worry!», meinte Sandra. «We'll get back in time.»

Als Lea und Johnny zu Hause ankamen, lief Mama ihnen mit einer Postkarte in der Hand entgegen.

«Guckt mal, was Julie zwischen den Sesselpolstern in Niklas' Zimmer gefunden hat: *Cat and Bird* von Paul Klee!»

«Hab ich am Sonnabend gar nicht mitbekommen, dass Niklas sich 'ne Postkarte gekauft hat», meinte Lea.

«He didn't buy it himself», sagte Julie. «Someone called Sandra Ford bought it for him.»

«*Was?* Wer ist das denn?»

«Das fragen wir uns auch», antwortete Mama und las vor, was hinten auf der Karte stand: «*Would you like to have an ice cream with me at 3.30 pm? We could meet at the entrance. Kind regards Sandra Ford.* Ich versteh das nicht!»

«Zeig mir mal die Schrift.»

Mama reichte Lea die Karte. «Das hat kein Kind und auch keine Jugendliche geschrieben.»

Stimmt, dachte Lea. Die Schrift sah wirklich erwachsen aus.

«Aber ich kann mir einfach nicht vorstellen, dass Niklas mit 'ner wildfremden Frau essen geht!», rief Mama und raufte sich die Haare. «So was hat er noch nie gemacht.»

«Die Uhrzeit passt genau zu dem, was Rob Miller uns erzählt hat», sagte Papa. «Am Montagnachmittag hat Niklas den Kurs kurz vor halb vier verlassen. Und am Dienstag ist er nach einer praktischen Übung am späten Vormittag nicht mehr vor dem Mittagessen ins *MoMA* zurückgekommen, obwohl Rob die Kursteilnehmer darum gebeten hatte.»

«He told me on Tuesday morning that he would have lunch with the people in his course!», rief Julie. «Why did he lie to me?»

«Because he probably met Sandra Ford for lunch», antwortete Johnny.

«Who is this woman?», rief Mr. Saunders.

«I'll have a look at the Internet», verkündete Johnny.

Alle folgten ihm in sein Zimmer und starrten gebannt auf den Bildschirm, als er den Namen *Sandra Ford* googelte.

Und tatsächlich, es gab mehrere Einträge!

«That sounds familiar!» Johnny zeigte auf eine der ersten Überschriften: *Multimillionairess accuses hotel staff of theft.*

«Was heißt das?», fragte Lea.

«Multimillionärin beschuldigt das Hotelpersonal des Diebstahls», übersetzte Mama.

«Ist Sandra Ford etwa die Frau, die im *Waldorf-Astoria* beklaut wurde?», rief Lea aufgeregt.

«Das kann doch wohl nicht wahr sein!», schrie Papa. «Forscht Niklas jetzt auf eigene Faust nach diesem blöden Diamantendieb?»

«*Sandra Ford, well-known guest of the Waldorf-Astoria, has accused the staff of the hotel of stealing her favourite diamond ring which is worth two million dollars*», las Johnny vor.

«*Was?* So viel?» Lea fielen fast die Augen aus dem Kopf.

«It's a newspaper entry from yesterday», sagte Johnny unbeeindruckt. «That's why we didn't see it before.»

«Ich rufe sofort im Hotel an!», rief Mama. «Such doch mal schnell die Telefonnummer vom *Waldorf-Astoria* heraus.»

Es dauerte nicht lange, und Johnny hatte sie gefunden. Mama wählte und bat darum, zu Sandra Ford durchgestellt zu werden. «Sorry, what did you say? … All right. If she's not in the hotel, could you please give me her home address, telephone number and her mobile number as well. It's very urgent! … What? You're not allowed to pass on personal details about your guests?!!! Look, my twelve-year-old son might be in the hands of Sandra Ford! We need to get hold of her as soon as possible!!! … No, I don't understand!» Mama schnaubte vor Wut, als sie auflegte.

«Wir rufen nochmal die Polizei an!», sagte Papa. «Jetzt muss sie uns helfen!»

Lea konnte das alles immer noch nicht fassen. Warum hatte Niklas ihnen nichts davon gesagt, dass er eine eigene Spur verfolgte?

Schon zehn vor zwei. Und Ben war immer noch nicht da, dachte Niklas enttäuscht und aß den letzten Rest von seinem Schokoladeneis auf.

«I can't wait any longer», sagte er schließlich. «Could we now please go back to Manhattan?»

«We'll go in a minute», sagte Sandra und schob ihren Stuhl zurück. «Since Ben isn't back yet, I'll have to show you his room and his cameras.»

«You said you … weren't allowed to do that.»

«No, but I don't want you to have made the trip in vain.»

‹In vain›, was hieß das? Vermutlich so viel wie umsonst.

«I'm really angry that Ben is keeping us waiting», sagte Sandra. «I rang him this morning and told him to be back in time so that you could take a good look at his camera equipment.»

Warum sprach sie plötzlich so schnell?

«Let's go!»

Niklas griff nach seiner Jeansjacke und folgte Sandra widerwillig in den Flur. Über eine breite, geschwungene Treppe gelangten sie in den ersten Stock. Von hier gingen mindestens acht Türen ab. Wie viele Leute wohnten denn hier?

«This is Ben's room», sagte Sandra und öffnete eine der vielen Türen.

Niklas trat ein. Das Zimmer war so groß wie ein Saal und sehr hell. Aber irgendwas kam ihm merkwürdig vor. Überall lagen Stofftiere herum, und an den Wänden hingen Plakate mit Walen, Delphinen und Seehunden. So wohnte doch kein Fünfzehnjähriger! Eher jemand, der höchstens acht oder neun war.

Im Regal entdeckte Niklas ein Foto von einem kleinen Jungen mit dunklen Locken. Auf der Mauer dahin-

ter war deutlich sein Schatten zu erkennen. So ähnlich hatte er früher auch mal ausgesehen. Plötzlich lief es ihm kalt den Rücken herunter. Was war mit Sandras Sohn?

Er drehte sich um und erschrak. Sandra war verschwunden! Und sie hatte die Tür hinter sich zugemacht, ohne dass er etwas gehört hatte. Mit einem Satz war er dort und rüttelte an der Klinke. Abgeschlossen! Was sollte das bedeuten?! Ihm wurde jetzt heiß und kalt.

«Sandra!», schrie er. «Open the door!!!»

Keine Antwort.

Er lief zu den Fenstern und versuchte sie zu öffnen, aber sie waren alle zugeschlossen.

Das Badezimmer! Vielleicht konnte er dadurch entkommen. Er riss die Tür auf und sah sofort das Gitter vorm Fenster. Waschbecken, Badewanne, Dusche, alles grün gekachelt.

Und es gab nirgends Kameras, Objektive oder Fotodrucker. Sandra Ford hatte das alles nur erfunden, um ihn hierher zu locken.

Es gab keinen anderen Ausweg mehr, er musste Mama anrufen. Wie gewohnt griff er in die Innentasche seiner Jeansjacke. Doch sie war leer! Und dann fiel es ihm ein: Vorhin, als er auf der Toilette gewesen war, hatte er die Jacke im Esszimmer gelassen. Da musste Sandra sein Handy herausgenommen haben. Sie hatte es geplant, ihn hier einzusperren! Sie hatte alles von Anfang an geplant!

# Listen to this!

Lea saß bei Johnny und Julie in der Küche und stocherte in ihrem Essen herum. Mrs. Saunders hatte Spinattortellini mit Tomatensoße gekocht. Die mochte sie eigentlich, aber heute war ihr der Appetit vergangen. Und den anderen schien es genauso zu gehen.

«I hope the police will do everything to help your parents», seufzte Mr. Saunders.

Das hoffte Lea auch. Mama und Papa waren mit der Polizei zum *Waldorf-Astoria* gegangen, um die Adresse von Sandra Ford zu erfahren.

«Und du bleibst bei den Saunders und rührst dich nicht vom Fleck!», hatte Mama angeordnet. «Ein verschwundenes Kind reicht mir.»

Als ob sie so blöd wäre, mit irgendeiner fremden Frau mitzugehen! Lea verstand immer noch nicht, warum Niklas das getan hatte. Es konnte doch nicht nur daran liegen, dass er den Diebstahl des Diamantenrings aufklären wollte.

«Wer möchte Erdbeereis zum Nachtisch?», fragte Mrs. Saunders und schaute in die Runde.

Lea nickte. Ein Erdbeereis konnte sie immer essen.

«Yes, okay», murmelten auch Johnny und Julie.

In dem Augenblick klingelte Leas Handy. Es war Mama.

«Wir haben die Adresse!»

«Super!»

«Die Polizeibeamten haben dem Hotelmanager die Postkarte vorgelegt und ihm erklärt, dass Sandra Ford unter Verdacht steht, Niklas entführt zu haben.»

«Wo wohnt sie denn?»

«In Westchester County, nördlich von New York. Die Fahrt dorthin wird etwa zwei Stunden dauern.»

«Aber zwei Stunden sind doch viel zu lang!», rief Lea entsetzt.

«Die Beamten benachrichtigen gerade die örtliche Polizei. Die wird natürlich sofort losfahren ...»

Lea hörte, wie Mama anfing zu weinen.

«Es wird schon gutgehen», sagte sie leise.

«Wenn diese Frau Niklas was antut, dann ...»

An dem Punkt brach das Gespräch ab. Lea schluckte. Jetzt hatte sie auch auf Erdbeereis keinen Appetit mehr.

Niklas saß auf dem Fußboden und überlegte angestrengt, was er noch unternehmen könnte, um hier rauszukommen. Er hatte zigmal um Hilfe gerufen, weil er hoffte, dass einer der Angestellten ihn hören und die Zimmertür aufschließen würde. Aber es war nichts passiert. Vielleicht hatte Sandra Ford alle ihre Leute nach Hause geschickt.

Zur Not würde er in diesem Zimmer eine Zeitlang

überleben können. Wasser bekam er im Bad, und noch war er pappsatt.

Gab es irgendeine Möglichkeit, wie Mama und Papa ihn finden könnten? Hätte er bloß den anderen von Sandra Ford und seiner Fahrt hierher erzählt!

*Cat and Bird*, schoss es ihm da durch den Kopf. Vielleicht war die Postkarte ja doch irgendwo in seinem Zimmer.

Plötzlich erschrak er. Unterm Bett hatte sich etwas bewegt! Und dann sah er einen braunen Schwanz. Das war doch Shiva, die siamesische Katze!

Er legte sich flach auf den Bauch und versuchte, sie hervorzulocken, aber sie verschwand sofort in der hintersten Ecke.

«Shiva», flüsterte er. «Hast du Angst vor mir, weil ich so laut geschrien habe?»

Sie rührte sich nicht.

Um sie herum lagen einige Gegenstände. Vielleicht war irgendwas dabei, was ihm helfen konnte.

«Ich tu dir nichts. Lass mich nur mal gucken, was da alles unterm Bett liegt.»

Vorsichtig streckte Niklas seinen Arm aus. Er erwischte ein paar Wollknäuel und einen Stab mit einer Schnur, an der ein kleiner, gelber Gummiball hing.

Shiva fauchte.

«Ich nehm dir dein Spielzeug ja nicht weg», sagte Niklas und richtete sich wieder auf.

Moment mal. Was war denn das? Da glitzerte etwas zwischen den Wollknäueln. Niklas traute seinen Augen nicht. Ein riesiger Diamantenring! Das konnte doch nicht wahr sein! War das der Ring, den Sandra Ford vermisste?

Plötzlich schoss ihm noch ein ganz anderer Gedanke durch den Kopf: Hatte sie die Geschichte mit dem Diebstahl vielleicht nur erfunden? Weil sie ihn neugierig machen wollte, nachdem er ihr erzählt hatte, dass er Detektiv werden wolle? Der Artikel über den gestohlenen Ring hatte am nächsten Tag in der Zeitung gestanden. Das würde bedeuten, dass Sandra Ford gleich nach ihrem Treffen im Museum ihren Ring als gestohlen gemeldet hatte. Und sie hatte natürlich dafür gesorgt, dass die Presse davon erfuhr! Wie konnte er nur so blöd sein, darauf reinzufallen?!

In dem Moment spürte er etwas Weiches an seiner Hand. Es war Shiva, die ihm mit der Zunge über seine Finger fuhr, als ob sie ihn trösten wollte.

«Da bist du ja», flüsterte er und strich ihr sanft über den Rücken.


Johnny klappte seinen Laptop auf. «I thought I might have a look at the other Internet entries that came up when I googled *Sandra Ford*. I didn't have a chance to do that earlier on.»

«Great idea», sagte Julie.

«Da wird's bestimmt lauter Einträge über den gestohlenen Diamantenring geben», meinte Lea.

«Well, let's see.»

Während Johnny den Namen *Sandra Ford* eingab,

schaute Lea auf ihr Handy. Wenn doch bloß Mama bald anriefe, um zu sagen, dass alles okay sei. Dass die Polizei Niklas gerettet hätte und er nicht verletzt sei. Und dass man Sandra Ford verhaftet hätte.

«Where did your mother say Sandra Ford lives?», fragte Julie.

«In Westchester County», antwortete Lea. «Das ist nördlich von New York.»

«I wonder how long the local police need to get to her house.»

«Das frage ich mich auch.»

«Listen to this!», rief Johnny da aufgeregt. «*MULTI-MILLIONAIRESS INVOLVED IN TRAGIC CAR ACCIDENT!*»

«Was???», schrie Lea und sprang auf.

«Don't worry. It happened four years ago.»

«Did Sandra Ford drive the car?», fragte Julie.

Johnny nickte. «I'll read the entry to you: *Sandra Ford, well-known multimillionairess with an interest in the visual arts, had an automobile accident not far from her luxurious home in Westchester County yesterday afternoon. There had been heavy rain when she lost control of her Porsche. She was wearing a seat belt, and was only lightly injured. Her son Benjamin (8), who was not wearing a seat belt, was thrown out of the vehicle and suffered severe head injury. He died at the scene of the accident.*»

«How awful», murmelte Julie.

«Yes», seufzte Johnny.

«Was bedeutet ‹seat belt›?», fragte Lea.

«... Sicherheitsgurt.»

«Oh! Heißt das, ihr Sohn war nicht angeschnallt?»

«That's it.»

«Und bei dem Unfall wurde er aus dem Auto geschleudert und ... ist gestorben. Woran?»

«... An seinen schweren Kopfverletzungen», übersetzte Julie.

«Er wäre jetzt zwölf.» Lea schluckte. «... So alt wie Niklas.»

«Perhaps she invites boys to her house who remind her of her son», meinte Julie.

«Glaubst du, sie ist verrückt?»

«Hopefully not.»

«I found another entry», sagte Johnny. «This one is about two and half years old: *FIRST THE SON, NOW THE HUSBAND! Yesterday it became known that Sandra and Anthony Ford are going to get a divorce. Their marriage didn't survive the tragic death of their beloved son Benjamin, who died eighteen month ago in an automobile accident caused by Sandra Ford.*»

Julie holte tief Luft. «That's tough!»

«Das hab ich nicht ganz verstanden!», rief Lea. «Was war vor zweieinhalb Jahren?»

«Da haben Sandra Ford und ihr Mann sich scheiden lassen. Ihre Ehe hat den Tod ihres Sohnes nicht überlebt.»

«Ich rufe meine Eltern an», sagte Lea. «Das wird sie sicher interessieren.»

Mama nahm sofort ab. Lea hörte die Enttäuschung

in ihrer Stimme. Vermutlich hatte sie gedacht, es sei die Polizei.

Lea fing an zu erzählen, was Johnny im Internet entdeckt hatte, doch Mama unterbrach sie sofort.

«Ich will das nicht wissen!», schrie sie. «Nicht bevor Niklas in Sicherheit ist.»

«Dann gib mir halt Papa!», sagte Lea energisch.

Der hörte ihr zu, ohne sie auch nur einmal zu unterbrechen.

«Das erklärt einiges», sagte er schließlich. «Vielen Dank an Johnny. Wir melden uns, sobald wir Nachricht von der Polizei haben.»

«Papa, meinst du, die Frau … Schon aufgelegt.»

«No news so far?», fragte Julie.

Lea schüttelte den Kopf. Lange würde sie das nicht mehr aushalten.

**W**as war das für ein Geräusch? Reifen, die auf Kies knirschten! Fuhr Sandra Ford jetzt etwa in ihrer Limousine nach Manhattan zurück und ließ ihn hier allein?

Niklas lief zum Fenster. Er konnte nichts sehen, aber das Knirschen hörte er immer deutlicher. Das bedeutete, dass ein Wagen aufs Haus zufuhr. Hatten Mama und Papa ihn doch gefunden?

Hinter ihm miaute Shiva. Er drehte sich um. Sie stand an der Tür und wollte raus.

«Tut mir leid, ich kann selbst nicht raus», sagte er und ging auf sie zu, um sie zu streicheln.

«Don't let the people who are coming to the house take you away!», zischte da eine Stimme hinter der Tür. «If you do that, you'll be in deep trouble!»

Niklas brach der Schweiß aus. Sandra Ford! War sie jetzt vielleicht völlig verrückt geworden? Was sollte diese Drohung bedeuten? Hatte sie etwa eine Waffe in der Hand? Das Bett! Er würde es vor die Tür rücken, damit er vor ihr sicher war!

Es kostete ihn seine ganze Kraft, das schwere Bett zu verschieben. Aber dann hatte er es geschafft!

Keine Sekunde zu früh, denn jetzt hörte er, wie auf der anderen Seite ein Schlüssel im Schloss umgedreht wurde. Sandra Ford versuchte, die Tür zu öffnen, aber es gelang ihr nicht.

«What have you done to the door?», zischte sie. «Why doesn't it open?»

Niklas stemmte sich mit aller Gewalt gegen das Bett. Wie lange würde er die Tür damit wohl zuhalten können?

Im nächsten Augenblick gab es ein Gerangel im Flur, Sandra Ford schrie laut auf, dann fiel etwas Hartes auf den Boden.

Niklas' Herz klopfte.

«Phew! That was close!», sagte eine Frauenstimme.

Er hörte ein Klicken. Waren das Handschellen?

«You bastards!», fluchte Sandra Ford. «Breaking into my house like this!»

«Niklas, this is the police!», rief da eine Männerstimme. «Are you all right?»

«Yes ... yes, I am», antwortete er.

«Had he not barricaded himself like that I would have got to him!», zischte Sandra Ford.

«She's in handcuffs», sagte der Polizist. «You can remove whatever is blocking the door.»

Handcuffs mussten Handschellen sein, dachte Niklas und begann, das Bett von der Tür wegzuschieben. Aber er hatte plötzlich kaum noch Kraft und fing sogar an zu zittern.

«I ... I can't do it ...»

«Oh, you can!», rief die Polizistin. «Just give it another try.»

Shiva miaute und blickte ihn sehnsüchtig an.

«Ja, wir wollen beide raus aus diesem Zimmer», murmelte Niklas.

Beim nächsten Versuch gelang es ihm, das Bett ein kleines Stück zu verrücken.

«You're getting there!», rief die Polizistin und öffnete die Tür einen Spaltbreit.

Ruck, zuck war Shiva verschwunden.

Die hat es gut, dachte Niklas bitter und fing wieder an zu schieben. Er schnaufte vor Anstrengung.

Endlich war es so weit. Die Tür sprang auf, und die Polizistin kam hereingelaufen.

«Niklas!»

Sie nahm ihn in die Arme und hielt ihn fest. Und auf einmal begann Niklas zu weinen.

«It's all right», sagte sie und strich ihm über den Kopf. «Everything is going to be all right.»

Your mobile is ringing!», rief Johnny.

Lea war gerade in der Küche, um sich ein Glas Wasser zu holen.

«Ich komme!»

Auf dem Weg zurück in Johnnys Zimmer verschüttete sie die Hälfte, so aufgeregt war sie.

«Hallo?»

«Alles in Ordnung», hörte sie Papa sagen. «Niklas geht's gut. Und Sandra Ford ist festgenommen worden.»

«Oh, ich bin so froh!!!»

«Wir auch! Das kannst du mir glauben.»

«Habt ihr ihn schon gesehen?»

«Nein, die Polizei hat uns eben angerufen. Wir werden sicher noch 'ne Dreiviertelstunde fahren, bis wir bei ihm sind.»

«Wie geht's Mama?»

«Sie weint und ist ziemlich erschöpft. Wir sind beide mit unseren Nerven am Ende.»

«Und wann seid ihr wieder zu Hause?»

«Ich weiß nicht … Irgendwann heute Abend. Bleib schön bei den Saunders! Versprochen?»

«Ja!»

«Tschüs, Lea.»

«Bis nachher.» Sie holte tief Luft. Das war gerade nochmal gutgegangen.

«Everything okay?», fragte Julie.

Lea nickte. «Was für ein Segen, dass du diese Postkarte gefunden hast!»

# Wᴵᴱ ᴋᴏɴɴᴛᴇꜱᴛ Dᴜ ɴᴜʀ?!

Sandra Ford war längst abgeholt worden. Niklas hatte in der Ferne noch ihre roten Locken gesehen.

Nun wartete er mit der Polizistin draußen im Wagen auf Mama und Papa. Er hatte eine Cola bekommen, und sein Handy steckte wieder in seiner Jeansjacke.

«Did Sandra Ford have a pistol?», fragte er nach einer Weile.

Die Polizistin nickte. «She was pointing it towards the door when we approached her.»

«So she could have killed me!»

«Yes, indeed.»

Niklas schluckte. «Do you think she's mad?»

«I'm sure there's an awful lot wrong with her», antwortete die Polizistin.

«I found a big diamond ring under her son's bed», sagte Niklas und erzählte ihr von seiner Vermutung, dass Sandra Ford die Geschichte mit dem Diebstahl erfunden hatte.

«Oh, I'll ring my colleagues in Manhattan straight away», sagte sie und griff nach ihrem Handy. «The whole New York police department heard about the stolen ring!»

Kurz nachdem sie ihr Gespräch beendet hatte, hörte Niklas das bekannte Geräusch von knirschenden Reifen auf Kies.

«There they are!», sagte die Polizistin und zeigte nach hinten.

Er stieg aus und sah, wie Mama aus dem Auto sprang und beinahe stürzte, als sie auf ihn zulaufen wollte.

«Niklas!»

Sie drückte ihn so fest an sich, als ob sie ihn nie wieder loslassen würde. Er bekam kaum Luft.

«Ich hab solche Angst um dich gehabt.»

«Es tut mir leid ...»

Papa drückte ihn auch. Aber dann sah er ihn kopfschüttelnd an, und Niklas spürte seinen Ärger.

«Wie konntest du nur?!»

«Es war blöd von mir ...», gab Niklas kleinlaut zu.

«Nicht nur blöd, es war verdammt gefährlich! Ich dachte, du wärst alt genug, um zu wissen, dass man nicht mit einer fremden Person mitfährt.»

«Ich kannte sie ja schon etwas ...»

«Aber warum das Ganze?», rief Mama. «Weil du dem Diamantendieb auf die Spur kommen wolltest?»

«Nicht nur!», entgegnete Niklas. «Sandra Ford wollte mir auch die Fotoausrüstung von ihrem Sohn zeigen ... und ein Schattenbild, für das er einen Preis bekommen hat ... angeblich ...»

«Der Sohn von Sandra Ford ist tot», sagte Papa.

Niklas schluckte. «Ich ... hab mir schon so was gedacht, als ich sein Zimmer gesehen habe.»

Auf der Rückfahrt erzählte Papa ihm, was Johnny über Sandra Ford herausgefunden hatte. Und da passte auf einmal alles zusammen.

Eins kapier ich immer noch nicht!», rief Lea, als sie abends zu viert bei Niklas im Zimmer saßen. «Warum hast du uns nichts von dieser Sandra Ford erzählt?»

«Ich ... ich hatte Angst, dass ihr mich auslachen würdet.»

«Weil du dich mit 'ner fremden Frau triffst?», fragte Lea.

«Genau.»

Johnny überlegte. «We might have done.»

«Na, seht ihr.»

«But then you started lying to us», sagte Julie vorwurfsvoll. «I bet you invented the newspaper article which said that Sandra Ford put her ring in the jewel box and left the key on her bedside table.»

Niklas wurde rot. «Ja, das stimmt. Tut mir leid ... Ich hab irgendwie den Zeitpunkt verpasst, euch alles zu erzählen ...»

«Ganz schön gemein von dir!», rief Lea.

«Ja, ich weiß ...»

Niklas schlug sich plötzlich mit der Hand gegen die Stirn. «Dabei fällt mir was ein! Das wisst ihr ja noch gar nicht!»

«Tell us!», sagte Johnny.

«Ich hab ihn gefunden!»

«Wen?», fragte Lea.

«Den Ring!»

Die drei starrten ihn entgeistert an.

«Er lag unter dem Bett von Sandra Fords Sohn.»

«But why did she claim it was stolen?», fragte Julie.

«Ich bin mir auch nicht sicher. Ich hatte ihr im Museum erzählt, dass ich gern Detektiv werden würde ...»

«I'm beginning to understand», sagte Johnny. «She invented the story of the stolen ring in order to get to know you.»

«Genau.»

«Mensch, Niklas!», rief Lea. «Das hätte wirklich schiefgehen können.»

Er nickte. «Wie gut, dass Mama die *Cat and Bird*-Postkarte gefunden hat.»

«Your mother didn't find it», sagte Julie leise. «I did.»

«Echt?» Niklas schluckte. «Danke, Julie.»

# DON'T GIVE UP
# PHOTOGRAPHY!

Am nächsten Tag um kurz vor zehn rief Mama Rob an, um sich bei ihm dafür zu bedanken, dass er ihr gestern Morgen Bescheid gesagt hatte.

«If you hadn't done that we wouldn't have started looking for Niklas until the afternoon and that might have been too late ... Yes, he's all right ... It was a dangerous situation! ...» Niklas war es etwas unangenehm zu hören, wie Mama sich mit Rob noch einmal über den Vorfall mit Sandra Ford unterhielt.

«No, he won't be going to the *MoMA* today because we have to go back to the police for another interview ... Of course you can!»

Mama reichte ihr Handy an Niklas weiter. «Rob möchte kurz mit dir sprechen.»

«Okay ...»

«Hi», sagte Rob. «Did you have a good sleep?»

«Yes», antwortete Niklas. «I slept ... for nearly ten hours.»

«I'm so sorry that you had such a nasty experience here in New York.»

«It was ... my own fault ... Thank you for ringing my mother!»

«I'm glad I was able to help you. That red-haired woman was really quite strange. I noticed her a couple of times in the museum. On Monday she asked me what I was teaching in my course.»

Vielleicht war sie so auf die Idee mit dem Schattenbild gekommen, dachte Niklas.

«She went around telling people that she worked for an auction-house, but it's not true.»

«I believed her», murmelte Niklas. Sogar ihre Arbeit als Kunstauktionärin hatte Sandra Ford erfunden

«She must have put on quite a show», sagte Rob. «Anyway ... it's over! We'll miss you today. Do you know that your photos are the best I've had from my summer course students in a long while? And you're only twelve!»

Niklas strahlte. Was für ein Riesenkompliment für seine Fotos! «Thanks.»

«So don't give up photography!»

«No, I won't. And thank you ... for everything. I learnt a lot.»

«Good luck!»

«Bye-bye», sagte Niklas und legte auf.

Mama schaute ihn fragend an. «Na, hat er deine Fotos gelobt?»

«Hm ...»

«Papa und ich finden auch, dass sie richtig gut sind.»

Lea und Johnny hatten morgens überlegt, ob sie nach diesen aufregenden Ereignissen den letzten Tag ihres Camps ausfallen lassen würden, aber Mrs. Saunders hatte sie überreden können, doch hinzufahren. Und Julie war zu ihrem Design-Kurs gegangen.

Mama und Niklas saßen inzwischen auf der Polizeiwache und warteten darauf, dass der Beamte, der gestern mit Mama und Papa nach Westchester County gefahren war, sie zu sich hereinrief.

«Warum sollten wir denn nochmal kommen?», fragte Niklas.

«Es geht darum, dass inzwischen die Angestellten von Sandra Ford vernommen worden sind. Und darüber will der Beamte mit uns reden», antwortete Mama.

Ein paar Minuten später ging endlich die Tür auf, und ein Polizist, der mindestens zwei Meter groß war, winkte sie herein.

Er gab ihnen die Hand und deutete auf zwei Stühle vor seinem Schreibtisch.

«Niklas, you're lucky!», sagte er, nachdem sie sich gesetzt hatten. «Sandra Ford has had a serious breakdown. She's in a closed psychiatric ward.»

‹Closed psychiatric ward›? Das musste eine geschlossene psychiatrische Station sein, vermutete Niklas.

«Did she do this before ... inviting boys to her house?», fragte Mama.

Der Beamte nickte. «Her staff were interviewed this morning. The chauffeur said that in the last few years he drove three boys up from Manhattan. But according to the butler there have been more than three. The others probably came from the area.»

Niklas schluckte. So viele Jungen waren durch Sandra Ford in Gefahr geraten.

«And had she ever locked anybody into her son's room?», wollte Mama wissen.

«No, apparently not», antwortete der Beamte. «Her illness must have got worse in recent months. And perhaps Niklas reminded her more of her dead son than anybody else before. That's why she didn't want to let him go.»

Mama legte schützend ihren Arm um Niklas' Schulter. «I'm so relieved that the police got there in time!»

«We are too!»

Abends trafen sie sich alle im Central Park, um zusammen im Boathouse zu essen.

War es erst fünf Tage her, dass sie hier mittags auf der Terrasse gesessen hatten?, fragte sich Niklas. Seitdem war so viel passiert!

«What a pity that you're going to Cape Cod on Monday», sagte Mr. Saunders und schaute in die Runde. «We'll miss you, won't we?»

Papa nickte.

«Ich freu mich darauf, endlich ans Meer zu kommen!», meinte Mrs. Saunders. «Diese Hitze ist wirklich kaum auszuhalten!»

«So geht's mir auch», seufzte Mama. «Und dazu all die Aufregung!»

«Dürfen wir aufstehen?», rief Lea.

«Ja, aber nicht so weit weglaufen!»

«Nein, wir gehen nur zum Steg.»

Lea und Johnny liefen vorweg, Niklas und Julie folgten ihnen.

Die Wasseroberfläche des Sees war so glatt, dass sich ein Wolkenkratzer perfekt darin spiegelte.

Niklas zog seine Kamera aus der Tasche und machte ein Foto. Toll sah das aus!

«Are you glad to get away from here after what happened yesterday?», fragte Julie.

Er schüttelte den Kopf. «Ich mag New York. Und ich werde irgendwann wiederkommen.»

«Wer weiß, was in Cape Cod passieren wird», sagte Lea und kicherte. «Vielleicht wartet da schon der nächste Fall auf uns.»

«I'm not keen on playing detective any more», meinte Julie.

«Neither am I», murmelte Johnny. «It's far too dangerous.»

Niklas schaute in die Runde und nickte. «Aber wir bleiben trotzdem Freunde.»

«Yea, you bet!», antwortete Julie.

«Ich hätte gern noch weiter Detektiv gespielt», schmollte Lea.

Doch keiner ging auf sie ein.

Da gab sie Johnny schließlich einen Knuff in die Seite. «Komm, wir haben noch keinen Nachtisch gehabt.»

Niklas sah ihnen nach, wie sie ins Restaurant zurückrannten. Irgendwann würde auch Lea begreifen, in welcher Gefahr er geschwebt hatte.

Auf dem See lag ein orangeroter Schimmer. Er machte noch ein paar Aufnahmen von dem Spiegelbild des Wolkenkratzers. Vielleicht würde das eine schöne Serie ergeben.

«Can I have a look?», fragte Julie.

Niklas reichte ihr die Kamera.

«Wow! Your photos are pretty cool!»

«Danke.»

«Do you know … I was wondering … perhaps we can start mailing each other once I'm back in Cape Town …»

«Ja, das fänd ich auch gut!»

Niklas warf einen letzten Blick auf den See. Irgendwas in seinem Innern fühlte sich auf einmal ganz leicht an.

«Shall we go and get some dessert?» fragte Julie.

Er nickte.

Und dann liefen sie zusammen zurück zum Boathouse.

© Pia Mortensen

## RENATE AHRENS

1955 in Herford geboren, studierte Englisch und Französisch in Marburg, Lille und Hamburg. Zu ihren Veröffentlichungen gehören Kinderbücher, Drehbücher fürs Kinderfernsehen, Hörspiele, Theaterstücke und zwei Romane für Erwachsene.

Nach ihrem Studium verbrachte sie eine längere Zeit in Manhattan.

Seit 1986 lebt sie abwechselnd in Dublin und Hamburg. Nach «Rettet die Geparde» und «Vergiftete Muffins» ist das der dritte Band der spannenden deutsch-englischen Kinder-Krimi-Reihe «Detectives at work» von Renate Ahrens.